劍魂如初 上

字型設計：陳世川

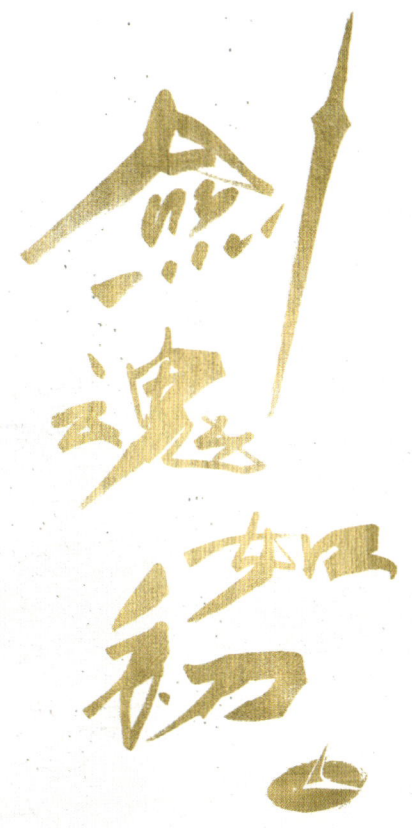

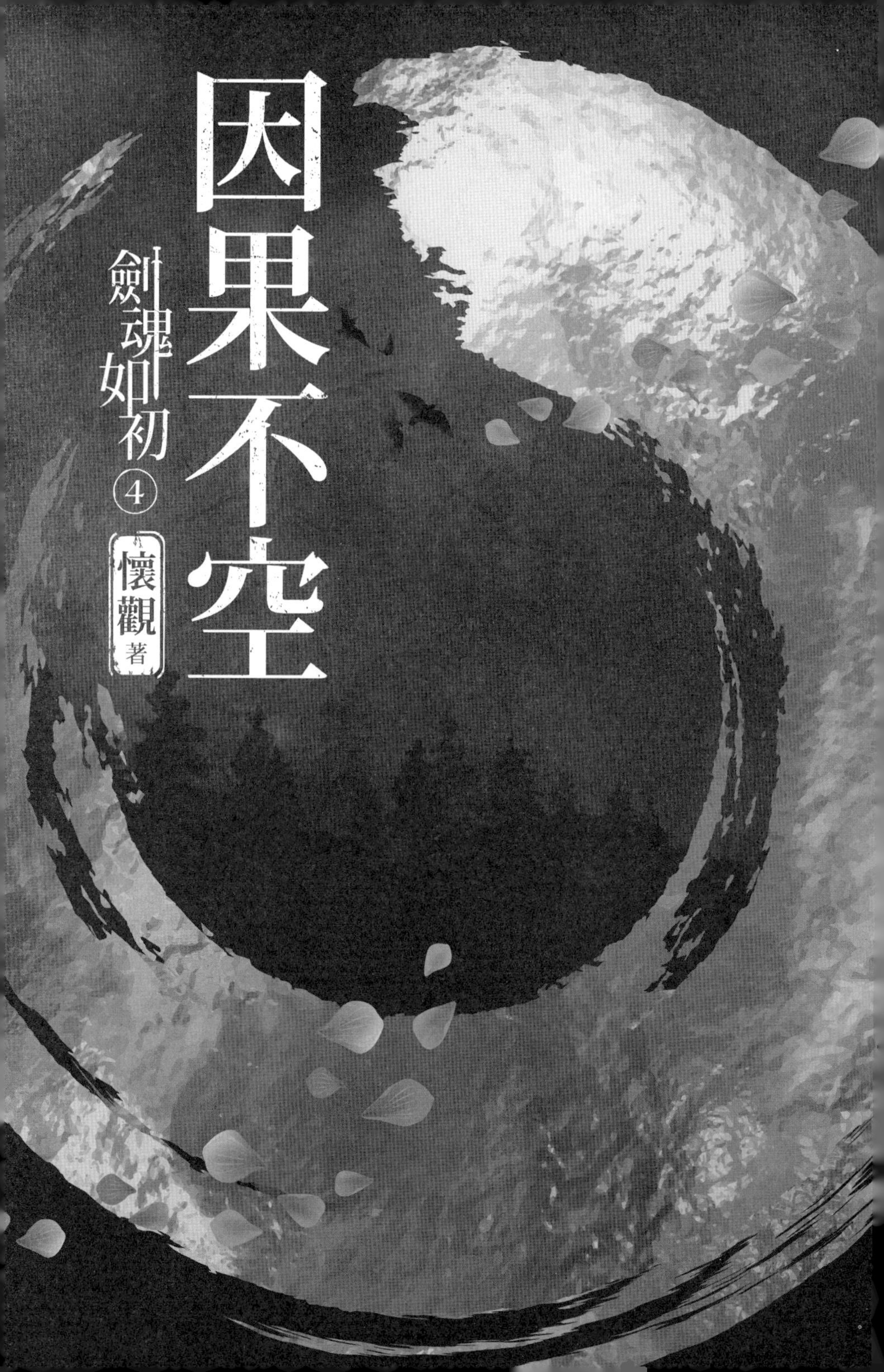
因果不空
劍魂如初 ④
懷觀 著

目錄

「後來我想通了。既然化形者的異能悉數來自傳承，那麼異能有瑕疵，代表的是傳承有缺陷。若我們想改變自己的命運，就該從改變傳承做起，打破舊有的制度，不受法則束縛。」

——山長語錄

1. 沒有偶然

第一次注意到異常的那天，是個萬里無雲的仲夏日。靠近傍晚時分，如初與蕭練並肩踏進東區一間紙品設計的專賣店，走到擺滿婚卡喜帖樣本的檯前，專心挑選。

嚴格說起來，專心的只有蕭練。他帶著一種孩子氣的好奇，將一張又一張的樣品取出來，拿在手裡翻來覆去仔細研究。而如初自從進入店裡之後，便有些心煩意亂，她隨手拿起一張傳統的大紅色喜帖，正要詢問蕭練的意見，不料兩人太有默契，他也轉頭朝她望了過來。

這一眼，將如初看怔在原地。

眼前的男人五官深邃，一雙漂亮的眼睛在眼角微微上挑，倒映著燈光的眼底好似有千萬星辰碎片，正專注地看著她。

蕭練很美，她一直曉得這點。那是一種凌厲而絕對的美感，毫無瑕疵，不會隨時間改變。

過去幾天一直醞釀在心底的話忽然不經大腦，直接衝出口，如初聽見自己說：「要不要，我們私奔算了？」

話才講出口，如初立刻後悔了。所有婚禮的準備都已緊鑼密鼓展開，爸媽前兩天才抓著喜酒的菜單研究，她不能、起碼不應該，在這個關頭任性……

砰砰。

心臟莫名重重地跳動了兩下，聲響在胸腔迴盪開來，震得耳膜嗡嗡作響，身旁所有其他聲音都迅速自耳畔遠離，然後在下一秒又重新湧現，搞得她頭暈目眩。如初伸出手想抓住蕭練，卻撲了個空，一抬頭，卻發現蕭練完全變了個模樣。

他依然望著她，但雙唇緊閉，像座雕像般動也不動，黑色瞳孔深處隱隱跳動著兩簇淡青色小火焰。雖然面容依舊，但眼角眉梢裡卻驟然增添了一股彷彿與生俱來的冷漠，像是俯視眾生的神祇，沒有七情六慾，不沾人間煙火。

怎麼突然變成這樣？

如初往後退了一步，立刻察覺出異樣。

眼前這個蕭練有著一頭長髮，攏在腦後梳成一根又粗又長的麻花辮，末段用布帶繫住，髮梢隨著清風吹拂，晃啊晃地在腰間擺盪，跟近期出土的楚國貴族大墓殉葬人偶，髮型幾乎一模一樣。

不光是蕭練變了，環境也變了。她跟古裝蕭練站在一座草堂門前，周圍被樹林所包圍，腳下踩著厚厚一層落葉，頭上的天空將明未明，看上去像是清晨，鑽進肺部的空氣充斥著泥土的腥味與樹木的清香，潺潺的水聲隱約自遠方傳來，很顯然，她八成又被拉進傳承了。

有過對付崔氏的經驗，如初雖然心裡升起戒備，倒也並不慌張。她先朝眼前的這個蕭練笑了笑，說：「失禮，我……」

然後話梗在喉嚨裡，再也說不出口。如初驟然意識到，從剛剛到現在，蕭練對她的出現沒有半點反應，完全就像尊蠟像，從神情到身體姿勢都僵硬無比，只有瞳孔內的小火焰不太規則地持續跳動著，勉強給人一種「他還活著」的生命感。

這究竟怎麼回事？就算被禁制束縛住的蕭練，也沒出現過這種狀況！

如初迅速倒退兩步，拉開自己與蕭練的距離，警惕地環顧四周。

身旁的草堂看上去比四方市老家附近的劍廬略小，造型卻十分相似，隱約的流水聲自堂內傳來，更是讓她聯想起劍廬裡的小水池，但門的樣式卻又大不相同。如初放輕腳步，繞著草堂走了一圈，沒看到其他任何人，回到原地，古裝的蕭練依舊沒任何變化。她心一橫，正打算推開門進去一探究竟，樹林深處卻傳來凌亂的腳步聲。

如初趕緊溜到草堂的另一邊躲起來，腳步聲由遠而近，最後停了下來，如初等待片刻，小心翼翼地探出半個頭，只見一名女子站在蕭練面前，正仰起頭，伸出手輕碰蕭練。

「她」的嘴脣乾到都有裂紋了，神情顯得灰敗，一雙眼睛倒還算炯炯有神，只不過眼底瘋狂已經快壓倒理智，像是被困在籠子裡的野獸，不斷用身體狠狠撞向柵欄，明知無用卻依舊燃燒生命做最後的掙扎。

在發出驚叫前，如初伸手捂住了自己的嘴巴，渾身發麻地看著「她」收回手，轉身，推開雕飾著樹木圖騰的荊門，大步邁進草堂。

無論任何人出現在這裡，都不會比眼前這個人更令如初感到驚悚——

她看到了她自己。

雖然神情非常陌生，但絕無認錯的可能。「她」身上的外套，還是上個月如初跟媽媽一起逛街，因爲折扣太划算，所以即使顏色沒有很喜歡還是買下，穿沒幾次就因爲換季收了起來……

砰砰。

震耳欲聾的心臟聲再度響起，但這一次，卻來自遙遠的天際。黑暗迅速將她籠罩，如初只感到腳下驟然一空，身體失去平衡後不自覺往後倒，熟悉的高處墜落感接著浮現。

這是要出傳承的先兆，果不其然，下一秒，她又回到了那間喜帖店，依舊站在原處，右手還握著那張喜帖，左手則抓住了蕭練的手。一抹暗光在如初的視線邊緣閃了閃，她順著看過去，赫然見到蕭練的另一隻手上，竟握著一柄長劍。

黑色長劍在瞬間化作光點消散，快到如初不確定自己是否眞的看見了，同一時間，蕭練反手握住了她的左手手腕，冰涼的大拇指迅速按在她的動脈上面。

明明回到了現實世界，但所有發生的事情只讓如初更茫然。她壓低聲音問：「你、剛剛出劍了？」

「嗯。」蕭練拉起她的另一隻手，繼續全神貫注測量她的脈搏。

「爲什麼啊？」如初追問。

蕭練並未立即答覆，如初又問了一聲，他才抬起眼，反問：「初初，妳身體感覺如何？」

「身體？」如初茫然地扭了扭脖子，回答：「很好啊。」

「確定？」

如初一頭霧水地點頭，還沒來得及開口詢問，蕭練便伸出手，一把將她抱入懷中，低聲說：「我出劍，是因爲方才……妳心跳忽然停止。」

如初嚇了一跳，猛抬頭，前額撞到他的下巴，疼得眼底都起了淚花。蕭練舉起手幫如初揉了揉，說：「不只如此，那段時間，妳的氣息也忽然完全消失。」

他沒說的是，她整個人忽然變得空蕩蕩，好像只剩下一副軀殼，靈魂不知道去了哪裡。

他下意識喚出本體劍，卻並不知道該如何應對？

危險自何而來，敵人在哪，他該對誰出手？

一陣恐懼再度掠過蕭練的心中。他握緊如初的手，問：「剛剛出了什麼事？」

「就、又被拉進傳承了啊。」如初理所當然地這麼回。

蕭練搖頭：「不對。我看顧過妳進傳承時候的身體，跟睡著了的樣子類似，心跳跟呼吸雖然有時候也不太平穩，但都還在可以接受的範圍，跟方才截然不同。」

他的語氣太過嚴肅，如初不由得也跟著緊張，她追問：「所以，我剛剛一直都沒有心跳？」

「那倒……並非如此。」蕭練罕見地顯現出遲疑，他抿了抿嘴脣，又說：「只有約莫一剎那，妳沒了心跳。」

「剎那？」如初一頭霧水地看向蕭練。

他趕緊解釋：「剎那是我一化形就知道的時間單位，照現在的算法，大概零點零一八秒。」

「噢，剎那……」如初喃喃重複，接著眼底浮現既歡喜又感傷的神色，整個人都顯得有些恍惚。

蕭練看不懂她的反應，只能再次強調：「妳確實曾有一度沒了心跳，我不會搞錯。」

「我沒懷疑你搞錯啊。」如初彎了彎嘴角，如此回答。

「所以現在問題只在於，對於人類而言，在這麼短的時間內沒了心跳，究竟會不會造成任何傷害？」蕭練問出內心疑慮。

如初摸摸自己的胸口說：「我覺得還好。」

蕭練不太信，他問：「如果沒事，爲什麼妳剛剛反應……」

「因爲……剎那這兩個字對我來說有點詩意，會聯想到一沙一世界、剎那即永恆，可是對你而言，剎那，居然是個計時單位……」

她輕輕呼出一口氣，又說：「然後，我們就要結婚了。」

她的歡喜與感傷都非常容易理解——兩人之間，無論在各方面，差異都大到像隔了一座無法跨越的天塹，跌跌撞撞地，居然也就走在一起了。

前路漫漫，之後又能攜手相伴，走多遠，走多久？

蕭練唔了一聲，伸手將如初拉到自己懷裡，說：「想太多。」

如初眨了眨眼睛，不回應。蕭練低頭再問：「妳、當眞無恙？」

這一句半文言半白話的問題，倒是把如初心裡那幾分感傷給清得乾乾淨淨。她搖搖頭說：「沒事沒事，我們人類很強悍的，繼續挑吧。」

如初今日專程北上，便是爲了跟蕭練一起挑選喜餅、喜帖以及致贈賓客的小禮物。喜餅跟小禮物都選定了，但被幻境這麼一打岔，她卻再也無法靜下心挑選。反正餅跟禮物已經挑好，這趟不算白跑，如初跟蕭練商議後決定下次再另外找時間出來挑喜帖。

兩人像一對普通的新人般，牽著手逛了一會兒街，進到一間氣氛不錯的餐廳吃晚飯，餐後又去鄰近新開的網紅飲料店買了兩杯特調奶茶，一邊喝一邊品評吐槽，直到走進高鐵站，如初看著離發車時間還有十來分鐘，這才用輕描淡寫的語氣，將方才幻境裡發生的事對蕭練說了一遍。

講到最後，她忍不住提出疑惑：「除了傳承，我想不出來其他可能性，可是又不對，時空錯亂了。時裝的我，古裝的你——」

「妳見到的絕不可能是我。」蕭練打斷她。

「絕對是你啊，我會認不出來嗎？」如初不以為然。

「初初，就妳所說，那人的衣著髮型介於秦漢之間，而在我化形後的數百年間，從來沒去過劍爐。」蕭練講完，見如初還不太服氣的模樣，又補充：「我對劍爐毫無留戀，即使去了，也絕不會呆站在門口。」

對耶，她怎麼忘了。跟含光承影相比，蕭練對他的鑄造者或本體劍出生地都沒太多感情。

「……那我倒底看到了什麼？」如初忍不住問。

「我只知道妳看見的絕對不是我，至於那個地方……」蕭練不經意蹙了蹙眉，繼續說：「就我所知，在我化形之前，鑄造出我跟大哥還有承影的劍爐，已在戰火裡付之一炬。之後所有號稱是劍爐的，不過是照著原來的樣式重建而已，除非……」

一個荒唐的想法閃過蕭練腦海，他倏地停下，如初好奇問：「除非什麼？」

「沒什麼。」蕭練頓了頓，加速語調對如初說：「我認為，重點不在妳在幻境裡看到了什麼，而是在現實世界，妳的身體明顯出現異常。」

如初嘟起嘴，喃喃：「我才覺得那真的沒什麼——」

「初初。」蕭練抓住她的手腕，低聲問：「別再進傳承了，好不好？」

2. 有靈魂的兵器

上車就座後，如初取出手機，這才看到自己的手腕上隱約出現一圈紅印，應該是蕭練拉她時不小心弄出的痕跡。

他們相處時，蕭練一向很注意控制力道，這次實在是急了吧？

可是，她無法答應。

雖然她一開始進入傳承，主要是爲了幫蕭練解除禁制，但經過這些年，她的心情跟之前早已大不相同了。

傳承裡的時間流速跟現實世界不同，她在傳承裡學上一整天，出來才兩小時不到，從某個角度來說，她等於擁有更多的生命，花在最喜歡的事物上，這種感覺非常幸福。

她剛剛嘗試著想講給蕭練聽，孰料他聽到一半，便打斷了冷然問：「妳有沒有想過，也許有一天，需得因此付出代價？」

什麼樣的代價，會比眼睜睜看著自己一天天老去，而身邊的愛人依舊年輕俊美更可怕？

這樣她都敢跟他結婚了，他還有什麼好不滿的？

如初忿忿不平地這麼想，同時點開手機，立刻映入眼簾的是蕭練幾分鐘前發的訊息，他說：「初初，只要妳進入傳承，我便無能爲力，想幫也幫不了妳。」

她變老他也幫不上忙啊。

還在氣頭上，如初不假思索回覆：「如果要過得絕對安全，那我連認識都不該認識你。」訊息一發出去，電話就來了。看到號碼，如初沒好氣地接起來，喂了一聲後再不肯講話，蕭練等了半秒，低聲說：「別這麼講，妳知道我擔心妳。」

他的語氣帶著無可奈何的安撫意味，如初的氣平了些，但忍不住還是說：「蕭練，我的生命太短，想要完成的事情又太多，請你理解。」

隔了幾秒，她的手機上出現三個字：「我盡力。」

蕭練隨即轉換話題，問她身體感覺如何，心臟有無任何不適，剛才的餐點滿不滿意，下次要不要再去……

看得出來盡力哄她開心了，如初一一回答，同時忍不住在心底嘆一口氣——

直到現在，死亡還是他們之間絕對禁忌的話題，每次談必定不歡而散。但不能這樣下去了，她就是個普通人，生老病死，需要找機會把話講開。

跟蕭練你來我往發了一陣子訊息之後，如初收起手機，闔上眼靜靜思索。

秦師父的喪禮已經是幾個月前的事了，刑名那邊再也沒有任何動靜，似乎已失去對她的興趣。之前鬧出來的直播事件也慢慢平息，雖然引起了少部分人在社群媒體上對「古物化形成人」的熱烈討論，但終歸只存在於網路上，現實中根本沒人提起。

不忘齋新接了一張單，有座百多年前鑄造的青銅古鐘亟待修復，這一次，她是主修復師，爸爸只在一旁當輔助。

生活慢慢來到她期待的模樣，一切都在往好的方向前進。老去跟死亡都是人生必經的過程，也許該放寬心胸的是她自己？

不論用哪種角度開解，心頭總還是有那麼一絲沉重與些許不安。正當如初再度拿起手機，用關鍵字查詢「婚前焦慮症」時，一則新訊息跳了出來——

不熟的ＩＤ問她下禮拜有沒有空，江湖救急，有座廟的壁畫修復需要人幫忙搞定。

如初回想了一下，發現這是古鐘的委託人，一座宮廟的執事。於是趕緊回復：「我沒有修壁畫的經驗欸。」

委託人立刻回：「不要緊，要修的不只壁畫，還有牆上的題詩與對聯，神像雕塑，很多很多，很缺人。啊打字麻煩，妳有沒有空，我直接跟妳簡單講一下……」

手機鈴聲隨之響起，幾分鐘後如初了解到，原來，委託人所住的城鎮隔壁，有座天后宮屬於一級古蹟，自兩三年前起展開一個大型的修復計畫。目前前期的調查工作已完成，像是壁畫的原始狀態顏料分析、病害分類統計，以及現場環境勘驗等等都已建好檔案，接下來便是根據已確立的方案，逐步進行修復。

委託人拉拉雜雜講了一圈，最後說：「下禮拜就要開始動工，先修牆上幾十幅的壁畫。那些壁畫都有壁癌，你們專業術語叫鹽害是不是？就很麻煩，聽說修起來每幅用到的技術也都不同，只能一點一點修，需要很多人一起做。修復團隊到處找，我們也都幫忙問，聽說好多已經畢業的學生這次都回來幫忙，妳能來盡量來，當成共襄盛舉。」

最後幾個字，說者無心，卻莫名打動了如初。

這座古廟離她念的大學不遠，當年她跟同學一起騎腳踏車去參觀過好幾次。剛剛委託人講話的時候，那些古老的字與畫，在香煙繚繞的廟宇裡隨著時間老去的模樣，彷彿又自眼前浮現，等待有人伸手拂去蒙在其上的塵埃，還它們本來面貌。

她的確沒有修復壁畫的經驗，但大學裡的訓練，起碼讓她有能力處理畫上的顏料。而且，如果錯過這一次，也不知道還要等多久才能遇到下一個一級古蹟全館修復。就算她等得到，若是年紀太大，會不會連手都舉不起來？

白髮蒼蒼的她站在年輕英挺的蕭練身旁的影像忽地跳出腦海，畫面充滿細節，連手上的皺紋都清晰可見。

如初打了個寒噤，迅速制止自己想下去。這並非逃避現實，而是改變心境，不執著於無能爲力的事情。

她一心三用，勸自己放鬆，聽委託人解釋，同時還翻開了行事曆。

未來兩個月的行程密密麻麻，工作之餘的時間幾乎全被準備婚禮相關事宜填滿了，乍看之下都很重要，但再想想，缺少一兩樣，人生好像也不會多出任何遺憾？

既然如此，那當然選擇想做的事。如初在行事曆上好幾個地方打了個叉，接著回答委託人：「好，我可以。」

委託人深怕她後悔似地，忙不迭寄出表單給她，如初一邊填表單，一邊發訊息給蕭練，問：「雖然有點對不起承影，但是……婚禮可不可以不要伴郎伴娘，這樣簡單一點，我可以擠出時間去接個案。」

就在她按鍵送出訊息的瞬間，高鐵進入隧道，車廂被陰影籠罩，如初才剛不自覺閉了閉眼，下一秒，微風毫無預警地忽然輕拂臉頰，刺目的光線隔著眼皮照過來，她前方則出現打鐵聲，一下接著一下，忽遠忽近，鏗鏘有力。

如初猛然睜開雙眼，林間的劍廬頓時映入眼簾。在第一時間，她以爲又被拖進之前的那個幻境裡了……

不對、不一樣。

劍廬的門看起來更新了，遠處山的形狀沒變，但周圍森林的樹葉卻明顯稀疏，枝枒尖端冒著點點新綠，腳下的小草欣欣向榮，各處細節都彰顯著春天……

似乎地點還跟上次一樣，但換了個時節？

如初將目光轉向眼前的門前——這次跟上次最大的分別在於，門前沒有站著那個古裝的蕭練。

環境並未給如初帶來任何威脅感，她於是站在原地多等了片刻，可惜並未等到另一個自己出現，倒是劍廬內不時傳出隱隱約約的話語聲。如初正躊躇著要不要進門，就聽見一個熟悉的聲音自遙遠的天空上方響起。

那是山長的聲音，但聽起來像訊號不良，斷斷續續的，語氣也有些失真。她問：「如初嗎？妳在哪裡？」

果然，無論上次或現在，她都是被拉進傳承裡了，如此而已。

如初定下心，回答：「劍廬。」

過了片刻，山長模糊不清的聲音才傳出來，她問：「什麼時候的劍廬？」

「春天吧。」如初看著那扇門回答。

天邊又響起嗡嗡的話語聲，雖然聽不清楚完整的句子，但從片段的詞句推測，山長在催她離開。

來都來了，如初於是假裝沒聽到，再一次踮起腳尖繞著草堂走一了圈，回到門前，正準備推開門，小女孩稚嫩的聲音忽地自門內響起。

她像念書一般朗聲說：「金有六齊。三分其金而錫居一，謂之大刃之齊……阿爹阿爹，你今天要鑄的劍，是不是大刃之齊？」

這個聲音如初認得。當年剛到四方市，還不知道蕭練是劍化形成人時，夢裡就出現過這個聲音。

小不點的山長，還有她鑄造了含光劍與承影劍的父親。

按照慣例，如初完全可以推門進去，光明正大地站在父女倆旁邊，即使重複觀摩一百次也不會造成影響。但想到接下來即將能親眼見證宵練劍出世，她忽然有點緊張。

如初收回擱在門上的手，輕手輕腳跑到窗邊，透過縫隙往裡面張望。

一名穿著麻布衣服的男子背對她，正忙著用陶磚加固火爐，爐上還插著一條純黑色的劍胚，顯然就是尚未鑄成的宵練劍。一名四五歲大的小女孩穿著染成淡青色的襦裙，手上捧著一份竹簡，蹲在男子身邊歪著頭看他工作，一副小大人的穩重模樣。

男子拍掉手上的灰，隨口問小女孩：「初初，來，考考妳，什麼叫大刃？」

初初？山長的名字難道跟她一樣？

如初滿懷興味地伸了伸脖子往裡看，草堂內，小女孩有模有樣地點了點頭，說：「刀尖，鑄金而爲刃。」

「書背得挺熟，哪部分是刃？指給爹爹看。」男子笑著這麼說。

小女孩放下竹簡，噗哧噗哧拖著步子從屋內的小水池裡拿起一柄白色短劍，吃力地拖著短劍走到男子面前，指著劍面說：「這裡。」

男子哈哈一笑，從小女孩手中拿起白色短劍，輕輕一揮，在旁邊的木頭柱子上劃出一道痕跡後放下劍，說：「劍最鋒利的部分，稱之爲刃。」

他走到小水池旁，將劍放了回去，又從磚塊堆的外圍拿起一塊陶磚，邊撫摸磚上的花紋邊說：「大王的意思，鑄出來的刀劍，鋒刃需能披荊斬棘，開疆拓土。」

小女孩睜著圓滾滾的眼睛，看看水裡的劍又看看男子，問：「阿爹以爲不妥？」

「並非不妥，而是不完美。人鑄劍、劍鑄人，我總希望自己手底下鑄出來的兵器，自有魂魄。」男子傲然說出這番話之後，摸摸小女孩的頭，指著被放在地上的竹簡又說：「光憑這死板板的《六齊》，可鑄不出我要的劍。」

「那該如何是好？」

小女孩奶聲奶氣地問。在外頭的如初也豎起耳朵，想知道究竟。

「三分金錫居其一，只是刃部的配方而已，神兵利器，全身上下的配方都有講究，光一處鋒利，不足以開天闢地。」

男子自豪地講完這話，彎下腰豎起食指比在脣間，說：「祕密，別跟任何人說。」

小女孩慎重點頭答應後，眨著眼睛壓低聲音問：「微微也不行？」

男子背窗，在如初看不到的地方，他的笑容淡了下去。

過了片刻，他直起身，故做無所謂說：「她對鑄造修復都沒什麼興趣，還是算了吧。」

小女孩露出失望的神色，男子掂了掂手上的磚，又對她說：「只剩宵練劍了，妳看這圖的中間部分，要怎麼轉刻到劍柄上去？」

聽到這裡，如初快步走進草堂。

她從來不知道宵練劍原本在設計上居然有紋飾，後來又是爲什麼取消了的？這背後的故事她一定要親眼見證。

果然如她所料，屋內的父女倆對她視若無睹，自顧自繼續對話。如初湊了上去，只見男子手上陶磚的其中一面，畫了一幅磚畫，中央部分遍布層層雲朵，雲裡頭勾勒出一雙金色豎瞳的大眼睛，暗示有隻野獸藏在雲端窺視，也許是龍？或者其他神話動物。主圖並未給出線索，她轉向研究側邊，兩旁勾勒的線條類似海濤撞擊岩壁後反捲出來的浪花，是殷商時代常見的水波紋樣。

含光與承影的本體劍上，也刻著類似的水波與雲朵紋飾，唯有那雙位於壁畫正中央的大眼睛，最後並未出現在三劍的任何一把身上。

眼睛的筆觸有點眼熟，如初盯著看了半天，卻無論如何都想不起來在哪裡看過。她伸出手，正想摸一摸，忽然間，整座草堂開始晃動。

不像地震，也不是狂風，更像是組成物質的微小粒子忽然分解開來似地，觸目所及每樣東西的解析度都變低，小女孩與男子彷彿沒感覺似地繼續交談，但話語聲變得斷斷續續。

太詭異了，如初倏然站起身，整個人只覺得天旋地轉。她不自覺眨了下眼，下一瞬間，眼前景物突變，她又回到高鐵車廂的座位上。車已經駛出隧道，不遠處的城鎮霓虹燈閃爍，鄰座耳機裡的電玩聲響不時流瀉。

驚魂甫定，如初茫然四顧片刻，才慢慢意識到，剛剛好像是……

傳承把她給踢了出去？

這種情況以前也發生過幾次，雖然每次的狀況不同，但大體來說都像網路訊號不佳，多試幾次總能重新連上。如初於是迅速閉上眼睛，嘗試再度進入剛才那個場域。

折騰了一個多小時，眼看高鐵即將到站，她還是被拒之於門外。就在她不信邪想試第一百零一次時，一條簡訊傳來，上面寫著：

「我落地了，喬巴後天晚上到。還有，聽說妳婚禮不要我當伴郎？」

3. 直搗蛇窟

兩小時前，目送如初走進高鐵站後，蕭練轉過身，邁開腳步，不急不緩地走在人潮熙熙攘攘的街道上。

隨著步伐推進，他的氣息也慢慢起了變化，銳意薄噴而出。身形依舊挺直如松，全身上下卻多了一分森然的寒意，眼神也較之前淡漠許多，彷彿對他而言，漫步在繁華的街道上，與走在鬼哭神號的戰場之間，並無任何不同。

轉了兩個彎，蕭練走進一片高級住宅區，進入其中一棟公寓。他站在門前，才剛取出鑰匙，忽然察覺出屋內盤旋著兩道劍氣。

一道氣息屬於承影，另一道卻有些陌生。

陌生的劍氣並不強盛，也毫無敵意，蕭練推開門，抬眼便看到祝九與承影同時收起本體劍，顯然剛切磋了一場。同時間，有條大狗衝上前，跳起來一把撲向他，兩隻前爪直接搭上他肩膀。

「麟兮？」

這還是蕭練第一次看到化形的麟兮，他愉快地接住大狗，捧起牠的頭狠狠揉搓了一把。

麟兮歡樂地伸出舌頭舔了蕭練一大口，承影站到酒櫃前，一邊研究裡面的酒一邊隨口說：「壞習慣，見人就舔，老三你別慣著牠。」

蕭練不以為意地放下麟兮，祝九從口袋裡掏出一個小玻璃瓶，走進客廳遞給蕭練，說：「恭喜，結婚禮物。」

瓶子裡裝有小半罐細沙，在月亮下發出閃爍不定的淡金色微光。沙子裡埋著一支耳勾，上頭串著一條水晶柱，柱裡有一條僵硬的小金蛇，乍看之下像是被琥珀包裹的史前昆蟲，動也不動一下。

送這種東西給他幹麼？蕭練只瞥了一眼便將玻璃瓶丟回給祝九，說：「刑名的虺蛇，你自己留著欣賞即可。」

他可沒興趣，更加不需要讓如初看到這種醜東西。

祝九又將小瓶玻璃扔過來，說：「虺蛇只是附贈，禮物是金砂……葉云謙你還記得吧？」

「瘋狂科學家？」承影插嘴問。

祝九朝承影點了點頭，又對蕭練說：「這玩意兒便是他用來延年益壽、包治百病的好東西。」

那個「好」字帶著濃濃的諷刺。蕭練此時終於願意正眼看待這份禮物，他盯著小玻璃瓶看了片刻，若有所思地問：「沒有後遺症？任何人都可以使用？」

這話一聽就知道是為了如初而問。祝九輕輕嘆了口氣，搖頭答：「後遺症八成無法避免，適不適用於所有人……我猜，可以。」

承影面容變嚴肅，朝蕭練說：「老三，想清楚了，葉云謙後來可變成了個怪物。」

「但他活下來，而且活得挺久。」蕭練視線繼續停在瓶內的金砂上：「結契始終毫無線索，倘若真能讓如初多活些年歲，無論用什麼手段都值得。況且，人總有意外，以防萬一……」

他沒說完，但握緊了小玻璃瓶的動作卻說明決心。麟兮嗚了一聲，承影走上前，撞了一下他的肩頭表示支持。

祝九冷眼旁觀這一幕，開口說：「還有一件事我得先提醒，真要用來救人，這點子砂肯定不夠用。」

感傷頓時煙消雲散，蕭練抬眼問：「更多的在哪？」

「刑名別墅。」祝九毫不猶豫地回答。

承影懶洋洋地一笑，朝祝九說：「你這是送禮還是送餌？就為了這個來找老三，慫恿他硬闖刑名的地盤？」

被看穿了祝九也無所謂，他抬了抬眼皮，說：「慫恿談不上，各取所需而已。我在那裡住過一段時間，等下畫張地圖——」

「別，照我看，選日不如撞日。」承影打斷祝九，長臂一伸勾住祝九的脖子，朝蕭練丟了個眼神，問：「就今晚怎麼樣？」

蕭練會意，配合地一點頭，承影吊兒郎當地偏過頭對祝九說：「兄弟，一起？」

祝九指著蕭練回：「他才是你兄弟，我不是。」話裡倒也沒多少反對的意思。

承影大喇喇在祝九肩頭拍了拍，說：「別介意，四海之內皆兄弟。」

說定之後，承影便從行李箱內取出一個大金屬盒，抓著麟兮進房間磨蹭了十來分鐘，出來時麟兮身上多了一個背包，裡頭鼓鼓地裝滿了東西。大家這才出門，一輛車載著三人一狗朝山區疾駛而去。

途中祝九簡單解釋了他如何獲贈耳墜，之後說服刑名得到研究葉云謙遺物的機會，又利用葉云謙遺物跟姜拓搭上線，最後與刑名不歡而散，趁亂離開別墅等經過。

講著講著，祝九心念一轉，忽地問：「你們本來就打算闖進去？」

承影彎了彎嘴角，蕭練揚起眉毛，祝九眼神在他們兄弟倆的臉上梭巡一圈，又問：「你們本來要進去幹麼？」

「不如你先說，我看即使沒我們作伴，你也打算找時間溜進去，目標是什麼？」承影反問。

「我之前就說過，很單純，找金砂。」

不等承影提問，祝九又說：「我們長眠之後，本體被隨意丟棄在荒郊野外，經過千年風吹雨淋鳥獸踩踏，慢慢崩解，最後也就化成了一捧砂。葉云謙的研究，基本上就是在實驗室加快上述過程，再從中萃取出能量，供他吸收。」

這還是第一次，蕭練與承影得知金砂的真正來歷，他們互看一眼，承影再問：「裡面那條蛇又是怎麼回事？」

「隔了一層金砂之後，刑名感應不到她的蛇了。這應該才是那個女人把耳環給我的理由，她以爲這可以拿來對付刑名。」

祝九的語氣有點奇怪，蕭練問：「而你不以爲然？」

「不是不以爲然，是不需要，你又不是打不過刑名，何必拐彎抹角來對付她。」

這話有理。蕭練沉默片刻，再問：「既然如此，金砂對你根本沒用，何必找？」

「因爲我有件事想不通。」祝九從後視鏡與蕭練的目光相對，冷靜地說：「葉云謙把這金砂當寶也就算了，他死之後，刑名跟王鉞繼續珍而重之收藏這些砂，這毫無道理。」

「而你對他們倆的行爲，毫無頭緒？」承影問。

祝九頓了頓，說：「有一點，不過講到這裡我夠誠意，輪到你們了。」

「嘖，吊胃口啊你。」承影躺回椅背上不說話。

蕭練直視前方道路，淡淡回答：「我們去取一些資料。」

「什麼樣的資料？」祝九問後從後視鏡看到蕭練的神色，頓時心生不妙，又追問：「跟知止有關係？」

這話不好答。蕭練斟酌地說：「過去幾十年，各地都有修復師意外死亡，我們打算重啓調查，如果封狼有參與，那自然跟他有關。」

雖然蕭練的話語尚稱溫和，祝九的心情還是頓時低落。他轉向窗外，說：「我看遍了知止留下的紀錄，他更早之前就在跟刑名合作了，但他明明答應過我……」不傷害任何無辜的生命。

祝九的未竟之語，蕭練與承影都心知肚明。承影轉過身，探頭看向後座的祝九問：「有個問題我始終搞不懂，封狼雖然不耍心機，但也從不輕信，所以刑名究竟掌握到什麼了不得的關鍵，竟能讓他言聽計從？」

「這也是我的問題。」祝九緊皺眉頭說：「當然不能排除，刑名根本騙了知止。」

「他沒那麼容易被騙。」蕭練毫不客氣反駁。

「所以放在知止面前的東西必然實斧實鑿，強烈到讓他根本無從起疑。」祝九長長呼出一口氣，喃喃自語：「究竟會是什麼？」

「所以你也不是眞的要找金砂，只因爲根本不曉得目標是什麼，只能先從金砂下手？」承影說完，也不等祝九回應，便將頭扭回正前方，懶懶地又說：「講話說一半藏一半最煩了，老三放個音樂。」

這話明顯在批評祝九，然而祝九像沒聽見似地轉過頭，目光直愣愣地看向窗外。蕭練於是打開廣播，古典的管樂聲頓時盈滿車廂。

然而就在快上山的時候，一段輕如夢囈的話飄過來。從後視鏡裡，蕭練可以看到祝九閉上眼睛，喃喃地不知道對誰說：「線索太多太雜，不過如果仔細分析，都指向同一個地方，同一個人……問題是，我完全無法想像她要這麼做的理由。」

蕭練眼底掠過一絲陰霾。最近這些年，他越來越感覺到，在種種貌似不相關的事件背後，似乎存在一隻手，操控全局。

而這隻手，如今，正緩緩指向如初。

車子開上了山，祝九熟門熟路地指揮蕭練拐進一個不起眼的停車場。車停好後他領著其他人避開門口監視器，輕巧地越過了停車場外圍的矮磚牆，左彎右拐一段路之後走進一塊根本無路可走的山坡地，開始往上爬。

三人的身手自不用說，就連麟兮都比普通的狗來得矯健，幾下兔起鶻落，便行進到更幽遠的林間深處。蕭練任憑祝九繞了一陣子路，忽地感應到一股怪異的氛圍，於是仰起頭往上望。

憑藉過人的視力，他可以清楚看到，有幢小巧的獨棟別墅就在前方不遠處，屋內燈光全黑，看上去毫無生物活動的跡象。

無論刑名住不住這裡，安靜到這種程度都稱得上詭異。蕭練額外注意到，他們一路行來，鳥叫蟲鳴越來越稀疏，走到現在，竟只剩下風吹草木的沙沙聲。

很顯然，這地方被動了手腳。

「我住這兒的時候注意到一件怪事。」氛圍也令祝九有所聯想，他說：「刑名跟王鉞每隔一陣子就會消失幾天，再出現的時候王鉞總變得非常虛弱，有一次連路都走不穩。」

「受傷？」承影問。

「貌似如此，不過不管他受的傷有多重，二十四小時內必定恢復。」

說到這裡，祝九倏然停下腳。大家都跟著祝九停下，眼看他們距離別墅大門大約還有五十公尺，蕭練閉上眼睛感應片刻，說：「裡面東西不少。」

祝九皺起了眉頭。承影看向前方，從虛空中取出厚重的承影劍，扛在肩上問蕭練：「一起上？」

「我先。」蕭練舉手攔住承影。

詭異的寂靜將蕭練的聲音襯托得特別大，他語聲方落，霎時間，草叢裡飛起無數細如蚯蚓的小金蛇，每條都扭曲著身體，直撲他們而來。

蕭練舉腳踏前一步，伴隨著一聲輕越的劍鳴，宵練劍瞬間憑空而出，在半空中劃出一道黑色的光弧，被蕭練一手握住。

他並未喚出更多長劍組成劍陣，招式也不炫目，但身姿如松，一劍接著一劍綿延不絕出手，在山林間騰挪，翩若驚鴻，劍氣如一道無形屏障般在他四周延展開來，將每條撞上去的小金蛇剿殺成碎片後再拋出，沒有一片碎屑能沾染上他的眉眼、髮絲，或者衣服。

承影落後蕭練一步，氣定神閒地砍殺漏網之蛇。玉具劍因其結構，無法當成禦敵的武器，祝九只能空著一雙手，全靠身法閃躲，噴出來的金蛇碎屑擦身而過，刮破了他好幾處衣服，在三人之中最顯狼狽。

「還沒完。」蕭練一劍挑開最後一條小金蛇，劍尖指向別墅大門如此說。

「看得出來。」祝九面無表情地望著地面上慢慢膨脹的陰影。

承影摸了摸手臂上並不存在的雞皮疙瘩，大聲宣布：「我討厭沒毛的寵物。」

刑名放來防盜的，當然不是什麼寵物。跨進大門之後，攻擊他們的金蛇外型起了明顯變化，頭上生出兩支細細的尖角，鱗片更加粗重厚實。

「虺。」打了一陣子後承影低聲說了一個字，忽地臉色一變，轉頭問祝九：「刑名本體上面雕的全是爬蟲類，你知不知道等級最高的到哪裡？」

倘若本體上雕了龍，她又能將龍分身出來，麻煩可就大了。

祝九氣喘噓噓地想了想，說：「蛟吧？有爪子。」

果不其然，到了庭院之後，攻擊他們的便是嘴爪都鋒利的長蛟。

這一次，蕭練喚出九把劍組成劍陣，雖然他沒有握住任何一柄劍，但是他本身的存在與浮在空中的劍陣渾然相融，成爲一個整體，密不可分，共同生出一股凜冽鋒銳的劍勢。

承影、祝九與麟兮都退到了劍陣後方，蕭練以劍陣對上長蛟，贏得游刃有餘。但當蛟被劍陣剿殺的當下，卻不像之前的金蛇金虺碎片落了一地，而是化做光點飄向門外。

「動作快，牠報信去了。」承影立即反應。

躲在蕭練身後的祝九早已運起異能張望，此刻建築物的內部結構在他眼前鉅細靡遺浮現。

他一邊看一邊說：「一樓客廳的畫背後藏了一個保險箱，主臥的床板後方也有一個保險箱，哪個先哪個後趕緊決定，還有，等等，三樓牆壁裡，埋了一個方形的鐵箱——」

他話還沒講完，蕭練與承影已同時踏上飛劍，直奔三樓。

鐵箱被砌在水泥磚牆內，從外面看起來根本毫無痕跡。祝九原本還想找個趁手的工具來破牆，承影運起異能，一陣劈里啪啦爆炸聲響後，一塊塊磚應聲崩塌，露出一個用厚鋼板製造、上了三道鎖的樸素鐵箱。

承影抱起鐵箱，蕭練看向大門口，說：「有人往我們這邊來了……十幾二十個。」

「另外兩個保險箱呢，不要了？」祝九問。

「我賭這一個開出來最有料。」承影將鐵箱扔給蕭練，吹了聲口哨喚來麟兮，說：「你們先走，停車場會合。」

麟兮是唯一一個不能飛的，先前爬樓梯花了點時間，此時才搖頭晃腦地奔到承影身邊。承影打開麟兮身上的背包，拿出一綑又一綑的東西，祝九頓時瞳孔放大……

「殷承影！」

「走。」對蕭練而言，腳步聲已隱約可聞，他相信承影的能力，於是當機立斷拉了祝九跳上宵練劍，在空中一個大迴旋繞到別墅後方，避開來人往山下飛馳而去。

就當他們即將抵達停車場時，轟隆一聲自上方傳來，地面微微震動，祝九扭頭，只見大火沖天而起。

「你們早就打算把刑名別墅給炸了？」祝九不可思議地問蕭練。

麟兮的背包裡裝滿了炸藥，祝九聯想到承影出門前的動作，立刻明白這些炸藥顯然是承影特意帶來蕭練公寓。也就是說，這兩兄弟原本就訂好了今天的行動。

「我就跟承影提了下，如初之前吃的虧，得好好回敬才算禮尚往來。」

蕭練雖然事前並不知道承影會怎麼做，但這一炸的確讓他心裡十分舒暢。蕭練彎了彎嘴角，打開車門。

祝九回頭望了一眼，喃喃說：「那剩下那兩個保險箱……算了。」

就算沒炸光，也不可能得手。他只扼腕片刻，便鑽進車後座，將鐵箱的鎖亮給蕭練，說：「請。」

劍光一閃，三道鎖應聲而裂，四分五散落在地面。祝九打開鐵箱，看到裡頭堆滿的卷宗，數個小硬碟被膠帶固定在蓋子內側，卻並沒有更多的金砂。

承影迅速打開後方車門，竄進來之後砰地一聲關上門，麟兮慢了一步，在外頭急得汪汪叫。

蕭練按下前座車窗玻璃，承影指揮：「麟兮，你坐前面，老三，走。」

麟兮縱身跳進前座，得意地搖了搖尾巴，蕭練油門一踩，車子像箭一般飛速開出，幾個拐彎便將熊熊烈火燃燒的別墅甩在身後。

開過一段路之後，承影伸出手，毫不客氣地取走最上面的幾份卷宗。祝九低下頭看著懷中鐵箱，剩下來的卷宗每份封面上都寫了一個人名，然而沒有一個人他認識，也就無從得知這些人彼此之間的關聯。

承影翻了翻卷宗，臉色迅速沉了下來，可想而知卷宗裡記載的不是什麼好事。祝九有些頭疼地將手放在剩下的卷宗上，閉上眼睛。

這是逃避現實。他理當找出封狼爲他做了哪些傷天害理之事，一一加以彌補。如今證據就在眼前，他不該、也不可以退縮……

「知止，爲什麼？」

低喃兩聲後，祝九睜開眼，拿起最上面的卷宗。封面上寫著「秦觀潮」三個字。就他所知，這位是雨令的修復師，但來到雨令時封狼已被蕭練打到無法化形，自然也不可能對秦觀潮造成任何傷害。

想起這一點，祝九心下稍安。他打開秦觀潮的卷宗，第一頁全是個人資料，從生日、身高體重到健康檢查紀錄不良嗜好等等，應有盡有，乍看來就像保險公司的身家調查，但跟修復或傳承卻統統無關。祝九翻到第二頁，只見上頭詳列各種意外致死的可能性，從高到低排列，最高的是高血壓吃錯藥，其次則是綁架女兒導致其心臟病發。

就他印象，秦觀潮的確是在女兒綁架現場身亡，祝九瞳孔縮了縮，出聲問：「秦觀潮是怎麼死的？」

「中槍，葉云謙開的槍。」承影答。

「我指醫學上的死因。」祝九加重語氣問。

「急性心肌梗塞。」蕭練開口，語氣沉沉：「這是死亡證明書上的死因，爲什麼問？」

祝九不答，移開秦觀潮的卷宗，下一份卷宗封面上，赫然寫著三個大字：應如初。

4. 吉金之葉

午夜，應家。

如初睡下去沒幾分鐘，便聽到爪子摩擦門板的聲音，混雜著低啞的喵喵叫。她揉著眼睛打開門，橘色虎斑的老貓駝著背，慢慢走進來，蹭了蹭她的小腿後走到床邊，轉頭又對她叫了一聲。

黃上今年已經二十歲了，最近睡眠時間越來越長，跳上跳下也嫌吃力，體力隨著年齡衰退，但跟人的溝通能力卻與日俱進。如初一看就知道牠想上床，趕忙過去將牠抱到床上。

黃上滿足地翻了個肚皮，如初趁機將臉埋進牠毛絨絨的肚子裡，貪婪地吸一大口氣。她爬回床掀開被子，正準備重新躺下，幾小時前在傳承裡看過的影像忽然晃過眼前。

剎時間，睡意全消，如初盤起腿坐在床上出神片刻，雖然找不出任何理由，但還是聽從直覺，開始作畫。

大概因爲印象太過深刻，她只花了短短不到半小時，便將山長父親手上那塊陶磚上的畫，給完完整整勾勒了出來。

水波紋雲紋雷紋都跟腦海裡的磚畫十分吻合，但那雙躲在雲後面的眼睛卻是怎麼畫怎麼怪，如初端詳著草圖片刻，正準備動手修改，黃上忽地從毯子上跳了起來，弓起背對著窗檯直哈氣。

如初嚇一跳，放下手機抱住貓看向窗外，只見原本合攏卻沒上鎖的窗戶，如今被撬開一條小縫，一柄黑色長劍輕輕巧巧地從縫隙間滑了進來，劍身在月光下反射出淡淡微光。

「乖，沒事沒事喔，噓……」

被爸媽發現就麻煩了，如初手忙腳亂地安撫老黃貓。下一秒，蕭練化形成人，背對她站在床尾。

街燈打在他的上半身，照出歷歷分明的肌肉線條。不知道爲什麼，他今天的動作略慢，並不像往日般急著穿上襯衫，而是緩緩轉過身，側面朝她看來，每一個動作都蘊含著野生豹子般的凌厲優雅，一步一步，朝獵物前進。

視覺的衝擊性太大，如初腦子裡轟隆一聲，思考力歸零，只能目不轉睛地望向蕭練。

等意識回來的時候，他已經來到她身旁，低下頭，將冰涼的嘴脣壓在她的脣上。

那是一個掠奪性很高的深吻，帶著急切與渴求，彷彿怕一鬆口她就會消失不見。感受到蕭練的舌尖探入自己口中的時候，如初雙眼驟然睜大，他們不是沒有過更親密的舉動，但這般狂風暴雨似地索求，卻絕無僅有，發生了什麼事嗎？

一隻骨節分明的大手探進她的睡衣內，握住她的腰。蕭練一腳跨上床，摟住她一用力，她便翻了個身，整個人撲進他懷裡。

他的動作一氣呵成，細碎綿密的吻從耳畔一直落到頸邊。如初喘著氣，一個沒控制好，低低的呻吟自喉嚨逸出，緊接著，房門嘎吱一聲，床上的兩個人同時僵住。

蕭練用眼角餘光掃了房門一眼，湊在如初耳邊問：「妳在家裡睡覺不關門？」

「黃上剛剛在房間裡……」有貓在，門當然不能關，如初小口小口喘著氣，小聲問蕭練：「誰啊？」

在蕭練視野裡，一隻豎起來的貓尾巴溜出了房間。他傾聽片刻，搖搖頭，抱緊她，問：「關門？」

如初才嗯了一聲，蕭練便俐落地跳下床，一個箭步走到門邊，關門、上鎖，每一個動作都賞心悅目，從頭到尾沒發出半點聲響。

如初坐在床上抱著小毯子，一瞬也移不開眼睛，直到蕭練慢條斯理地將襯衫釦子扣好了，回到她身邊，如初才回過神，抱住蕭練問：「怎麼忽然想到過來啊？」

因爲在卷宗裡看到不下十種她意外死亡的方式，衝擊到他連電話都不敢打，只想用最快速度來到她身邊，守著她。

然而這話不該說，這整件事都不該讓如初知悉，令她煩憂。

於是蕭練對她眨了眨眼睛，說：「在機場找了一架貨機溜進去，搭順風機過來的。」

他接著解釋，回到本體後鑽進人類的交通工具坐上一程，再鑽出來飛到目的地，雖然有逃票的嫌疑，卻是最快最省力的交通方式。

如初注意力頓時被轉移，她驚嘆了一聲「還能這樣」，又說：「真羨慕，好方便喔。」

「想看的話，蜜月旅行我表演給妳看？」蕭練故意這麼說。

「你敢？」如初擰了一下他的耳朵。

蜜月旅行她才不要一個人坐客艙。

「不敢。」蕭練就著她還放在自己臉頰邊的手蹭了蹭，說：「想妳了。」

不是吧，才分開沒幾天啊。

想起臨別前的爭執，如初心底掠過一絲黯然，隨即打起精神，將手環在蕭練的腰上說：「我也好想你。」

蕭練抱緊她，又問：「陪我出去飛一圈？」

「好！」如初一口答應後，想想不對又問：「被鄰居看到怎麼辦？」

「還在乎鄰居？四方市的時候沒看妳有那麼多顧忌。」蕭練喚出本體劍，跳上劍，朝她伸出手。

「家嘛，不一樣。」

話雖這麼說，她還是牽住他的手，隨著他一起飛出窗外。

宵練劍載著他們倆，迅速衝上雲端，抵達一定高度後便放慢了速度，在夜空裡飄飄蕩蕩。蕭練將下巴擱在如初肩膀，閉上了眼睛，對周圍毫無興趣。如初卻不然，她環顧四週一圈後低下頭俯視自己從小生長的城鎮，欣賞了一陣子，忍不住感嘆：「我從來沒想過還能從這裡看不忘齋，像做夢一樣。」

蕭練不曾做過夢，但此時此刻，彷彿也能領會到人們常說的，美夢成眞的感受。他喃喃說：「我希望這樣的時間能夠很久、更久……永遠。」

最後兩字說得極輕，如初沒聽見。她回望蕭練，他對她粲然一笑，問：「陪我玩一下？」

「玩什麼？」如初眼睛一亮。

他抬起頭，指揮她：「先放開我，抓住劍柄。」

劍柄也是蕭練的一部分，如初毫無異議地照做了。蕭練鬆開抱住她的手，再問：「坐穩了？」

「一直都很穩啊……啊啊啊！」

她話還沒說完，身邊的蕭練驟然消失，長劍則往前急衝，帶著如初一路往上，在月色裡頭也不回直上雲霄，穿進雲層之中。

夜風自耳畔呼嘯而過，如初握緊劍柄，不斷告訴自己沒問題的，他就是劍、劍就是他，她等於坐在蕭練身上飛，沒什麼。

然而長劍飛到高空後並未減速，卻開始蛇行，先在同一個平面彎彎曲曲地繞了一圈，接著劍尖往下一挑，直直朝地面俯衝，在幾乎失速後才開始往上攀升，徹底飛出了雲霄飛車的軌道。

反正在高空，不怕被誰聽見，如初放開了嗓子尖叫。幾圈飛下來之後，她眼神發亮，頭髮汗濕了黏在臉上，又驚嚇又痛快，完全體驗到了速度帶來的快感。

這種飛法對蕭練來說連暖身都稱不上，他正要繼續加速，卻聽見如初的心跳聲乒乒乓乓，又重又快又亂。蕭練一驚，立刻停止加速，等確定了如初心跳逐漸恢復後，他才再度化形成人，氣定神閒地將宵練劍停靠在一片雲朵的上方。

如初偏過頭往下看，腳底下雖然有萬家燈火，但一眼看去，卻是公路的燈最明亮。不遠處水庫的水面反射月光，粼粼閃動，橫亙在水庫上方的玻璃透明廊道在夜裡依然清晰可見。她繼續忍不住將大半個身子都探了出去，眺望眼前既熟悉又陌生的家鄉。

蕭練不言不語地抱住她，順勢握住她的手。如初感覺手心裡多了個冰涼的小物件，低頭一看，一個小玻璃瓶上栓了條細細的金鏈子，像個吊墜般被蕭練放在她的手心。

「祝九送的結婚禮物。」他說。

裡頭的小金蛇已被取出，剩下大半瓶砂堆在裡頭，美得十分寧靜，一點都看不出經歷過種種腥風血雨。

蕭練今晚趕過來時，滿腦子想的都是如何在不說明來歷的前提之下，說服如初接受這瓶砂。能夠延年益壽，永保青春，這麼好的事，絕大多數人都會歡欣鼓舞，然而他不認為如初屬於絕大多數。

她習慣寂寞，對死生處之淡然，又親眼見證過葉云謙的瘋狂……但她也心軟，必然不忍心留下他一個，孤零零活在人間。

他看著如初舉起瓶子，等著她問「這是什麼」，也準備好了美化過的答案。

孰料如初什麼都不問，只湊近玻璃瓶仔細看了看，又拿遠了放在月光下觀察，像評估待修復物件似地研究了好一會兒，忽地轉向他，問：「先陪我去一趟不忘齋好不好？」

她的神情還算輕鬆，只多了點困惑，蕭練問：「怎麼了？」

如初皺了皺鼻子，說：「這砂，我感覺，好眼熟……」

「妳坐穩。」蕭練毫不遲疑將劍掉頭，往不忘齋飛去。

幾分鐘後，如初拉開不忘齋的大門，她前腳才剛跨進去，一抬頭就見架子上有面青銅古鏡抖了抖，霎時間消散不見。

鏡重環憑空出現，一個直腰翻身跳下桌，笑咪咪地舉起手說：「兩位晚上好。」

「鏡子、妳、妳嚇死我了！」如初後腳絆了一下，差點摔倒，摀著胸口問：「半夜三更，妳跑來不忘齋幹麼？」

「就、這裡溫度好，濕度好，我跟妳的客戶也處得滿好……」鏡重環眼神飄忽。

如初愣了一下才理解過來，重環口中的客戶，指的應當是桌面上的青銅古鐘：不忘齋最近接單修復的古物。爲了這口鐘，房間裡日夜空調不間斷，溫濕度都調整到最適合青銅古物保存的環境，鏡重環會喜歡不意外，但重環的神情總讓如初覺得有點不對勁。

她腦子轉了一圈，瞇起眼睛再問重環：「妳不只是今晚過來而已？」

鏡重環不開口，只用甜美的笑容回應。如初腦海裡拉起警報笛，她結結巴巴問：「妳不會、一直住在這裡吧？」

「民宿很貴啊。」鏡重環見如初準備開口，連忙又說：「我已經跟雨令辭職了，沒有收入，只能靠存款，只能精打細算，妳懂的嘛。」

「妳辭職了？」這又是個如初沒預料到的情況，她愣了愣，問：「妳上個月來的時候，不是說累積了好幾年的假一次休？」

「我不想幹了啊。」鏡重環破罐子破摔地嚷嚷起來：「鼎姐走了，承影也不知道什麼時候才回來。妳又決定重開不忘齋，也不會回去了，全公司就剩殷含光整天板一張棺材臉，看了就煩哪。」

「還有杜主任。」如初提醒。

「他老婆跑了之後就變成一個鋸嘴葫蘆，半天不講一句話，猛抽菸，臭死了。」重環的語氣充滿嫌棄。

「所以過去一個多月，妳白天在外面晃，晚上就溜進來睡？」想到被鄰居發現可能會引起的騷動，如初就感到眼前一黑。

鏡重環一點也不擔心，她笑盈盈地走到如初跟前，像個小女孩般抱著如初的手臂用撒嬌的語氣說：「沒事啦。妳看，跑進來睡那麼久都好好的，就表示我跟不忘齋有緣哪，妳不是要擴大營業，還要多請人手？就我啦，包吃包住，晚上免費幫妳看門防小偷。」

如初扶額：「鏡子，我們要請的是助理，不是櫃檯……算了算了，我先找東西。」

她說著便走近架子，開始東翻西找，重環見狀，自告奮勇說：「妳要找什麼，我幫妳。」

在這裡睡了好幾天，她對架子上的東西非常熟悉。

「一個小木頭盒子，跟手掌差不多大……對，就它！」

如初才講到一半，應重環便踮起腳尖，從高處的架子上拿下一個扁扁的木頭盒子。打開來，一片金燦燦的青銅葉端端正正躺在盒內。顯然完全不受環境干擾，始終維持著青銅器剛出爐的吉金色澤，一點氧化的痕跡都沒有。

搬出分析儀，如初掃描了一次青銅葉，記錄下數據，然後將玻璃瓶裡的金砂倒出一小撮，再用分析儀掃描一遍——兩組數據，完全相同。

「這是什麼東東？」重環探過頭問，蕭練則皺起了眉頭，看向如初。

身爲始作俑者，如初反而對這結果沒那麼訝異。她盯著數據思索片刻，轉頭問蕭練：「你的本體，可不可以借……」

他們眞的太有默契，她還沒講完，蕭練已憑空消失，而宵練劍瞬間出現在不忘齋的修復桌上。

如初走上前，開始用分析儀掃描宵練劍。她從劍刃處掃起，銅與錫的比例接近三比一，符合《考工記》的原則，但跟青銅葉與金砂都不一樣。

爲什麼會有所差異？

思索片刻，如初猛回頭問：「鏡子，妳的本體借我掃一下好不好？」

「耶，這算不算照X光？」重環說笑著，下一秒，一面青銅鏡出現在桌面，反射出天花板的燈光。

如初繼續掃描鏡身，抄下數值，然後盯著紙上的四組數據不放。蕭練重新化回人形，走到她身旁邊問：「有結論了？」

如初舉起小玻璃瓶，解釋說：「就掃描結果來看，青銅葉跟這瓶砂，裡面元素的成分跟比例完全一樣。反而你們兩個的本體，跟金砂不一樣，彼此也不太一樣，但各元素比例跟《考工記》裡的記載吻合。」

心跳忽然加快，她喘了口氣，又說：「金砂是化形者長眠後的遺骸，經過提純萃取出來，我猜，只要葉教授分析了夠多樣本，應該能找出跟隕星相符合的元素……」

她打住，像是遇上難題。蕭練看著青銅葉，若有所思地說：「合理。我們本體的原材料悉數來自隕星，但在鑄造過程肯會被添加其他元素。」

重環咻一聲化作人形，湊上前問如初：「妳的意思是，這片葉子也跟我們一樣，用隕星鑄造出來，只不過鑄造葉子的人沒添加任何其他東西？」

如初盯著葉子，慢慢搖頭，困惑地說出長久以來的疑惑：「我檢查了好多次，這片葉子完全沒有鑄造的痕跡。它、它像是自然長出來的……」

但怎麼可能呢？

蕭綀走到牆壁的電燈開關前，啪地一聲關了燈。月光映入室內，光線周折反射，在金砂與青銅葉之間映照出點點金光。

如初的視線也輪流在兩者間徘徊，不知怎地，她總感覺青銅葉片上的光芒更活躍，像是這片葉子還有生命，正掛在枝頭迎風搖擺。

蕭綀的眼神沉了沉，忽然伸出手取過青銅葉，如初還來不及反應，就見他舉起手，破空聲響起，長劍由上而下朝青銅葉斬來。

伴隨著她大喊「不要」，鏗地一聲，劍刃狠狠擊中葉面。長劍瞬間消散，蕭綀神色古怪地站在原地，手心托著葉片。

「你幹麼……」抗議到一半，如初便發現，青銅葉片好像沒被砍斷？

她就著蕭綀的手仔細將葉片檢查了一番，發現豈止是沒被砍斷，葉片根本未受絲毫損傷，精緻的葉脈均勻舒展，不見一絲斷裂跡象。

「這還是我第一次看到宵綀劍這麼遜，連片葉子都砍不動。」重環像發現新大陸似地盯著葉片不放。

蕭綀嗯了一聲，淡淡說：「這也是我第一次，正面對上一個物件，居然一籌莫展。」

他看向如初，問：「這就是妳在保險箱裡找到的那片葉子？」

如初點點頭，蕭綀接著說：「好，那我們得找出來，究竟是誰把它放進去的。」

5. 傳承崩毀

爲了找出青銅葉片的來歷，蕭練連夜飛回四方市，打算隔天進銀行詢問。如初雖然感覺到蕭練似乎有事情瞞著她，但也沒多想。她也有自己的心事、自己的目標要忙，婚姻讓兩顆心靠近了，但不該讓彼此成爲束縛的對象。

抱著這個想法，如初安然入睡。隔天是個萬里無雲的仲夏日，雖然前一晚睡不多，但她依然一大早起床，沐浴更衣後依照蕭練的要求，將那瓶金砂項鍊戴在脖子上，然後才慢悠悠地騎腳踏車出門。

不忘齋的門邊擺了一個陳舊的小香爐跟一盒線香，如初不太熟練地點火、焚香，規規矩矩朝門內一鞠躬，這才打開門，對著桌上的青銅古鐘說：「早安。」

不，她並沒有在這段日子裡信上奇怪宗教，工作前的淨身上香等種種步驟，只是遵循委託人要求，在修復前傳遞信徒的虔誠心意。

這座銅鐘是在道光年間由居民出資訂鑄，鐘面上除了鑄有經文與圖騰，還密密麻麻刻著善男信女的名字。委託人告訴她，根據當年的文獻記載，這口鐘是全莊共襄盛舉的成果，家家戶戶或多或少都出了錢，在集資的過程便已凝聚地方的向心力。等到大鐘渡海而來，掛上寺廟正殿，之後日日夜夜、暮鼓晨鐘，鐘聲響徹百年毫無間斷，徹底成爲居民生活的一部分。

因此，這次的挑戰是，她要修復的不只是一座古鐘，還需要徹底恢復留在人們記憶裡，那份莊嚴寧靜的鐘聲。

藏在鐘後方的青銅古鏡抖了抖，像在懶洋洋地打招呼。如初朝鏡子揮揮手，拿起微型鑽頭。今早排好的進程是鐘面除鏽與緩蝕，從陰刻銘文開始。雖然要工作的面積很大，工法卻類似洗牙，屬於費時勞心的細密工夫，用上的工具比牙醫還多得多，耐心也需要更多，一點一點慢慢做。

應錚沒過多久也進入不忘齋，卻並未插手，只走到另一張桌子前整理資料。父女兩人的角色儼然對調，女兒爲主，爸爸當輔助。

時間在不經意間溜走，如初輪番換用各式手術刀跟鑽頭，輕手輕腳地除去結垢。隨著她的動作，鐘面上被銅鏽掩蓋住的經文一個字一個字顯現，如初不自覺輕聲念：「願此鐘聲超法界，鐵圍幽暗悉皆聞……」

噹地一聲，應錚開啓古鐘的音檔，剎時間，沉穩悠遠的鐘聲迴盪在屋內，久久不散。

中午，如初在附近簡單吃了碗麵，便立即回到不忘齋。爸爸不在，應重環也不見了，整間修復室又只剩下她一個人。趁著休息時間，如初從木盒裡拿出那片神祕的青銅葉，舉起來對著陽光細看。

說也奇怪，明明葉片相當厚實，但無論昨晚的月光或今天的陽光都能夠穿透葉肉。金色的葉脈清晰可見，在葉片上延伸出奇異的花紋，乍看像鬆鬆散散的網絡，細看卻是一個又一個刀刻似的圖騰，彼此不相連，筆畫也不複雜。

對著光，圖騰在如初眼前慢慢延伸、扭曲、簡化，像是從圖案進化成古老的象形文字。雖然一個字都不認識，但如初還是一行一行看下去，試圖找出關聯。

就這麼看了好一會兒，忽然間，她在最後一行裡，找到一個有點眼熟的圖騰。

那是一幅簡筆圖，畫一把刀放在一塊布料上。她還記得，甲骨文裡「初」這個字就是這麼來的，代表用刀裁布，是做衣服的第一道工序，也用以象徵一切的開始。因爲是她的名字，所以特別有印象……

等等，她的名字，出現在葉片上？

這個聯想令如初心臟狂跳，下一秒，眼前驟然一黑，如初反射性地閉上雙眼，再睜開時，她赫然發現自己竟站在雨令的修復室走廊外，而山長雙手抱胸，站在她身旁，眼神鋒利，直視前方。

傳承也把雨令修復室給收錄進來了？

如初驚喜地跨前一步，隔著一扇玻璃窗朝內喊：「秦師父！」

秦觀潮就坐在他平常坐的長條修復桌前，像尊蠟像般一動也不動。

如初連喊了好幾聲，秦觀潮依然毫無反應，她只好轉向山長問：「秦師父聽不到我喊他？」

山長依然沒回答，但如初發現，山長的神色顯然有些焦灼，跟以往的自在從容大不相同。她還想再問下去，忽然間，就在她眼前，雨令長條桌的線條慢慢彎成一條波浪線。

如初還以為自己眼花，然而她還來不及舉起手揉眼睛，下一秒，修復室裡的每一樣東西，舉凡桌椅、地板、吊燈，甚至包括秦觀潮，都以肉眼可見的速度扭曲變形，碎成了千萬片後化作光點散逸。

如初腳下一空，整個人頓時懸浮在一個純黑色的空間裡面，周圍漂浮著點點金光。

山長嘆了口氣，伸出手，一片金光燦燦的葉片憑空驟現，掉落在她手心。如初只覺身體忽然變重，一眨眼，她居然站在劍廬裡，旁邊的火爐還燃燒著熊熊火焰。

腳踏實地的感覺一傳到腦海，如初便腿一軟，差點跪倒在地。餘悸猶存，她扭頭用驚惶的語氣問山長：「剛剛那是怎麼回事？」

山長手上還托著葉片，滿臉疲憊反問：「房間裡那個人就是秦觀潮？」

如初點頭，山長追問：「雨令修復室，就是妳待過那間公司的修復室？」

如初繼續點頭，山長走到小水池旁邊坐下，沉思片刻再問：「秦觀潮有沒有在雨令修復過任何化形者？」

雖然虎翼刀的修復並未在雨令完成，但先前許多準備工作的確是在雨令的修復室進行，因此如初第三次用力點頭，同時用一雙期盼的眼神看向山長，等她解釋。

山長一臉頭疼地舉起手揉了揉太陽穴，慢慢地說：「他資歷很好，理當夠格被傳承收錄，但不曉得出了什麼差錯，跟他記憶相連的場域始終建構不起來，連帶傳承都變得很不穩定……」

「不穩定所以剛剛才把我們都踢出去？」如初恍然大悟。

山長苦笑：「方才那樣還算好的，就怕場域瞬間崩毀，把妳給吞進去，到時候就連我也束手無策。」

如初一驚，忙問：「那怎麼辦？」視線卻不自覺落在山長手裡的青銅葉上。

這片葉子一出現她就注意到了，只是剛才情況緊迫，離得又遠，來不及觀察。如今定下心來細看，如初益發肯定，無論是形狀、顏色抑或其他特徵，山長手中的葉片跟她在現實世界裡所擁有的青銅葉都有許多類似之處，像是同一棵樹上長出來的，但山長的葉子肉比較薄，葉脈因此更加明顯。

山長捏著葉梗轉了轉，忽地停住，下定決心似地對如初說：「太危險，妳先別進傳承了。」

這話大出如初意料之外。她結結巴巴問：「但是、這、情況會變好的吧？」

「當然，就不知道要等多久，我的經驗，長則百年，短的話也要個幾十年。」說到這裡，山長頓了頓，看向如初又說：「妳不用管，裡頭的時間流速跟外面完全不同，等穩定了妳自然曉得。」

「可是，不能進傳承，我還怎麼做修復？」如初問。

山長奇怪地看著她，說：「以前妳怎麼做的，以後照舊就是了。」

「那不一樣！」如初衝口說。

無論是修補鼎姐耳朵深處的傷，或移除蕭練的禁制，她所做過每一樣跟化形者有關的修復，都需要傳承加以輔助。

山長舉手揉了揉太陽穴，用老師看不聽話學生的眼神看著如初，指著劍廬的門說：「不一樣也只能這樣，沒辦法的事，趁我還能護得住，妳趕緊離開。」

如初咬了咬嘴唇，走過去推開門，忍不住又回頭問：「我能幫什麼忙嗎？」

「當妳能夠的時候，妳自然會曉得。」

也不等如初回應，山長一揮手，如初身體立即產生一股熟悉的墜落感，眼前一暗再一亮，她又回到了現實世界，坐在不忘齋的椅子上，手裡還拿著青銅葉。

隨手將葉片放在桌上，如初站起身，開始在室內繞圈圈，想著自己能做些什麼讓傳承穩定下來。

腦子裡不斷冒出來各種瘋狂念頭，但細想卻沒一樣堪用。幾圈之後如初就繞累了，她停下腳，一抬頭，便看到鐘的蓮瓣紋一圈圈拖著鐘擺邊緣舒展開來，宛若蓮花冉冉自水中生。

爲了修復這座鐘，也爲了之後幫助遠在四方市的邊鐘，過去這些日子，她幾乎把整個人都埋進了青銅鐘的歷史裡，從合瓦形的樂鐘到圓筒形的梵鐘，一個時代一個時代用心研究。

不同於其他青銅器，古鐘既是金與火的技術，也是形與聲的藝術，鑄造時既需講究造型精美，更要求聲音純淨，撼動人心。雖然花了這麼多心力時間，能修復的古物寥寥無幾，如初卻非常滿足——尤其是古鐘修復後聲音的層次更加貼近原本的鐘聲，特別讓她有一種努力得到回應的感受。

「傳承怎麼來的？日常淬鍊工作用心，生死關頭頓悟明心……」

曾經在夢中聽過的聲音忽地自腦海深處響起，而心則在下一刻，靜了下來。

不依靠傳承，她也要做好修復。

綁好頭髮，拿起工具，如初回到桌前，繼續工作。

6. 造物有靈

沒過幾天，如初便發現，她的工作狀態改變了。思緒更容易集中，心境也更澄澈，不時便陷入無我的感覺之中。

因爲這份改變，古鐘修復的最後一哩路走得無比順利，成果也令人十分滿意。然而如初沒想到的是，在古鐘離開不忘齋的那天，委託人居然特地派出了獅陣前來迎接。

兩隻醒獅，一紅一白，扭著屁股從巷口走到不忘齋門前，一路打滾翻身，踏七星踩八卦，跳上躍下，雖然路程短但動作一絲不苟，將往常寧靜的街道徹底給攪熱了，鄰居紛紛探出頭觀看，有些還舉起手機拍照。

如初挺直腰站在門前迎接，委託人跟著醒獅小跑步過來，胖胖的肚皮一顫一顫。停下來後他掏出手帕一邊擦汗一邊對如初解釋：「一點心意，畢竟它護佑鄰里這麼多年……妳也覺得這樣OK？」

這個「它」指的自然是古鐘，這是如初第一次獨當一面應對，她點點頭，做出沉穩的模樣接話：「它一定很歡喜。」

「是喔。」悠揚清越的鐘聲響起，委託人鬆了口氣，隨口又對如初說：「你們修復師是不是有些人可以跟古物溝通啊？我看過電視專訪，很厲害……」

重環站在後面，噗哧一聲笑出來，連帶特別南下來陪如初的蕭練也翹起了嘴角。

醒獅來到門前，對著青銅古鐘做一個難度極高的大跳躍，伏下身子，在眾人稀稀落落的掌聲裡緩緩昂首、下拜，結束了整趟迎接儀式。

如初接過香，最後一次頂禮膜拜之後，目送四名大漢用扛神轎的方式扛著裝鐘的大玻璃罩，在舞獅的引領下緩緩離開。

應錚跟委託人話舊去了，如初轉頭便將剛剛收到的醒獅團負責人名片插進蕭練的襯衫口袋，然後拍拍他的胸膛說：「下次幫你做完修復，我一定會記得請他們來舞龍舞獅。」

剛剛他那展顏一笑，害她差點笑場，憋得特別辛苦。

「這項殊榮還是留給邊鐘吧，反正他愛熱鬧。」蕭練握住她的手，一本正經如此回答。

大家一起送走了古鐘，蕭練幫忙將桌椅推回原位後也離開了不忘齋。幾個小時後，如初一個人站在空蕩蕩的修復室裡環顧四周。

心情既滿足又失落，還夾雜著一股奇怪的鬆動感，彷彿有個想法如同種子般埋藏在心底許久，如今欲破土而出。

眼前一黑，熟悉的失重感再度來襲，但這一次，下墜的時間特別漫長，像跌進了無底的深淵，周圍是不見五指的黑暗，跟她第一回進傳承時一模一樣。

雖然沒有心理準備，如初卻也並不驚慌，她盡量放鬆身體等待著，心裡自然而然就知道，這只是一段過程，眞正的挑戰在終點才將展開。

當雙腳終於落在地面的那一刻，如初迫不及待舉起了右手。從跌下去的那一刻起，她就感覺到手裡多出一個巴掌大小堅硬冰涼的物體，在黑暗中散發出溫暖的金光。

慢慢攤開五指，果然，手心多出了一片青銅葉！

天邊傳來隱約的雷聲，成年女性的聲音伴隨著雷鳴自天邊響起，她充滿自信，帶著微微的威嚴問：「要建構什麼樣的場域？」

那並非山長的聲音，卻給如初一絲熟悉感。如初仰起頭，反問：「妳是誰？」

那聲音重複問：「要建構什麼樣的場域？」

不肯、還是不能溝通？

如初想了想，決定換個問題：「建構什麼都可以？」

「需要親眼見證。記憶越清晰，建構出來的場景就越眞實。」

可能這次問對了，天邊那個聲音立即回應，語氣裡充滿包容晚輩的耐心。

「那、我第一次動手做修復的場域？」如初試探著問，心裡盤算著那應該是小時候的不忘齋，就是不知道幫爸爸遞個工具算不算修復？

下一瞬間，眼前的光點暴漲，迅速將她整個人都包圍。太亮了，如初反射性地閉了下眼，再睜開時，她發現自己竟站在劍廬門前。

「經過檢索，妳要的場域已存於傳承之中，請自行探索，歡迎增補。」那聲音不緊不慢地如此說。

搞錯了吧？

如初立刻抗議：「不對，不是這個！」

「要建構什麼樣的場域？」同樣的聲音以同樣的語氣又問一次。

是不是只要回答錯誤就只能得到這一句？

如初一邊在心裡猜測，一邊舉起手裡的青銅葉片，對著再度雷聲滾滾的天邊開口說：「我想建構雨令，有秦師父在的雨令修復室。」

「經過檢索，妳要的場域並未存在於傳承之中，建構倒數計時開始，請維持注意力，十、九、八……」

居然可以！

天邊傳來引隱約的雷聲，如初心跳如鼓點，一聲又一聲敲在耳膜邊，她趕緊集中心神，在腦海裡不斷描繪著雨令修復室的模樣。起初她還擔心有所遺漏，然而記憶一點點浮現，像是被一股不知名的力量所引導，每一個小細節都清楚呈現。

隨著如初腦海裡的雨令修復室影像越來越清晰，在她面前，出現一團混沌星雲似的物體，狀似巨穴的氣泡和延伸的氣體細絲充斥其間，光點互相撞擊、爆炸，像有生命一樣不斷滋長，慢慢在她眼前構造出跟腦海中一模一樣的景象。

思緒彷彿已不隨她控制，如初愣愣地站在虛無之中，目視眼前這個容納有雨令修復室的小空間緩慢開展，而光明一點一點吞沒了黑暗，延伸至她腳下……

「這怎麼回事？」山長忽然出現在如初身邊，皺起眉頭。

腦子裡的聲音還在繼續，如初顧不得回應山長，只專心建構。前方的光迅速擴張，在轉瞬間將她們兩人包圍，白光一閃，她就站在走廊上，而秦觀潮就坐在修復桌前，跟上次崩解前一模一樣。

不、不一樣，如初立即注意到，原本空無一物的桌面上，出現了一柄刀——尚未修復的虎翼刀。

秦觀潮的眼皮忽然眨了眨，接著慢慢伸出手，摸向虎翼刀。如初倒抽一口冷氣，轉向山長急問：「老師他活過來了？」

「別喊他老師，直接叫他秦觀潮，他也沒活，這裡除了妳，都死了。」山長神色冰冷：「我不是告訴過妳，逝者已矣，傳承收錄的只是一段記憶。之後即使那段記憶產生了意識，也不算本人。」

「根據記憶發展出來的意識，爲什麼不能當本人看待？我在傳承裡見過的蕭練就很像他本人啊。」如初抗議。

「因爲那只是『一段記憶』。」山長轉向她，神情異常複雜地說：「妳的一小段記憶能代表完整的妳？當然不行，從有偏差的東西所發展出來的意識，只會跟原本的越差越多，物跟人都一樣，妳會覺得他像，只代表妳認識他還認識得不夠深。」

最後一句打到如初的痛點，蕭練活過太多年，即使她花上一輩子的時間，面對他也不時會冒出摸不到邊的感受。

她靜默片刻，不甘心地再問：「爲什麼傳承不乾脆把所有記憶都收進來啊？」

「浪費資源。就算都收進來，資質不夠好心性不夠強的根本產生不了意識……等等。」

山長神色一變，用一種難以言喻的目光看向如初，問：「重新把這片場域建構起來的……是妳？」

「應該是吧。」如初自己也一頭霧水。她隨口回應，眼睛依舊注視前方。

修復室裡，秦觀潮的動作加大了，他恍如夢遊般地拿起手邊工具，低下頭，一點點挫去虎翼刀上蟬紋理的金屬薄膜。

虎翼刀的修復並非在雨令完成，但在執行最終修復之前，秦觀潮跟她確實在雨令裡做過幾次初步的檢視與嘗試。隨著秦觀潮的動作越來越流暢，越來越像她印象裡的秦師父，如初還是忍不住激動了起來，拔起腳就往修復室裡跑。

她一路直奔到秦觀潮身邊，中途差點被一張椅子絆倒。雖然明知道斯人已逝，雖然明知道一切都只是記憶的修改與回放，但當秦觀潮終於完成一小段修復，放下工具轉頭看向她之際，如初不由自主地紅了眼眶。

她沒注意到，自始至終，山長都盯著她不放。

那目光十分複雜，有驚喜、有忌妒，也有不捨與掙扎。

但所有情緒都只在片刻內翻湧，隨即化成堅定不移的決心。

如初用手背抹去眼角殘留的淚滴，繞著修復桌轉了兩圈，忽然覺得不太對。她扭頭問山長：

「秦老師看起來好像變年輕了？」

山長糾正她：「不是好像，他年輕了大約二十歲。」

「爲什麼？」如初問。

她在傳承裡的身體狀況就是進傳承前一刻的模樣，出去進來，連穿的衣服都不會變，秦觀潮爲什麼不一樣？

「死後進來，在產生意識的那一瞬間，身體會開始調整，回到妳一生中最好的狀態。」山長解釋完，環顧四周後又說：「場域穩定住了。」

「眞的？」如初開心地問：「那我還是可以跟以前一樣常常進傳承了？」

「這個……」山長頓了頓，說：「我不確定。」

她迎向如初失望的目光，又說：「恐怕得做個實驗才能知道……妳願不願意幫忙？」

山長沒提願意做什麼，如初自動翻譯成——願意幫助傳承穩定。

「當然。」她用力點頭。

山長審愼地看著她，忽然問：「那先告訴我，這份合約妳怎麼取出來的？」

如初順著山長的視線，看見自己手上的青銅葉。

「不知道啊，我連這片葉子怎麼到我手上的都搞不清楚……」如初舉起青銅葉，不敢置信地問：「這個居然是……合約？」

「妳第一次進傳承時有簽下一份合約，怎麼，全忘光了？」山長挑眉問。

山長這麼一講，如初才想起來彷彿有這麼一回事，當時她只忙著去理解腦子裡被塞進來的許多知識，根本無法顧及其他。

她落下視線，看著手中的青銅葉片慢慢化成一張紙，游離的葉脈先在紙上排成一個又一個的圖騰，然後簡化成最原始的甲骨文。字形接著轉成以曲線居多的大篆跟小篆，繼續演化，直線條取代曲線成爲隸書，最後成了端端正正的楷書，一個字一個字排列在紙上。

最後一行是她的簽名：應如初。

難怪她之前在不忘齋觀察葉脈的時候，居然看到了一個「初」字。

「現在記起來了。」如初舉起紙，再問：「所以我該怎麼做？」

山長垂下眼思考片刻，說：「妳就這樣舉著合約，跟我一起念明誓。放空思緒，不要試圖去理解語言的意義，自然而然接受，讓誓言滲進妳意識深處。」

山長說完話，抓住她面前自虛空飄落的青銅葉，張嘴便開始吟唱一種奇異的語言。

山長手中的青銅葉在瞬間也變成一張紙。如初一個字都聽不懂，卻自然而然張開嘴就能跟著覆誦。隨著聲音響起，更多的小圖騰出現在合約背面，跟之前一樣歷經了文字演化的過程，變成端正可讀的楷書。

如初感覺自己跟著山長念了好久，但合約上增加的文字卻寥寥可數，就在她念到頭暈眼花之際，山長終於停下吟唱，轉頭對她說：「明誓增添了一些條文，妳自己先好好讀一遍，不懂問我。」

「了解。」如初趕緊抓住合約，翻到背面從頭讀起。

新增條文的口吻十分恢弘，劈頭就寫著：「造物以靈，傳之爲史，世世代代無窮盡。」

整份內容讀起來不像合約，倒更像是一個曾經輝煌的文明，在傾覆之際，對自己的歷史做出反省與懺悔，再將期許託付給後代子孫。

而顯然在這個文明裡，造物被賦予了獨特的意義。被製造出來的物飽含過去歲月的訊息留存至今，成爲歷史的活見證。而修復與保護這些古物，等同延續這個文明，成爲每一位傳承者的責任。

原本合約第一頁的末端是她的親筆簽名處，如初看到最後，發現背面的末端又是一處等待簽名的空白。她不敢確定自己完全理解，索性翻到正面一個字一個字讀出聲。

讀了兩三段之後山長大概聽得不耐煩，於是走到她身邊，指著文字解釋：「第一次的合約，包括了當妳確定死亡的那一刻，傳承會開啓通道，引入妳的部分記憶，建構場域。所有傳承者皆如此，妳看秦觀潮就知道了。至於多出來的新合約部分，主要部分是陳述妳將有機會，成爲下一任山長。」

「我、當山長？」如初頓時感到惶恐，她抬起頭問：「爲什麼？妳當得好好的呀——」

「任何地方都需要新血，別大驚小怪。」山長輕描淡寫打斷她後又說：「只是個資格而已，還需要通過考核，傳承自有篩選機制，被選中的人也有權利拒絕。當年崔氏死前也簽過合約，可惜沒過關。」

「她爲什麼沒過關？」如初好奇問。

「說來話長了。心性不夠堅定是最主要一個原因，妳別重蹈覆轍。」山長回答後幫她把合約翻到背面，指著空白處說：「簽吧，妳也想讓傳承能夠永存，爲後人所用，是嗎？」

如初左顧右盼想找支筆，山長像是知道她的疑惑一般，自虛空一抓，一柄長劍立刻被山長握在手中。通體漆黑的劍身，雖然外型跟宵練劍完全相同，卻給人一種濃重的權威感，跟她所熟知的堅定孤執氣息截然不同。

如初瞪大雙眼，山長倒轉劍柄，將劍遞給她，說：「來吧，歃血爲誓，以明己心。」

雖然只是在意識裡經歷了割開手指擠出一小滴鮮血的過程，但簽完名離開傳承時，如初卻感到天旋地轉，從頭髮絲到腳底板都疲憊不堪，體力完全被榨乾，非常不好受。

她昏昏沉沉地才睜開眼，就見到鏡重環一雙黑黝黝的大眼睛，湊在她面前緊貼著不放。

如初嚇了一大跳，反射性後仰，拉開了距離問：「鏡子，妳在幹麼？」

「看這個。」重環目光下移，如初跟著往下看，才發現自己竟然握著青銅葉片。

這太奇怪了，明明進傳承之前她沒把這片葉子拿出來呀。

如初正一頭霧水，鏡重環碰了碰青銅葉，又說：「剛剛我進來的時候，妳手上還什麼都沒有，忽然間妳醒了，這片葉子也出現了。」

「妳確定？」如初問。

「拜託，我的天賦異能就點在我這雙眼睛上。」重環用食指中指比了比自己雙眼，又說：「雖然就那麼一個瞬間，但相信我，錯不了，怎麼回事？」

如初與重環對視片刻，忽然從椅子上跳了起來，跑到架子前將裝葉片的小木盒拿下來。木盒裡空無一物，如初又舉起葉片，順著往下看，毫不意外地看到那個很像「初」字的圖騰，證明這的確是同一片葉子，只不過在她進入傳承時，不知爲何從盒子裡溜了出來，跑到她手中……

又或者，這片葉子跟著她進入傳承，又跟著她出來？

最後這個想法，讓如初猛然變了臉色。她急忙看向自己的右手食指——指頭上的皮膚光潔完好，一點傷口都沒有。

這才對，傳承跟現實世界不應該相通，也不可能相通。

反覆說服自己幾遍後，如初感覺安心了一點。她收好青銅葉片，隨口對鏡重環說：「不曉得，不管它。」

重環的眼神在那片葉子上留戀片刻，這才上前挽住如初的手，兩個女生開心地討論起婚禮禮服設計，之前發生的小小異樣頓時拋在腦後。

很久之後，如初回顧過往時才發現，那晚的對談，她以無心對上有意，居然造成了諜對諜的效果。

在最重要的問題上，她給出了誤導性的回應，而山長也隱瞞了關鍵訊息。

7. 像個美夢

幾天後，如初照著委託人給出的時間地點，來到等待修復的古宮廟。才跳下公車，便瞧見了雙手插在牛仔褲口袋，等在門口前的蕭練。

她眼睛一亮，小跑步上前挽住他的手臂，問：「眞的有空過來啊？」

爲了籌備婚禮，蕭練向公司請了半年的長假，據他說是把之前百年沒休完的特休一次用光。管人事的鼎姐不在，代理的含光二話不說立刻批准，條件是有特別任務時還是得歸隊，過去幾天蕭練就在特別任務期間，沒想到居然擠得出時間。

「弄得差不多了，剩下一些文書作業，祝九自願幫忙，不需要我。」蕭練含糊其辭回應。

完整事實是，經過商議，含光決定禮聘祝九與他共同整理那些從刑名別墅裡弄出來的檔案，再規劃下一步。在此之前，含光勒令蕭練回到休假狀態，特意叮囑蕭練千萬別輕舉妄動。

蕭練既沒打算聽含光的，也沒打算把事實告訴如初。他將手從口袋裡拿出來，牽起如初，含笑又問：「一起進去？」

如初開心點點頭，拉著蕭練跨進廟門。她站在香爐前環顧一圈，接著便看到角落裡有個半人高的背板，上面寫著「報到處」三個大字，背板旁擺了張桌子，一名臉圓圓三十出頭的男子就坐在桌子旁邊，正埋頭擺設。

如初興沖沖地拉著蕭練走過去，自報姓名後圓臉男子抬起頭，不太確定地問：「學妹？」

如初睜大眼睛看了又看，遲疑地反問：「學長？」

她居然沒認出來！

她一喊完，蕭練便不動聲色地抬了抬眼，饒有興味地看著這兩人互動。只見圓臉男子推了推眼鏡，再問：「這麼缺人，教授連妳都找來幫忙啦？」

「沒啊，廟祝認識我家工作室的一個委託人，然後他來找我……」

如初攤手，一副該講的都講完的模樣。兩人大眼瞪小眼了片刻，眼看氣氛開始尷尬，蕭練於是微微一笑，走上前，自報姓名職業，又問有哪裡需要他協助。圓臉男子一聽蕭練是佳士得的古物鑑定師，頓時起了興趣，兩個初次見面的男人開啟商業聊天模式。如初站在一旁，才開始感覺無聊，就聽見學長問蕭練：「你怎麼會特別從北部下來？」

蕭練一把摟住她的腰，答：「陪她，我們下個月結婚。」

「恭喜恭喜。」學長自然反應，如初狐疑地看向蕭練。

怎麼有種刻意對情敵宣示主權的感覺？沒那麼幼稚吧。

輪到蕭練反問學長：「聽初初說你大學不是學古物修復的，怎麼會想要轉行？」

「哈哈，黑歷史，學妹居然還記得。」學長抓抓頭，開始解釋：「我本來念美術，念到大二發現以現在市面上的情況，走創作這條路，除了天賦，還需要很強的社交能力。我這方面特別不行，也不喜歡，所以才轉行。」

「原來如此。但是做修復需要限制自己的創作欲了，不遺憾？」蕭練追問。

學長耿直地搖頭，才剛說了句「我喜歡現在的生活」，又有人要來報到，所以終止了這段談話。

走到角落後，如初扯了扯蕭練低聲問：「你搞什麼啊？」

「妳學長跟我想像的不太一樣。」蕭練也低聲回：「很有趣的一個人，沒有貶低的意思。」

「……你想像裡他應該是什麼樣子？」

蕭練腦海中閃過姜尋懶洋洋的模樣，他試探地說：「更有魅力，收放自如？」

如初幽幽地看著他，直到蕭練有些不安，她才板著臉說：「你有沒有想像過，剛遇到學長時的我是什麼樣子？」

十八歲的應如初，一定也跟蕭練的想像很不一樣。

蕭練愣住了，如初心情複雜地瞧著他，又說：「學長一直很能夠坦白面對自己，我有一陣子不太行，所以特別欣賞他這樣。欣賞，不是喜歡，而是我想變成他，懂嗎？」

蕭練這下眞的驚訝了。他說：「妳是我認識最能坦然面對自己的人。」

「眞的？」如初小得意了一下，才說：「需要練習，蝴蝶也是毛毛蟲變的呀。」

剛剛看到學長，她才想起來，高中是她的黑暗期，成績不好，跟同學也處不來。上了大學之後，情況漸漸好轉，如初不明白什麼樣的契機改變了她，但本能地不願意回憶這段時光，偶爾回想也只是對自己說，那是因爲擺脫了考試的緣故。

但也許，更應該感謝那時候遇到了一些很棒的人，比方說學長？

雖然不是初戀，但她非常幸運。

聽完她的短暫回憶後蕭練抱了她一下，然後問：「想不想邀請妳學長來參加婚禮？」

「算了。」如初搖頭：「這麼久沒聯絡，我剛剛都認不出來，忽然問，好奇怪。」

後方有人喊如初的名字，她回過頭，看到好幾年沒見的學姐，連忙跑了過去。陸陸續續又來了許多人，其中不少是如初大學同學或上下屆學長姐弟妹，場面頓時熱鬧了起來，像個小型系友會。

如初忙著寒暄，也順帶向大家推薦不忘齋，蕭練則走到一旁，發出一則訊息。

十點半，教授拎著筆電，準時跨進廟內。他打開投影機，向大家介紹這個修復計畫。

大體來說，宮內的壁畫都是明末清初繪製，因爲離港口近，空氣裡鹽分含量偏高，數百年累積下來，壁畫所遭受的傷害也以鹽害最爲嚴重。爲了了解鹽害種類跟壁面的含鹽量，團隊針對每幅壁畫都執行數次材料檢測分析，並反覆進行脫鹽程序，直至確認爲止。前期作業已告一段落，所有壁畫的基本資料，包括尺寸、顏料分析、病害狀況等等，都已登錄進資料庫，今天，便是實地動手修復的第一步。

給完一個簡短的說明之後，教授領著大家在廟裡繞一圈，每走到一處需要修復的地方便停下腳，開始解說：

「……南部陽光大，廟裡進香客人又多，香火加上光線，對壁畫的破壞都是致命傷，特別是顏料部分。你們看這邊好幾幅，已經完全看不出來原本的顏色是什麼了。」

「我要跟大家強調，這次修復的原則是修舊如舊，所有工法都盡可能採取傳統方式進行。必須恢復那種畫完經過幾百年，但是沒有被陽光照到沒有被香火繚繞，自然褪色的感覺，絕對不能修復完了看起來像剛畫好一樣，那不行。」

古物修復領域一直有「修舊如舊」和「修舊如新」的兩難爭議，如初在修復化形者時採用的都是「修舊如新」原則，但聽完這一段後她立刻知道，在這裡，她以前慣用的手法行不通了，得重新來過。

就在她默默思索時，教授已開始解釋流程跟分配工作。

他將人員粗分成三組，對應的是壁畫的三層。第一組負責支撐層，也就是承載壁畫的建築物材質。在這座廟裡當然就是磚牆，但如果在墓穴裡，就是墓室的牆面，而如果要修復的是古代的洞穴壁畫，比方說敦煌的莫高窟，那就是岩石本身。

第二組負責顏料接觸面的材質。據教授表示，這部分非常複雜，比方說元代永樂宮的壁畫接觸面又可以再細分成三層，分別是粗麥層、細麥草泥層跟沙泥層。相較之下，這座宮廟的磚牆比較單純，只敷了一層水泥砂漿，麻煩的是之前的修復從來沒處理過這一層，日積月累下來，這層成爲被鹽分侵蝕得最厲害的一層，需要的工也最多。

最後由第三組負責的，才是大家肉眼所能見到的畫作本身，在修復上稱之爲顏料層。

在教授講到第二層時，如初翻出了手機裡的磚畫草圖。

印象中，那塊磚畫上的層次感遠遠不如廟裡的壁畫豐富，更像是信手塗鴉。照教授剛剛的說法，這絕非建材專用陶磚的繪畫方式，那麼爲什麼山長的父親把那塊磚看得如此重要，還要把上面的紋飾鑄到三劍上面？

誰畫的呢？

教授講解時，學長抱著一疊資料，逐一分發給參與的學員，此時正好走到如初面前。他將資料遞給如初，不經意看到她的手機螢幕畫面，順口問：「學妹，妳還有在畫畫？」

如初原本想得出神，此時被這麼一問，愣了愣才回過神，忙搖頭：「這不是我畫的。」

「是妳的畫風啊，我還記得。」學長指著雲端裡藏著的那雙眼睛說：「這個臣字眼，眼角線條一點旋轉都沒有，以前有一次商代文物特展，妳幫社上做海報，畫出來的眼睛就是這樣，還被老師批評，說串場了，把古希臘羅馬的風格用到商代。」

「臣字眼」一詞，從「臣」這個字的甲骨文而來，像一隻豎立的眼睛，只畫眼眶跟眼球，不刻畫瞳孔，在商朝出土的古物裡很常見。學長這麼一說，如初也立刻想起來，大學時代她練習過臨摹，的確被老師指出錯誤。

可是，明明她印象裡，磚畫上的眼睛就長成這樣啊……

趁著中場休息時間，如初進入傳承，確定了磚畫上的那隻眼睛果然跟她所繪的一模一樣，絕非失手之後，如初跑到到教授旁邊，取出手機裡的草圖請教。

教授還沒來得及發表意見，旁邊一位老修復師湊過來，不屑地說：「仿的啦，手法還挺拙劣。」

「我在遺址裡看到的，保證是眞跡。」如初回了老修復師後，又對教授說：「同一個遺址還出土了三把青銅劍，其中兩把劍上面的紋樣來自這幅磚畫，可是第三把劍什麼紋樣都沒有，這在文化上有沒有什麼特別的意涵？」

原本靠在牆上的蕭練直起身，神情頓時變專注。

教授問：「哪個朝代？」

「殷商前期。」如初立刻回。

「不可能。」另一名學姐湊了過來，說：「如果是套劍，紋飾一定相呼應，這三把劍應該沒關係啦。這也常見，就算形制一樣，同一個墓裡挖出來的，也未必是套劍。」

問題在於，這三把劍已經認了三兄弟，說沒關係他們一定不同意……

眼看蕭練似笑非笑地挑了挑眉，如初嚥下反駁，默默聆聽。教授也贊同學姐的說法，至於磚畫的手法大家討論一圈後毫無結論，唯一能夠確定的，就是這畫裡用上了兩種絕無可能出現於同一時代的創作手法，倘若磚畫的年代無誤，那麼這種情況就屬於另外一派學說的範疇……

「歐帕茲。」教授說出了一個專有名詞。

如初沒聽過這個名詞，但顯然蕭練曉得。他收起笑容，眉頭緊鎖。

等晚上收工，如初一跨出古廟便立刻抓著蕭練問：「什麼是歐帕茲？」

「Out-of-place artifacts，時代錯誤遺物。專指有可能挑戰已知歷史的古物。」他解釋。

「噢，那不可能是你啊。」如初想都不想便這麼說。

「爲什麼妳能如此肯定？」蕭練反問。

「傳承裡有宵練劍的鑄造經過，時間、地點、技術跟鑄造者都清清楚楚，沒有錯置的可能性。」如初攤手，這有什麼好辯論的？

「但妳也說過，我的本體起初的設計有紋飾。」蕭練提醒她。

「傳承只收錄了剛開始那一小段，可能後來山長跟她爸爸又覺得不要紋飾比較符合你的氣質。」如初一臉自信地這麼回答。

蕭練瞄著她，說：「那時候我連人形都沒有，哪來的氣質？」

如初噎了一下，嘟囔：「反正這裡面一定有個合理而且簡單的解釋，我確定。」

她想起蕭練之前看見磚畫草圖時一臉不以爲然的表情，順口又問：「你不喜歡那幅磚畫？」

「一想到它原本可能會出現在我本體上頭，就喜歡不起來。」蕭練回答。

「爲什麼，很漂亮啊。」如初忍不住抗議。可能是因爲跟她的筆觸相仿，她對那幅畫特別有好感，聽到批評就不太舒服。

蕭練聳聳肩說：「我喜歡我現在的樣子，從有意識以來就喜歡。」

「自戀。」如初忍不住槌了他一下，又笑著說：「好吧，我記住了。」

後來，事實證明，她的確銘記在心，也幫他堅持到底。

接下來的兩個禮拜，如初天天都去古廟報到，幫忙的同時也學習如何「修舊如舊」。大部分時間她都花在拍照、校對矯正儀器等技術性工作上，最具挑戰性的一次，是當教授將壁畫從牆壁貼割下來時，她站在旁邊立刻對牆體周圍灌漿，再用最短時間將灰漿一遍遍塗平。雖然純粹就工作性質來說，跟水泥工差不多，但對象是古蹟，讓下手時的緊張度截然不同，當然，完成後的滿足感也大不相同。

應錚來過一次，正好看到女兒灰頭土臉忙進忙出，如初本來想著趁休息時間帶爸爸參觀，但滿天塵埃太容易讓應錚鼻子過敏，只能打消這個念頭。反倒是蕭練趁空檔帶應錚去看顏料製作，兩人貌似處得不錯，這讓如初生起了一股希望——

也許他可以瞞爸媽一輩子，想想也沒有太長，就、頂多五十年？

五十年的歲月安好，聽起來，像個美夢一樣。

8. 死生大事

婚卡不能再拖，但工作也滿檔。於是在古廟幫忙修復的最後一天，如初徵得教授同意，提早結束，跟蕭練一起進入附近的喜帖店挑選。

這家店的卡片按顏色排列，如初看到一張金光燦爛的婚卡，忽地想起之前傳承裡發生的事，趕忙告訴蕭練，她知道青銅葉片的來歷了，但卻更搞不懂，傳承裡的合約怎麼能跑進現實世界？

孰料，蕭練的關注點跟她完全不同。

「妳說簽就簽，一點都沒給自己時間考慮清楚？」他問。

「沒關係啦，反正我死了以後合約才會生效。」如初不在意地答。

「死生大事，不應當如此隨意。」蕭練低聲回應。

「可是我總有一天會死的啊。重要的是怎麼活著，不是嗎？」她一邊挑卡片一邊隨口反問。

蕭練沒有回應，如初抬頭一看，才見到他周身的氣息已經變了，充滿風雨欲來前的陰暗壓抑。

又來了。如初心底暗暗嘆了口氣，拿起一張大紅色的喜帖，推推蕭練問：「這張怎麼樣？」

「我不會讓妳死的。」蕭練答非所問。

「這不是你讓不讓的問題！」如初眞的有些生氣了，她不自覺提高語調，又說：「自然定律，我就一定會……」

「死」這個字如初及時打住，沒發出聲，她深吸一口氣，告訴自己別氣別氣，然後放下大紅卡片，改拿一張草原綠的婚卡，在蕭練眼前晃了晃，說：「唐朝婚禮據說是男生穿紅女生穿綠，紅男綠女，我是絕對不要穿綠色結婚啦，不過婚卡這個顏色倒是可以考慮，你覺得呢？」

蕭練不認爲自己反應過度，但也並不認爲眼下是跟如初探討生死的好時機。他靜默片刻，低聲問：「妳喜歡唐朝？」

如初下巴一昂，答：「我喜歡此時此刻，活在當下。」

這話一半是眞，一半卻是賭氣，氣他總是對人必有一死這件事滿懷芥蒂，讓死亡變成兩人之間的禁忌話題。

但身爲古物修復師，她其實對當下無感，更喜歡逆流在時間的長河之中。

蕭練自然明白如初在講氣話，他沒反駁，只順著她的話說：「那就選一張妳當下喜歡的吧。」

「好喔，我來看看。」如初抬起頭，幾秒之後，面對占據了大半面牆的卡片樣本，她爆發了選擇困難症。

她推推蕭練說：「不然你先，選一張你喜歡的。」

話一出口如初立刻覺得這個主意好，馬上補充：「我有權否決，你一直挑你喜歡的，挑到我喜歡爲止，開始吧。」

說實話，她還滿好奇蕭練會選什麼樣的卡片。

如初說著便往旁邊讓了半步，想等蕭練好好挑選，孰料他完全不浪費時間，只隨意瞥了一眼，便從架子上琳琅滿目的卡片中取下一張，遞到她眼前。

那是一張深藍接近黑色的婚卡，上面灑了銀屑，一動便泛出點點銀光，像是要將人拉著墜入無盡星空。

這張卡片放在架子上不顯眼，拿在手裡卻異常吸睛。如初舉起卡片看了看，輕聲說了句「好美唷」，然後轉向蕭練問：「爲什麼選這張？」

「這讓我想起第一次見到妳的夜晚。」蕭練對她微笑，說：「星漢燦爛，幸甚至哉。」

這答案太甜了，如初滿心接受，取了卡片立刻下訂單，之前關於死亡的爭執在表面上悉數化爲烏有。

而在內心裡，兩人南轅北轍，她以爲他遲早得面對現實，他則信心十足，總會找出辦法，讓他們生死與共。

無論婚卡還是修復，都在今天畫下完美的句點。於是輪到搭車回家時如初興致突發，想重溫一次大學時代的通勤路徑。她拉著蕭練先搭區間車慢慢晃，下了火車轉捷運，下了捷運再換騎腳踏車，等騎上路的時候，一彎弦月已上升至半空，黑夜即將降臨。

她趁著等紅綠燈撥了通電話給媽媽，鈴響三聲，接起來的卻是爸爸。他劈頭就說：「喂，初初啊，我跟妳媽還在黃昏市場，妳到家啦？」

應錚說話素來不疾不徐，調侃的語調襯著市場的嘈雜，分外顯得悠閒。如初跟爸爸聊了兩句，掛下電話，踩腳踏車的速度不自覺放慢，吹著風朝家的方向前進。

又過了幾分鐘，如初看到前方有個男子走在不遠處。他的背影挺拔，腳步卻有些猶疑，三不五時停下腳張望，像是搞不清楚方向。

如初多看了兩眼，忽地一愣，指著那名男子問蕭練：「祝九？」

「是他。」蕭練眼神變鋒利。

如初對祝九的突然來訪沒多大興趣，她往前望，看到應錚正朝家的方向走去。他拎著一個購物袋，看上去有點重，媽媽拖著購物車走在爸爸身旁，兩人交頭接耳，神情有些嚴肅，像是正在商議大事。購物車裡頭裝得滿滿，一把菠菜都快掉到外面了，也沒人注意到。

如初於是腳下加快速度，想著騎過去幫忙。忽然間，刺耳的輪胎摩擦地面聲自後方傳來，混雜了蕭練的聲音，他喊……

「初初！」

下一刻，如初感到自己身體被攔腰抱起，跟著蕭練一同滾到路旁的草地上。沒人騎的腳踏車頓時橫倒在地，緊接著，一輛砂石車轟隆隆從他們原本的路徑開過來，先輾平了腳踏車，然後筆直朝前方衝去。

轟然一聲，砂石車撞上了社區的警衛室，煙塵四起，爸媽頓時消失不見！

如初的腦筋一片空白，身體卻搶先一步，掙扎著爬起來拔腿就往前跑。然而她並未能展開行動，因爲蕭練的手，牢牢抱緊了她。

如初急得扳他手指：「蕭練，你放開！」

「奇蹟。」祝九從煙塵裡走了出來。

他運起異能觀察一圈，淡淡又說：「除了駕駛，沒人受傷。」

如初這才想起來，祝九的異能是透視，這個場面沒有人能看得比他更清楚。她鬆開了手，腿一軟，整個人栽進蕭練懷裡。

「我爸媽……」如初抬起頭，抖著嘴脣問。

「他們沒事，妳現在衝過去反而添亂。」

雖然無法如祝九般看穿全局，蕭練依然憑藉著過人的耳力冷靜做出判斷。血腥味忽地湧入鼻尖，他低下頭，瞳孔微縮，急問：「妳受傷了？」

被這麼一問，如初頓時感覺身體左半邊傳來刺痛感，她舉起左手，透過襯衫袖口看到手臂上一大片擦傷，傷口應該不深但面積顯然很廣，一絲絲鮮血正緩慢將襯衫染上紅色。

如初瞥一眼被輾扁了的腳踏車，害怕的感覺在這一刻終於湧上心頭，連帶身體也不由自主開始發抖。她扶著蕭練慢慢爬起來，茫然看著一團混亂的前方。

「車禍，現代社會很常見的意外。」

祝九的聲音自一旁響起，他慢吞吞地說著，語氣帶了點嘲諷意味，但只要不熟就聽不出來。然而相識千年，蕭練立刻聽懂了祝九的言下之意，他迅速環顧四週，在警衛室附近的電線杆上發現一部街道上隨處可見的監視器。鏡頭對準了他們，上面閃爍著紅光，像一隻躲在背後偷看的眼睛。

「真的是意外？」蕭練盯著監視器問。

「最起碼，我感受不到任何異能的痕跡。」祝九頓了頓，若有所思地加一句：「情理之中，意料之外，也算『意外』？」

蕭練抿了抿嘴，眼底的凌厲一閃即逝，隨即換上深深的決心，而祝九則將目光投向如初，緩緩又說：「我問過殷含光，如果意外是一連串巧合加總之後的隨機突發事件，那刻意操控放大每一個巧合發生的機率，卻不改變隨機的本質，這樣的事件，是否還算意外？」

「大哥怎麼說？」蕭練緩緩問。

「他沒吭聲。」祝九的語氣再度出現嘲諷。

如初完全沒管祝九與蕭練在談些什麼，只專心一意地盯著前方不放。不遠處，煙塵漸漸落下，旁邊的民眾統統圍上去幫忙，而父母的身影也重新出現在眼前。他們顯然沒事，卻也顯然被嚇到了，媽媽扯著爸爸的一隻手臂，像在檢查他有沒有受傷，爸爸則幫媽媽拍去落在衣服上的灰，兩人互相扶持、互相依偎……

如初想都沒想，拔腿便朝爸媽狂奔而去。蕭練站在原地，抬眼冷冷地望向祝九，祝九聳聳肩，調侃地問：「不去看一下？畢竟根據人類習俗，你結婚以後也要喊人家爸媽——」

祝九猛地打住，同一時間，蕭練扭頭朝路旁一間民宅看去，祝九只慢了半秒，便望向同一方向。蕭練只看到一個人的背影，祝九卻看到了更多，在異能運作之下，隔著兩堵牆，他看到那人的腳邊繞著幾條細長線狀的活物，盤旋扭曲隨著人一同快速離去。

蕭練閉上雙眼，辨別出那人離去的方位，正要追過去，祝九卻抓住他的手臂，搖搖頭：「普通人，棄子而已，追上也沒用。」

他頓了頓，又說：「刑名的虺蛇也在。」

「果然是她。」蕭練的臉色倏然冷了下來。

9. 等待意外發生

蕭練的公寓位於市區中心，站在陽臺上仰頭便可見點點繁星閃爍，低下頭，最繁榮的街景都在腳下。

今晚天空無片雲，按理講是最適合欣賞夜景的天氣，然而站在陽臺上的兩人都顯然無此興致，蕭練不時舉起手機地圖跟不遠處的山脈做比對，眼神透露出一股銳意，站他旁邊的祝九則以一目十行的速度迅速翻閱手中檔案，不時輕皺一下雙眉。

啪地一聲，祝九闔上檔案夾，轉頭冷冷問蕭練：「所以早在二十多年前，你們就發現有些修復師的死亡情況不正常，但卻一直觀望，直到知止來到四方市才採取行動？」

「所謂不正常，大多也就如同封狼殺掉的那個人一樣。明面上是修復師，暗地裡偽造、盜賣，什麼髒活都接，賺的錢十塊裡有九塊半見不得光。這樣的人一夕橫死，很難斷定究竟問題出在哪個環節。」蕭練頓了頓，不太確定地加上一句：「我事後去過幾個死亡現場，當時沒發現任何異常。」

「沒有任何實質證據，但知止一出現，你們立刻針對他。」祝九明知自己在遷怒，卻依然控制不住，語氣帶著濃濃的嘲諷。

「也沒有。」蕭練倒是心平氣和，他解釋：「按照時間順序，剛開始你的本體被考古隊挖了出來，還是我第一時間通知他過來。後來他硬闖博物館搶劫，我們也幫忙收拾善後，直到他拿到你的本體卻賴在四方市不肯走，大哥才起了疑心……」

「老三，你有快遞，我正好遇到順便幫你拿上來了。」

開門聲響起，承影一手拎著國際快遞的信封袋，一手牽著麟兮，踏著輕快的腳步進入。他熟門熟路地從酒櫃裡取出一瓶年分久遠的威士忌，朝蕭練招手說：「來，開瓶。」

蕭練接過酒瓶，伸手握住憑空而出的宵練劍劍柄，手腕輕抬，劍尖隨即刺入瓶口的軟木塞中。只聽啵地一聲，瓶塞應聲彈了出來，一連串動作如行雲流水般舒暢自若。

老酒如何開瓶一直是門學問，歷經過歲月的軟木塞十分脆弱，用力稍有不慎便會斷裂卡在瓶頸內，不但掃興，也容易影響酒的風味。蕭練這無意間顯露的一手，恰恰證明他對身體的掌控又重臨巔峰。

承影自顧自倒出一杯酒，祝九注視著蕭練的動作，心裡正冒出幾樣猜測，忽然間，蕭練身上的氣息起了變化，比加了冰塊的烈酒還要來得凜冽。

「軒轅說了什麼不好聽的？」承影問完，指指信封解釋：「我看地址就猜到是他寫信給你。」

「他說他抽不出空來參加婚禮，祝百年好合，勸我珍惜眼前人、當下事，莫虛耗光陰，緣木求魚。」蕭練將那張只寫了幾行的信紙放在茶几上，語氣冷淡平靜。

最後一段，指的當然是蕭練想與如初結契以延長她生命一事。承影抓了抓頭，說：「這是軒轅的口氣沒錯，但……你跟他又不熟，幹麼邀他來你婚禮？」

「他在鼎姐的預見畫上。」蕭練答。

「差點忘了還有這個。」承影仰頭嘆氣：「達摩克利斯之劍啊，不知道什麼時候會掉下來，偏偏又沒法子準備。」

「蕭練，現在的你跟軒轅……誰強？」祝九插嘴問。

「五五波吧，不過他信上倒是沒有動手的意思。」蕭練隨口答完，牽著麟兮便往外走。門一關上，祝九便轉向承影，說：「預見畫的事情，我知道，但不夠多。」

承影原本正在喝酒，聽到這話咕嘟一聲嚥下口裡的酒，轉頭問：「你這話是……指定我當解說員的意思？」

「不方便？」

「那倒也沒有，不過話說在前頭，你確定跟我們站同一邊？」

「嚴格來說，現在的情況叫做，我只有你們這艘賊船能上。」

「……」

幾十分鐘後，當殷含光抱著兩個大紙箱跨進客廳，看到的便是殷承影與祝九各據長沙發的一邊。承影摸著下巴，彷彿在思考什麼難題，祝九雙眼發亮，一副聽到了有趣事情的模樣。

他將紙箱放在茶几上，對祝九一頷首，說：「好久不見。」

祝九朝含光舉杯致意，回答：「你沒怎麼變。」

他還記得上次見到殷含光是在民國初年，殷含光梳了個抹油的西裝頭，明明視力絕佳卻裝模作樣地戴著小圓眼鏡，一副知識青年做派。經過這麼多年，眼鏡換成了無框，頭髮少了油，氣質卻一絲未改，好似時間從來不曾在他身上留下任何紀錄。

含光沒理會祝九突如其來的感慨，他打開盒蓋，朝祝九說：「長話短說。過去十幾年，各地陸續發生修復師死亡案件，單看全是意外，加總在一起光數量本身就很有問題，若我開保險公司，肯定要把古物修復師當成高危險行業，優先調高保費。」

「因此你認為……這是一場針對古物修復師有計畫的謀殺？」祝九捏了捏眉心，坐起身問。

含光頓了頓，搖頭：「奇怪的地方就在這裡，無論我怎麼檢驗，這些意外就眞的……純屬意外。」

他邊說邊從紙箱裡取出數個檔案夾，攤開放在大茶几的玻璃面上，將其中一份推向祝九。所有檔案的封面均以大字標注了姓名與死亡時間，祝九眼神沉了沉，指著其中一個檔案封面上的名字說：「這個人也在我們從刑名別墅取得的資料裡面。」

「對，他好幾年前就死了，我把他的死亡紀錄從警方那邊弄過來，跟刑名的資料放一起，拼成一份大檔案，其他幾份的情況也一樣。」

含光一邊解釋，一邊刷刷刷地從每個檔案夾裡分別抽出幾張照片，攤在桌上，繼續說：「二十年前我剛看到這些案件，只懷疑文物市場開始發達，利益糾葛，衝突難免。畢竟死的修復師多數品行不佳，往往牽涉進盜賣或者僞造古物的案子。問題在於意外發生的現場，有些地方古怪得很……」

他打住，將照片並排後推到祝九面前。

這些全是現場抓拍的照片，仔細搜尋便能發現，每張照片裡頭都有一名穿帽T的方臉男子，他與人群混在一起，神情自若，並未刻意逃避鏡頭。

雖然百年未見，祝九依然立刻認出來，那是封狼的臉。他盯著其中一張照片，深深吸了口氣，這才運起異能，將照片掃描，迅速在腦海裡建立起每張照片中封狼的位置、站姿與神態。無數的封狼疊在腦海，沒有一張展現過半絲笑容。祝九緩緩閉上眼，啞著嗓子問：「人……

全是知止殺的？」

「都不是。」承影開口回答。

祝九霍然轉頭看向承影，眼神閃亮。承影放下酒杯，說：「老三問過，封狼徹底否認，顯然不樂意背這個黑鍋。我們也信他，但問題在於除了人不是他殺的之外，他什麼都不肯講。」

承影頓了頓，語帶遺憾地說：「我們當時以為不重要，也就沒追下去。」

「在警方的紀錄裡，桌上這五件都是意外，雖然我跟封狼不熟，但也不覺得他是那種草灰蛇線、伏延千里去把殺人現場布置成意外的性子，你說呢？」含光在一旁補充。

祝九斬釘截鐵地搖頭：「他不是。」

這三個字，是含光進門以來，聽見祝九講出最有力的三個字。果不其然，只要牽扯到封狼，祝九便不可能不在意。

含光嘴角微揚，開口說：「那麼問題來了——他不殺人，卻每一次都能趕在意外發生之際，準時抵達現場，為什麼？」

他朝祝九比了個手勢，又說：「請解讀。」

祝九睜開眼，伸出手，將茶几上的照片全部收起來，像玩撲克牌洗牌一般將所有照片順序打亂，再重新攤開來放在桌面上，腦海裡不斷重新建構案發現場封狼與死者的位置關係。

過了片刻，祝九放下照片，十指交叉，皺起眉頭說：「知止的動作像在圍觀，神色卻冷淡到像個不得已被逼著看戲的觀眾，這怎麼回事？我不明白，他從來不愛看熱鬧。」

雖然封狼是否殺人從來不是殷含光關心的重點，但話題被拉到這裡，卻讓他想起另一樁案子。含光轉過身，打開另一個紙箱，從裡頭取出一個檔案夾遞給祝九，說：「就我所知，封狼親自動手殺的只有這一個，應如初父親的熟人。」

含光說時祝九已打開了檔案翻閱，資料不多，等含光講完，祝九也看完了。他將檔案夾擱在茶几上，沉思地說：「這些照片裡知止的狀態跟其他案子不同——他生氣了。」

承影拿起檔案，邊翻邊回憶：「這個人我還記得，他用修復師的名義把你的本體劍弄到手，賞玩了些日子，什麼都沒做，最後好像還打算跟人合謀把劍柄上的玉摳下來賣，當場被封狼跟犬神逮到……」

「衝動殺人。」含光插嘴，對祝九說：「打你本體劍的歪主意，封狼肯定大怒。」

「也就是說，知止只殺了一個人，卻去到許多個不同的死亡現場？」祝九皺起眉頭，將視線投往半空，喃喃說：「他這麼做，一定有他的道理。」

眼底異能瘋狂運轉，祝九將自己投射到每一張照片裡封狼的位置上，試圖用當事者的角度，來看彼時的封狼究竟看到了什麼。

看了好一陣子，祝九搖搖頭，說：「如果這些案子都是謀殺，那麼知止在現場絕對不是爲了找出凶手，也不是爲了幫助凶手——除了死者，他的視線幾乎沒落在任何人身上過。」

「奇怪了。」承影摸著下巴說：「我本以爲他接受委託，武力鎮場，但又想不出普普通通的車禍現場有什麼好鎮的。況且依封狼的性子，一而再再而三幹這麼無聊的活，報酬的價值必然大到他無法拒絕……等等，從這個點推論，問題還可以再多兩個——誰出高價請封狼來閒逛？圖什麼？」

祝九也想不通，搖搖頭拋下一句「我再看看」後，第三度運起異能。

方才在腦海裡出現過的所有影像，在他眼前不斷破碎成千萬片，再重組出一套截然不同的畫面。因爲異能運轉過度，他的瞳孔邊緣泛出類似金屬般無機質的冷光，額角也微微滲出汗珠。

又過了片刻，祝九喘著氣抬起眼說：「那些照片裡，知止的狀態不是備戰，比較像……等候，他在等什麼事情發生？」

含光與承影的臉上同時出現「果然如此」的神色，祝九看著這對兄弟，靈光一閃，立刻又問：「葉云謙死之後，還有其他修復師被殺……也出現類似狀況？」

含光用譴責的目光看向承影，後者攤手，說：「我什麼都沒講，他自己猜出來的。」

「邏輯推演，不是猜。」反駁完承影之後，祝九轉向含光說：「但知止那時候已經被打回原形……誰取代知止，去到意外現場？」

含光掏出手機，遞給祝九，說：「姜尋查出來的資料，上個月在新加坡，有名古物修復師走在路上，被旁邊工地的建材滑落砸到，當場死亡。他託了關係從警方那邊取得所有資料。喔，忘了補充一點，初步判定是意外，沒有任何人被刑名控制的痕跡。」

祝九盯著手機螢幕，愕然出聲：「……王鉞？」

畫面上播放著一分多鐘的監視器影片，十來人圍成半個圓圈，將死者圍在中間，交頭接耳等待救護車到來，王鉞打扮得就像個搬磚的工人，臉上還抹了把灰，悶聲不吭混在人群之中，不時環顧左右。

祝九看到一半，忽地按下暫停鍵，拇指滑過畫面，將影片倒回重看。

這個小動作引起了承影的注意，他把頭湊了過去，跟祝九一起，將影片反覆看了數次。但任憑承影怎麼看，王鉞都跟其他圍觀群眾沒太大差別，真要勉強比較，只能說相較於其他人，王鉞顯然十分沉默，而且沒抽菸。

「兩個問題。」祝九忽地開口，豎起一根食指，說：「第一個問題，王鉞有什麼理由要關注一名修復師的死亡？這個問題，你們應該已經調查過了。」

殷含光以前跟祝九打交道，最煩的便是祝九以一知萬這項本領，但如今祝九變成隊友，缺點立即變優點。

他欣然答：「調查過，找不到理由，那位修復師的專長是木構件彩繪，跟青銅八竿子打不著。」

「第二個問題。」祝九豎起第二根指頭，盯著照片上的人，說：「王鉞在等什麼？」

「等？」含光與承影異口同聲問。

祝九將螢幕定格、王鉞的臉放大後，指著畫面說：「這裡，王鉞垂下眼瞄了一眼，順著視線，你可以看到他看的是——」

「他自己的手機。」隨著祝九移動畫面，承影脫口而出。

王鉞瞄的，正是他握在手上的手機。祝九再將手機部分放大，只見手機螢幕上，是一個再普通不過的馬表計時畫面。

「這段影片裡，王鉞看了三次馬表，直到救護員停止急救，幫死者蓋上白布，王鉞才按下馬表的停止鍵。」祝九說：「從行動判斷，他在等修復師眞正死亡的那一刻……」

講到這裡，祝九忽地神色一變，猛地轉向桌上的照片。異能重新運轉，祝九凝視著照片裡他之前建構出來的犯罪現場，只不過這一次，專注尋找一處被忽略的小細節。

過了片刻，他將封狼在現場的照片，一張一張鋪開。

「借筆一用。」祝九的視線仍留在照片上，頭也不抬地如此說。

含光取出西裝外套口袋裡的鋼筆遞上前，祝九接過，開始在照片上畫圈圈。

一個圈、兩個圈、三個圈。一張照片一個圈，等祝九畫到第五張照片時，大家都看懂了——封狼帶了一只碩大的電子錶，錶面比手腕還粗，上頭數字清晰可見。滿桌子的照片裡，起碼有七八張可以清楚看到他抬起手腕看時間，一臉不耐煩。

「謎底揭曉，他們去現場，倒數計時，等人死亡。」

吐出這一句之後，祝九將名貴的鋼筆扔在桌上，發出清脆的一聲響。他接著躺進沙發，仰頭看向天花板，喃喃說：「問題又來了，爲．什．麼？」

無人回答這個問題。含光取下眼鏡，捏了捏眉心，祝九又替自己倒了杯酒，喝開水似地咕嘟咕嘟灌下去。

只有承影沒動作。他筆直地坐在原位片刻之後，先認眞將照片一張一張翻過一遍，再抬起頭打量含光與祝九一眼，然後開口問：「你們兩個是爲什麼要戴手錶？」

「少青送的。」含光舉起手腕上低調卻顯名貴的錶，語氣十分自得。

祝九也舉起腕上的卡通錶，說：「好玩。」

「所以，封狼幹麼戴錶？」承影追問：「顯然既沒人送他，那隻錶看上去也不好玩，我印象裡以前從來沒見他帶過錶。」

含光一怔，祝九迅速將視線轉向平鋪在桌上的照片。

他怎麼忘了。同蕭練一樣，封狼的時間感也極爲精準，如果只爲倒數計時，鐘錶根本就是累贅。

「知止，你、究竟在做什麼……」祝九盯著封狼的照片，喃喃自語。

含光瞄一眼失魂落魄的祝九，微笑對承影說：「難得有一次，你腦子動得比他快。」

「他關心則亂。」承影朝含光舉了舉酒杯。

門砰地一聲被打開，蕭練與麟兮風一般地捲進來，跟著進門的還有一股硝煙味。他從懷中取出一罐金砂，放在桌上，順手撣去沾在身上的灰。

承影瞇起眼，看著金砂問：「從哪裡搶來的？」

「刑名在別墅附近買了塊地，上頭有間倉庫。」

蕭練落坐在一張單人沙發椅上，神色自若地幫自己倒了杯酒，又說：「她從來都看不起人類，卻肯捏著鼻子跟葉云謙合作。假設目的之一是這些金砂，統統搶過來，她遲早得從洞裡爬出來，現身跟我們正面對上，葫蘆裡賣什麼藥，到時候就能見眞章。」

承影拿起金砂晃了晃，問：「就這麼點，還需要整間倉庫貯放？」

「倉庫裡頭堆的全是各種器材，我猜以前被葉云謙拿來當成實驗室。」蕭練幫自己倒了杯酒，一飲而盡，又說：「毀光了。」

承影吹了聲口哨，含光看著兩個弟弟，一副不知該說什麼才好的模樣。

祝九卻舉起酒杯，對蕭練一抬手，說：「幹得好。」

若是沒被蕭練發現，他的本體極可能也會淪入葉云謙的手中，最後化作一捧金砂。因此聽見這樣的地方被搗毀，他心裡多少感覺痛快。

殷含光手機鈴聲忽地響起，他瞄一眼陌生號碼，狐疑地接起電話，對方才一開口，承影、蕭練與祝九同時抬起頭。

含光的手機裡傳出刑名暴躁的聲音，她問：「燒了別墅燒倉庫，你們有完沒完，眞當我好欺負？」

含光瞥一眼蕭練，含笑說：「這話我聽不懂了，明明是妳先對我的準弟妹下手。再來，不過燒了妳兩處房產，連回敬都算不上，小懲大誡而已。」

「所以傳聞不假，蕭練眞要跟那個人類結婚？」刑名語氣像是吃了一驚，但隨即收斂情緒，又說：「既然如此，那就叫蕭練出來當面把話說清楚，以後我們井水不犯河水。」

含光朝蕭練看去。蕭練點了點頭，含光對刑名說：「可以。」

雙方都沒有客套的意圖，於是再幾句話商議了見面的時間地點後，雙方同時掛上電話。

黑暗中，刑名放下手機，獨自靜坐了片刻才緩緩起身。小金蛇在她前方扭曲前行，帶路似地引領她進入一棟裝潢奢華的別墅。

大廳的旋轉樓梯直通二樓，刑名沿著樓梯拾級而上，最終走進一間垂掛著水晶吊燈的臥房。古典的四柱床上平躺著一個男人，面容慘白，身上滿是傷痕。

刑名熟練地打開床頭櫃抽屜，取出一個比拇指大不了多少的小玻璃瓶。燈光將瓶內金砂照映得益發閃爍，但刑名毫無欣賞的興致，她一手握緊小玻璃瓶坐在床沿，伸出另一隻手虛拂過男人胸膛上的傷，顫聲問：「每次都這樣，我們眞的還、繼續？」

「行百里者半九十。」躺在床上的王鉞睜開眼，緩緩說：「我撐得住，司族長呢？」

刑名垂下眼，靜聽摩托車騎到別墅門口的引擎聲音。

「來了。」她說。

「請他進來吧。」王鉞掙扎著坐起身，又說：「等我的傷一有起色，立刻進行下一步。」

10. 一步深淵

車禍事件過後，如初家附近很快又恢復平靜，鄰居間偶爾談起此事，大多在討論疲勞駕駛的問題，以及警衛室重建所需要的經費來源，總不能爲一次意外全面調漲社區管理費等等。

如初沒跟別人討論過此事，有一兩次爸媽在餐桌上聊起來，她也只是旁聽，沒發表過任何意見。但在心裡，她始終無法平靜。

車禍發生的幾天後，接近黃昏，窗外淅瀝瀝下起小雨，如初一人獨坐在不忘齋，背脊挺得筆直。

叩叩叩，有人敲響了門板，如初拉開門，只見祝九一手持傘，一手抱著一個裝古物的囊匣，就站在門邊。

她的視線下移，落在對方懷中的囊匣上。

那是雨令專門爲收藏古物而做的，由老師傅針對每個古物量身打造。如初還在雨令工作時總共訂製了九個，每個的尺寸花色與相對應的古物她都記憶猶新，而這只囊匣，裝的是封狼本體，大夏龍雀刀。

祝九約她見面，爲什麼要帶封狼的本體過來？

如初的疑惑明明白白寫在臉上，祝九展現出一個拘謹有禮的笑容，緩聲說：「我要找妳談的事，與知止有關。」

如初花了幾秒才意會過來知止就是封狼。她側過身請祝九進門，照慣例對初次來的客人解釋：「修復室裡禁飲食，所以我沒有準備茶水。」

「無妨，我不需要。」

門一開祝九便瞧見如初泛紅的眼角，以及眼底青色的陰影，顯然有一陣子沒睡好，一副內裡頹唐表面上還必須打起精神的模樣。

他略一思索，便決定省略寒暄，直奔主題問：「關於這次車禍，以及背後的隱憂，妳全都知道了？」

「蕭練說他把他知道的都告訴我了，雖然我感覺他應該還是沒講全，怕嚇到我……」如初推了一張椅子給祝九，自己也拉過來一張椅子坐下後，問：「你們大家都認爲，前幾天的車禍是刑名針對我特別設計，爲了讓我意外死亡？」

「推論而已。」祝九言詞委婉，但神情卻流露出十分把握。

原本就陰霾的心情再往下沉了沉，如初再問：「爲什麼他們要做這種事？」

針對這個問題祝九有數個猜想，但還無法驗證孰眞孰僞，他只能含糊其詞應付著說：「理由不重要。蕭練與殷含光殷承影他們，也找到了對策……」

「我知道，可是我更想知道爲什麼。上次我起碼還知道封狼想用我的心頭血祭劍，這次呢？不都說傳承者跟化形者相輔相成，結果卻冒出來根本有計畫殺我們？」

眼前晃過那輛砂石車衝向爸媽的畫面，如初眼眶都紅了。她握緊拳頭，低聲又說：「就這樣了，殷組長還要我正常生活，什麼都別管，交給他們就好。我想那是因爲我也做不了什麼，他才這樣講，可是、可是……」

「我懂。」祝九淡然抬起頭說：「自己的命運，不該交在其他人手中。無論那人有多愛你，願意用生命護你，也不能夠。這是原則問題。」

如初用力點頭。祝九看著她，又說：「這是我今日約妳見面的目的，可以讓妳掌握某些力量。但我要先請問，妳還恨知止嗎？」

如初下意識先搖了下頭，這才反問：「這跟我們剛剛講的有什麼關係？」

「如果我建議，讓知止清醒，助妳保護家人呢？」

如初愣了一下，看向祝九懷中的囊匣，脫口問：「等一下，你今天來找我，不會就是爲了修復封狼？」

「也可以這麼說。」祝九不動聲色地這麼答。

失望的心情油然而生，如初想了想說：「我不特別恨封狼。但他現在等於在服刑，如果輕輕鬆鬆放出來了，我覺得不對。」

她站起身，準備送客，然而祝九坐著不動，反問：「我明白，知止需要爲自己犯下的錯付出代價，是吧？」

代價兩字提醒了如初，她搖頭：「不是錢的問題。」

「倘若先將禁制加在知止身上，再喚醒他呢？」祝九表面看起來心平氣和，但實際上，他隱藏在囊匣後方的手，硬掐住另一隻手的手指，才逼自己講出這句話。

不要緊，祝九在心底對自己說：只要知止醒來，他自有千百種手段，逼應如初收回禁制。

如初覺得自己一定聽錯了，她呆了片刻，問：「你要我修復封狼，加禁制在他身上，然後命令他，保護我爸爸媽媽？」

祝九點了點頭，又解釋：「我也需要知止醒過來解答疑惑。畢竟，在所有參與過修復師死亡事故的人員裡面，我只信他，也只有他，肯對我知無不言，言無不盡。」

原來如此，不然她還以爲祝九瘋了。

然而這個提議對如初而言還是太過瘋狂，她瞪著祝九，問：「我聽說，你只要看到無辜的人受苦，都一律伸出援手？」

「對，我雖爲兵器，卻是祭祀之劍，爲人奉獻犧牲……算是在本性裡面。」

祝九的聲音淡淡的，聽不出情緒。然而如初卻可以感覺出來，提起本性，祝九並不高興。

她又問：「我也聽說你後來後悔救人了？」

「百年前，我路經一個村落，輕信老弱婦孺，答應下古墓救出她們的父親與丈夫。救人途中有一段路我殿後，那群人逃脫後故意觸發機關，將我壓在墓口的斷龍石下……妳後來看到的斷劍，便是我人形無力支撐，變回本體後遭斷龍石壓成兩截的結果。」祝九雲淡風輕地這麼說。

當然這只是精簡版，實情是救人多年，他對人性的期待越來越弱，那次不過是最後一場豪賭，而他輸掉了對人類的所有信心，也激起了絕對要擺脫本性的信念。

「原來是這樣……」如初喃喃。

祝九不知道如初在想什麼，只能又說：「跟妳無關。我盡力擺脫本性的束縛，不等於連價值觀都會顛覆，關於這點，我心中自有尺度。」

「我知道……」如初偏偏頭說：「只是，越跟你相處就越覺得，你跟傳說裡的樣子差很多。」

聽了這話，祝九有一刻失神。

他自己也感覺得出來，他變了。剛醒過來時還不明顯，但隨著異能復原，心境卻益發灰暗。對盛世太平的殷殷期待不再，對人性善惡的此起彼落無感。他賭上最後一口氣，懷著最後一絲期待，拚盡全力所得到的答案，卻讓他一顆心，徹底涼了下來。

若是沒有封狼留下的那一疊護照，祝九認爲，自己八成會再找個墓穴，躺進去，把自己埋起來。

然而，喪志的他，當然也還是他。

「我應當是什麼樣子呢？」祝九收起迷茫神色，反問如初：「一覺醒來，地球多了數十億人口，無辜受苦之人太多，力不從心，長貧難顧……這、當眞不像我？」

說這話時，祝九臉上依舊維持著溫和神情，但眼底卻一片冰冷。如初靜默片刻，說：「我聽說的祝九，永遠堅持有所爲、有所不爲。」

「累了。」祝九簡短回應後，頓了頓又說：「換我問，這跟給知止上禁制，有什麼相干？」

「因爲如果是傳說中的那個祝九，應該可以理解我現在的感覺。」

如初苦笑了一下，又說：「從你提出建議開始，我心裡一直有兩個聲音在吵架，一個聲音說爲了保護家人，無論做什麼都可以，一個說不行，我能對封狼下禁制，就能對其他人下禁制，有一就有二，然後三四五六七，這樣下去，我會變成崔氏。」

「……崔氏是？」

「給蕭練下禁制的人。」如初解釋：「崔氏最後的樣子很糟、非常糟，即使當年她成功控制住蕭練了，也只會把日子越過越糟。我發過誓絕對不要變成她那樣……」

她垂下了肩膀，祝九想了想，試探問：「妳是害怕……一步深淵？」

「一步深淵……」這還是如初第一次聽見這個詞。她咀嚼片刻，點點頭，說：「其實我也不敢確定，自己被逼到了極限會變成什麼樣，但起碼在那之前，我想盡量，朝心目中的方向去做。」

「……懂。」

祝九將囊匣放到桌上，一手支著頭，心情略爲複雜。一方面他由衷感到欣慰——拿得起、放得下，想得通透，又能堅守底線，倘若眼前之人當眞會是未來的山長，也許傳承這次眞正選對人了？

但另一方面，他並沒有其他籌碼能夠打動對方。

不、也許還有一個。

祝九舉起手，掌心朝上，握住憑空出現的玉具劍，接著翻掌、直臂，將劍送到如初身前。

這一連串動作流暢舒緩，賞心悅目，但如初一點欣賞的興趣都沒有。她低頭看著祝九骨節分明的手掌，茫然問：「這是……」

「如果妳實在不願下禁制，還有另一個法子肯定有效。我開鋒不全，妳傷我傷到維持不了人形，再用我的本體威脅知止，他必然聽命，妳也不必怕爲了禁制，一步深淵。」祝九斬釘截鐵地這麼說。

無語片刻，如初忍不住問：「除了威脅，你就沒有其他的辦法了嗎？」

「暫時想不出來，妳若有，盡說無妨。」

說這話時，祝九語氣雖平和，眼神卻閃出了幾分急迫。如初垂下眼，沉默片刻，忽地指著囊匣問：「我先看一下？」

匣上有鎖，祝九取下掛在脖子上的小鑰匙，以堪稱輕柔的動作打開囊匣，於是，時隔多年之後，如初再次見到了大夏龍雀刀。

雖然她跟封狼有過生死對峙的經歷，但刀身映入眼簾的那一刻，跳進如初腦海裡的畫面卻相當平和。

她想起了剛進公司時，在鼎姐辦公室裡看到的素描。那時候，她還不知道古物能化形成人這件事，而透過重環所描繪的封狼，是一個不惜犧牲一切、也要救回摯交的人，決斷而悲傷。

那時候，誰能料想得到，今天居然角色對調，輪到祝九不惜一切喚醒封狼呢？

她蓋上盒蓋，恢復到之前背脊挺直的端坐姿勢，將囊匣推回到祝九面前，誠心誠意說：「抱歉，我做不到。」

11. 伴生之緣

如初不知道自己何時動念的，意識到時她已經進入了傳承，上下左右一片黑暗，而她的身體正慢慢下沉，緊接著眼前突然一亮，雙腳便踏在堅實的黃土地上。

無數座各色礦石如小山般在她四周展開，望不到盡頭。從來往工人的穿著與工具形制判斷，這是一座古代的礦場，大約介於春秋與西漢之間。

問題是，她最近沒研究過礦石的提煉過程啊，怎麼會忽然跑進這個場域？

等了片刻沒等到傳承給出任何提示，如初索性走到離她最近的一座礦山旁邊，拿起一塊黃澄澄金燦燦的礦石細看。

光憑顏色實在很難判定這是黃金、銅還是鐵，不過從礦山上一條條帶有綠色的黑色條痕來看，應該是青銅器的原材料銅礦。不過她撿起來的這塊礦石相當特別，居然從中間部位冒出了一叢細長的透明水晶柱，礦石本身的明亮光澤在水晶的折射之下益發璀璨，無須加工天生就自成一個美麗的工藝品。

銅礦旁有玉石伴生不算罕見，但這麼大的礦場如初從來沒見過，她往旁邊走了兩步，又撿起一塊有青玉伴生的礦石把玩片刻，放下之後才繼續往前走。

跟往常傳承裡的場域一樣，沒人看得見她，因此如初放心大膽地往前走。這座礦場戒備森嚴，各條道路交叉口上都站著腰別大刀的士兵看守，每隔幾座礦山便有一處平坦的土地，上頭搭著兩三層樓高的木製井架，水桶由繩索川流不息往下運送，用以將水運至地下的礦井內給工人們飲用。水井與水池零星分布在平地與礦山周圍，顯然是用來刷洗與揀選礦石用。

兩條鼓風管自平地兩側向前延伸，通向前方不遠處的大煉爐。爐的兩側各自蓋有一排長長的大草棚，裡頭擺著一個又一個鍛爐，百多名工匠打著赤膊在棚內揮汗如雨鑄造各式兵器。身穿赤紅色戎服的軍官指揮挑夫從外頭將一筐筐的煤餅送到煉爐附近，幾乎沒有人停下來閒聊，冶場內秩序井然，外圍警戒嚴密。

觀察了好一陣子後，如初已經可以確定，這個場域身兼冶煉與鑄造雙重用途，是一座古代的軍工廠。

等等，她不會動了不該動的念頭，所以才在無意識中進入這個場域吧？

正當如初悚然而驚時，不遠處的人群忽地起了一陣騷動，一名身披玄甲的高階軍官，懷裡抱著一個長條狀被絹帛捲起的物品，縱馬而來，掀起一陣塵沙。他一直騎到棚前才跳下馬，也顧不得向對他行禮的軍士還禮，便匆匆走進右側的棚內。

如初好奇地跟著軍官跨進棚子，然後她才發現，大草棚底下還蓋了一座小亭，裡頭單獨設置一座構造更複雜、技術看起來也更先進的鍛爐，一名健壯的男子正舉起鐵鎚，鍛打一柄修長的單刃漢刀，模樣非常眼熟……

再往前走了幾步，如初確認，男子手上的刀，便是封狼本體，大夏龍雀刀。

所以，雖然她明面上拒絕了祝九，但潛意識裡還是考慮了這個提議？不然也不會才坐在書桌前發了會兒呆就自動進入傳承。

想到這裡如初嘆了口氣，扭頭往外望。這片冶煉場大到她根本看不見盡頭，形形色色各路人馬川流不息經過。硝煙味、銅礦特有的苦味，跟人身上的汗味，結合成一股辛辣而特殊的味道，源源不絕衝進鼻端，各種聲響從四方傳來，稱不上震耳欲聾，但完美結合了地面的震動，讓這整個場域充滿一股陽剛之氣。

這裡，一切都爲戰場而服務。

原來封狼的本體刀就是在這種地方被打造出來的，難怪他化形後也像個軍人。

她是絕對不會對任何化形者下禁制的，不過來都來了，多看看也增長見聞。

如初正這麼想著，耳邊忽地傳來一陣話語聲，原來是穿玄甲的軍官解開包裹的絹帛，露出裡頭金光燦爛的青銅劍條，而原本正在鍛打大夏龍雀刀的鑄造師停下手邊工作，皺起了眉頭，開始跟玄甲軍官對話。

一眼望去如初便看出來，軍官手中的劍條是柄標準的八面漢劍，劍刃光彩照人，一看就知道是精心鑄就。然而不知道爲什麼，只有光禿禿的一根劍條，劍格劍柄都付之闕如。

軍官跟鑄造師的對話夾雜了文言，雖然被傳承自動翻譯成了現代語言，但還是不太好懂。如初側耳傾聽片刻，勉強了解到，進來的軍官屬於君王的護衛隊玄甲軍，負責傳達聖上旨意——君王已將這根青銅劍條賜名八服劍，將在封禪大典上用此劍祭拜天地，之後封入泰山。因此需要找到一塊與傳國玉璽同等品質的美玉爲飾，將這根劍條製作成一柄可以獻給天神的玉具劍……

八服劍，那不就是祝九？

如初靠近爐旁，看鑄造師接了聖旨，恭恭敬敬地從旁邊櫥櫃裡搬出一塊底部還殘留著點點殞星痕跡的玉石原礦，然後一邊在玉石上比畫，一邊對軍官解釋說，這塊玉是大夏龍雀刀的伴生玉礦，原本打算留著給刀做點佩飾，但從切開的一角看來，這塊伴生玉礦裡很有可能藏有軍官想要的玉石。

鑄造師說完便動手，一點點削去玉礦外層風化的外皮，隨著他的動作，一塊晶瑩潔白、帶著凝脂般溫潤光澤的美玉頓時出現在眾人眼前。玄甲軍官大喜，喚人拿木匣裝上美玉，便又抱著劍條與木匣翻身上馬。馬蹄的的作響，揚起塵土輕快離去，留下臉上猶有惋惜神色的鑄造師，以及目瞪口呆的應如初。

雖然她不懂玉，但那塊玉石原礦的光澤跟祝九劍柄上的玉眞的太像、太像了……

難道，祝九本體上的玉飾，來自封狼本體原礦的伴生石？

這樣說起來，他們算不算早在化形之前就結下了緣分？

當如初還站在原地震驚於自己的發現之際，鑄造師已經回到工作崗位，戴上護具，一下又一下地在火爐上鍛打已然成形的刀身。

爐旁四名壯漢用力扯著風扇，火焰尖端在空氣催動之下呈現淡淡的青色，刀被高溫燒到了有些透明，就在此時，鑄造師抄起身旁水瓢，一杓山泉當頭淋下，茲地一聲澆在刀身上。煙霧頓時騰空而起，逸散到草棚的木柱旁邊，緩緩凝結成一個半虛半實的人形。

「他」有一張方形臉，雙目低垂，正是化形之後封狼的長相。

如初目瞪口呆地看著封狼的人形緩緩消散，腦子裡只剩下一個念頭：難道，他們在本體鑄造完成之際，人形會閃現？那、她在那個古今錯亂的幻境裡所看到的，會不會是蕭練第一次化形？

這個場域所耗的時間並不太久，如初足足反覆看了五六遍才離開傳承。一回到現實她立刻傳訊息給蕭練，問：「你對化形之前的事有沒有印象？」

「沒有。」蕭練立刻回了兩個字。

這麼確定，連遲疑一下都不用？

如初的手指無意識在螢幕上敲了兩下，不死心地再問：「那有沒有可能，很多事情都在更早之前就註定了？」

比方說誰跟誰會相遇，又比方說，誰會為了誰，義無反顧，奔向……死亡？

如初才被自己腦子裡的念頭給嚇了一跳，就看到蕭練回：「我的生活經驗告訴我。不到最後一刻，妳不會知道所謂註定的命運究竟是什麼，而即使早知道結局，也不影響我的決定。」

很好，這個回答很蕭練。

如初眨了眨眼睛。房門忽然被敲響，應錚探頭進來，問她晚上有沒有空？古鐘送還給客戶後不忘齋的桌椅要重新安排，他想趕緊動手。

「有空有空。」如初站了起來。

雖然剛剛在傳承裡看到的景象讓她頗有觸動，但深想下去卻找不到任何啓發。根據經驗，遇上這種狀況不妨丟開來，擺一陣子答案也許會自然浮現。

父女倆騎著車來到不忘齋，重新擺好桌椅後，又開始一起整理櫃子裡的雜物。熟悉的地方、熟悉的流程，再加上始終對婚禮沒發表太多意見的父親，讓如初莫名升起一股鬆了一口氣的感覺。

收拾到了尾聲，頭頂上的燈忽然滋滋滋瘋狂閃爍。應錚扭身抬頭往上看，手肘一拐，將架上一個鐵皮盒子給撞落到地面。如初撿起盒子撢了撢灰，順手打開，只見裡頭放著一本A4大小的冊子，紙質泛黃，釘書針也鏽得一蹋糊塗，封面上的字還是鋼板刻出來再用油墨印刷的，字跡蒼勁有力，大大寫著「應氏族譜」。

如初噗哧笑出聲，轉頭問爸爸：「我們家還有族譜？」

「有啊。」應錚走向洗手檯，邊洗手邊說：「你爺爺老了以後專門喜歡研究這個，妳的名字第一次出現在族譜上的時候，他還特地拿給妳看過，都忘光啦？啊，不過這本太舊了，妳那時候應該還沒生……」

小時候的事如初幾乎都不記得了，她一邊聽爸爸閒聊，一邊順手擦拭族譜的封面。清理完正面後她把冊子拿起來，正準備繼續清潔，就看到底下還壓著一本尺寸略小的刻本筆記書，竟然是傳統的手工線裝本，素雅的封面上沒有任何標記，紙張則比族譜更黃也更老舊，看上去一碰就要碎成片的樣子。

「爸，這底下還有本書，你手擦乾再過來！」

如初忙取出手套戴上，才小心翼翼地揭開第一頁。幸好盒子裡的乾燥劑夠力，紙張並無沾黏，書封背面貼了一張老照片，年輕男子戴著大盤帽穿卡其制服，正襟危坐，一副很有氣勢的模樣，面容居然跟爸爸有些相似。

「原來在這裡，我還以為弄丟了。」應錚擦乾手，走到女兒身後瞥一眼照片，又說：「這是妳太爺爺的照片，他死得早，只留下這麼一張。」

太爺爺？那這本冊子搞不好也有近百年歷史了。

如初將動作放得更慢，又翻了兩頁，卻找不到作者名字，她於是又問：「這本書誰寫的啊？」

「不曉得。我有記憶以來不忘齋裡就有這本書，搞不好是從前哪個客人帶來忘了帶走……」

應錚接下來的話，如初沒聽見，她看著第一章的內容，呼吸驟然加速，心跳砰砰砰震耳欲聾……

這本筆記，太像那本讓她開啓傳承的匠人手札了！

無論用字遣詞、搭配的插圖，風格都一模一樣。只不過這本的內容涵蓋年代更早，主題也更專一，完全針對同一時期、不同地域之下的青銅文化。

她手一鬆，夜風輕拂，將筆記連翻數頁，如初低下頭，只見紙上畫著一枚不太圓的硬幣素描。這是著名的雅典貓頭鷹幣，金屬鑄造工藝的里程碑，西元前四世紀的產物。硬幣外圈環繞著一串橄欖枝葉，內圈的貓頭鷹睜著萌萌的大眼睛，明明是猛禽類造型卻意外討喜可愛……

「這本妳小時候超喜歡，每次來不忘齋一定要看。」應錚的聲音在旁邊響起。

「我看過？」

如初瞪著筆記本上貓頭鷹有稜有角的大眼睛，心念一動，迅速抽出手機，翻到傳承裡的那張磚畫草圖，放到硬幣素描旁邊做對比。

兩者眼角的勾勒方式一模一樣。很顯然，她一直沒能勾勒出正確的臣字眼，是被遺忘的童年記憶所影響……

不對！傳承裡的磚畫就是這種風格，但山長的父親怎麼可能被西元前四世紀的雅典文明影響？

除非，這磚畫不是他畫的？

爲了怕應錚起疑，如初匆匆收起手機，隨口說：「我一點印象都沒有了。」

「喔喔，我印象可深了。」講到女兒小時候的事，應錚精神來了，他又說：「那時候妳才幼稚園，早上背個書包去學校，居然跟男生打架，打一打書包也不要了，中午就逃學——」

「我還會打架？」這跟如初對自己的認知差異太大，她有些崩潰。

「會，妳小時候兇得很唷，人家小男生拉一下妳的辮子，妳非得把他頭髮拉回來不可，扯得人家哇哇大哭，後來看到妳都繞路走……妳也不記得逃學了？」應錚問。

如初有氣沒力地搖搖頭，應錚看著她說：「那次很危險。老師到處找妳都找不到，打電話給我跟妳媽，連妳爺爺都出去幫忙找，找到最後沒想到妳居然跑到不忘齋，抱著這本書躲在人家委託來修復的刀劍後面睡著了，叫都叫不醒，抱回家才發現妳發高燒……」

如初聽著聽著，慢慢想了起來，彷彿是有這麼一回事。她小時候的確是既孤僻又凶悍，忍無可忍之際反抗起來像發了瘋一樣。

也許本質上她從來沒變過，只不過長大了學會隱藏。

她思緒一飄，再拉回來時應錚已經講到送她進醫院的經過：「……醫生說要吊點滴，妳躺在病床上，居然跟護士說，書開了一扇門，裡面有個穿漂亮衣服的大姐姐，站在火爐前面拿鐵鎚敲打一把黑色的劍，說得像眞的一樣，我們不相信妳還發脾氣，哈哈哈。」

應錚說到女兒小時候的糗事，笑出了點淚花，如初卻不敢置信地睜大了眼睛——這個描述，太像宵練劍的鑄造過程了。

難道她小時候就進過傳承？

那爲什麼沒成爲傳承者？

更多疑惑從心底冒出來，如初闔上筆記，再問：「那後來呢？」

「後來……」應錚頓了頓，看著如初說：「後來妳媽以爲妳被這些古兵器嚇到，有一段時間都不准我帶妳進來不忘齋，還是妳自己又偷偷跑進來好幾次，都沒事，妳媽才肯放行。」

如初點頭：「這我記得。」

爲了這個緣故，她沒少跟媽媽吵架。不過爸爸講的跟她的記憶又不太一樣。如初頓了頓，低聲說：「我以爲小時候媽媽不准我來不忘齋，是因爲不希望我做修復。」

「升學，有壓力，妳媽希望妳國高中專心念書，也沒錯。」應錚知道這母女倆最近因爲婚禮，又小衝突不斷，他不著痕跡地化解了兩句，又說：「我跟妳媽都認爲，職業妳自由選擇，沒有問題。不過妳也要了解，當父母的，總希望子女少吃點苦，日子安穩些。」

「做修復很好，我現在也很好。」如初反射性爲自己的選擇辯護。

「當然，當然……」應錚頓了頓，說：「也不光職業。結婚對象一樣，能讓妳少吃點苦，日子過得安穩些，才算好對象。」

如初的第一時間反應是——果然，該來的躲不掉。

照這個標準，蕭練完全不是爸媽心目中的好對象吧？

但她有話要說。如初直視應錚，一字一句慎重地說：「我覺得，還有一個條件，在選擇職業跟選擇配偶上，比什麼都排在前面。」

「嗯……」

「我喜歡，最重要。」

今晚的蟬鳴聲特別大，應錚回顧不忘齋一圈，目光最後落在如初的臉上，他帶著感慨說：「也是。」

如初剛展現一個得逞的笑容，便又聽見爸爸說：「但在古物修復這一行，光只有喜歡不夠，還需要耐得住寂寞。」

這話完全正確，如初用力點頭表示同意，應錚看著女兒稚嫩的臉龐，嚥下口中的話。

愛情，乃至婚姻，光有喜歡也不夠，還需要、或者更需要，耐得住寂寞。

12. 兩個自相矛盾的請託

新加坡聖淘沙島上，有個以十九世紀殖民地建築物翻新蓋成的酒店。原本的建築由英軍皇家炮兵建造，是當時的海防基地。負責翻修的設計師除了將原來的建築本體整修成酒店，還在外圍加蓋了好幾座度假莊園。其中一間莊園的庭院內有一座三層樓高如瀑布般重重疊疊的游泳池，爲了保存周遭高聳的古樹，泳池環樹而建，形狀特別不規則。因爲這座匠心獨具的泳池，莊園成了酒店最著名的景點，也是歷年來各國政界首腦或頂尖企業家訪問新加坡時下榻的首選。

姜尋來到此地已經有半個多月了，身爲酒店集團的創辦者，姜拓索性包下了整座莊園，好讓他專心恢復記憶。

今日，一如前日，姜尋盤腿坐在泳池旁邊的古樹下，眺望大海。

腦海中的記憶一如漲潮時分的海浪，雖然起起落落，但總體來說是朝著恢復的方向前進。他想起的事情越來越多，包括與「她」相遇、相知，以及那些相依偎的畫面。

然而不夠，還不夠，他需要趕緊記起來，在「她」出來之前……

「她」究竟是誰？

心臟部位掠過一陣熟悉的痙攣，過去這些日子，每當有重大事件從記憶裡浮現時，他的身體就會產生類似的反應，明顯代表了排斥抗拒。

姜尋皺起眉頭，握住憑空出現的虎翼刀，視線無意識地掃過前方。

藍天白雲下草木蒼蒼，遠處海浪輕輕拍打著聖淘沙島的海岸，姜拓在他下方的泳池裡如魚般優游自在潛泳。一片和諧裡，有條身上帶著塊狀花紋的小蛇，游曳著緩緩自草叢靠近古樹樹根。

就在蛇即將碰到古樹時，姜尋手腕微動，一刀將小蛇斬成兩截。

腦海裡忽地響起一個聲音，語氣急切，帶著不敢置信的喜悅顫抖。

她說：「進去之後，身體會被調整成最佳狀態，那是不是，我就可以擺脫這個病？」

姜尋怔了片刻，緩緩走過去撿起刀。正當他打算走回原處時，忽然看到小蛇屍體旁邊，有一塊雪白的鵝卵石，上頭濺了幾滴鮮血，在陽光下顏色對比分明，十分惹眼。

等姜尋回過神來時，他已一手提刀，一手握住這塊石頭，再度回到古樹下，坐在原處。

從海上吹來的風，方向開始改變，參雜了些許腥味。姜尋又盯著海面看了一會兒，忽地閉上眼，虎翼刀瞬間縮小成雕刻刀的尺寸。他在石頭上刻下第一刀，而塵封已久的回憶，終於由破碎的畫面，連成一條完整的時間線。

「我會改變這一切。」相遇之初，英氣勃發的少女信誓旦旦地朝他這麼說。她口中的「一切」，指的是她活著的那個年代、那些人類。

他們崇鬼尚神、性好殺戮，對同類比對異類還凶惡。當時看著覺得荒謬，現在回顧，其實也沒那麼糟，只不過極致的單純導致了極致的殘忍，如此而已。

「大王用阿爹鑄的刀，斬首三百族人祭祖……我以後鑄出來的刀劍，也會被用來殺害我的族人，對不對？」站在草堂內，模樣沉靜的少女惶恐地伸出手，抓住姜尋的衣袖如此問。

什麼是對？什麼是錯？什麼是……我們？

身處極端惡劣的環境，生存才是最高指南，而倖存者最擅長的，便是用自己的邏輯揣度一切。人可以吃人，理所當然，神也吃人。於是天逢大雨，殺人以祭天；地遭大旱，殺人以祭地；擔憂已逝的先祖英靈寂寞，殺人以慰祖靈。

最後的畫面，定格在女子形銷骨立的背影。她跪坐在榻上，吃力地握著黑色長劍的劍柄，橫放在自己的頸項上。

心意已決，身體卻不聽使喚，手抖得厲害。她試了幾次，疼得直抽氣，鮮血滴落在全新的白色被褥上，仍然無法……

「阿尋，幫我！」最終，她轉過身，對他哀求。

他給出承諾，卻並不知道自己究竟答應的是什麼。

謎團一如雪球，在心底越滾越大。如果他錯了，如果……

緊閉雙眼，姜尋舉起手，於黑暗中刻下一刀又一刀。

柔和的臉部輪廓，英挺入鬢的長眉……他手中的刀越動越快，頃刻間，一名女子的頭像便出現在染血的卵石上，神色靈動，眉目宛然。

刻下最後一刀後，他緩緩睜開眼，凝視手中的石頭。過去二十多年，下意識裡不斷尋覓，卻始終刻不出來的那張臉，如今終於與他相望。

依稀便是她與他道別時的模樣……不、還差了一點。腦海浮起她在他懷裡，安然嚥下最後一口氣的影像。姜尋舉起食指，將一抹鮮血點在女子額頭中央，緩緩開口。

過去與現在，同一句話，交疊了時空。

諾不輕許，言出必踐。

他說：「我答應妳。」

海島氣候多變，頃刻間，天空大半被烏雲籠罩，一道又一道閃電落在海面上。姜拓從泳池裡一躍而出，隨手拿了條大毛巾，一邊擦乾頭髮一邊走向姜尋，問：「進屋子裡去？」

豆大的雨滴已嘩啦啦落下，然而姜尋毫無反應。根據流雲的說法，自從虎翼刀上的錯金花紋重見天日之後，姜尋的記憶便處於混亂狀態，時不時記起一些事，又忘掉一些，記憶閃現嚴重的時候頭痛欲裂，難以支撐。

不幸中的大幸是，姜尋一直記得姜拓。因此在一次頭痛大發作後，姜拓索性將姜尋以及燕雲流雲帶來這座酒店，兄弟住在一起，在他的守護之下，姜尋可以慢慢消化數千年的記憶。

雖然他們不怕雨淋不怕雷劈，但這種天氣沒必要待在戶外。姜拓伸出手，想牽著姜尋進屋，不料姜尋也伸出手，將一塊石頭放進他的手心。

姜拓愣了愣，拿起石頭打量片刻，不確定地問：「那位會鑄劍的小姑娘？」

剛化形成人的百年間，姜拓與姜尋形影不離，唯一一次例外，便是姜尋幫一名擅長鑄造兵器的貴族女子對抗商王，最後護送她們整族遷移至溫暖的南方，兄弟倆因此有將近十年分隔兩地。而石頭上的人像，正是那名女子的模樣。

姜尋點頭不語，姜拓再看一眼石頭，又說：「我還記得，這小姑娘的父親是當年朝中的司工，專管監製兵械，天賦也遺傳到女兒身上。她叫什麼來著……」

「微。」姜尋突然出聲。他眼底帶著一抹追憶，緩緩說：「子微。天已暮，式微，式微，胡不歸。」

此時天外驚雷乍現，轟隆隆地震得連姜拓都感到耳膜嗡嗡作響，然而姜尋這幾句話聲音雖低，卻一字不差地傳入姜拓耳內。

這是姜尋早年跟人類學到的內功。姜拓震驚地看姜尋站起身，上前給他一個擁抱。就連這麼一個簡單的動作，都展現出嶽峙淵渟、恍如武林高手般的氣度。

即便在封印記憶之前，姜拓也好久沒見過這樣的姜尋，一時之間竟有些恍惚。他站著不動，任憑姜尋抱住他又放開，才啞著嗓子開口：「你、記憶全都恢復了？」

「八九不離十。」姜尋放開姜拓，平靜地又說：「繼續講阿微。我猜，她死後魂魄進入傳承，成為了……山長。」

「山長？」比起驚雷，姜尋這番話才真正令姜拓震耳欲聾，他猛然抬眼，望向姜尋，重覆再問：「你喜歡過的人，成了山長？」

「可能。」

姜尋身上穿的是一件破破爛爛沾了油墨的舊T恤，表情也依舊懶洋洋地，然而一雙眼睛溫潤中自有一股不怒而威的氣勢，再不似過去一般，不時閃出空白徬徨。

他看著姜拓，一字一句地說：「而我當時答應了子微，當徵兆降臨之際，會用盡一切辦法，助她重返人間。」

爆炸性的消息一條接著一條，姜拓根本反應不及。他看著姜尋，不可思議地問：「傳承還能讓人起死回生？」

姜尋搖頭：「她必然搞錯了什麼。哥，幾千年前的事，你都忘了？那些人遇事不決用骨甲占卜，信鬼敬神，認爲萬物有靈，親眼看到我們從刀化形成人還會就地跪拜，所有無稽之談，他們照單全收。」

「不一樣，那是山長，她講話不會無所本。」姜拓想都不想便出聲反駁。

「子微講這話的時候，還沒成爲山長。」姜尋苦笑提醒。

「那也不至於……」姜拓搖了搖頭，說：「究竟怎麼回事，你從頭講。」

回憶對如今的姜尋而言並不困難，只要起個頭，往事便如昨日，歷歷在目。

他對姜拓簡單解釋，子微臨死之前已率領族人在南方定居。開荒雖然艱苦，但可以維持溫飽，生活稱得上平靜，唯一要對抗的只有自然環境。就在某一年，酷暑與瘴氣襲捲整個區域，許多人因感染而倒下，子微也未能倖免於難。在高燒不斷，生死關頭徘徊的那幾天，她宣稱她看到了死期，同時腦子裡響起一個聲音告訴她，死後魂魄不滅，能進入一個名曰「傳承」之地，進去之後百病全消……

「當時我以爲她病糊塗了，只顧著哄她，後來她大約察覺到，身體稍微好一點之後也就沒再提了。」講到這一段過往，姜尋語氣依然帶著自責。

所謂身體好一點，也只是小範圍的起起落落。姜尋現在回顧，發現那場病徹底擊垮了子微，她在病榻上掙扎了將近半年，最終撒手人間⋯⋯

聽到這裡，姜拓打斷問：「然後你就知道她成功進入傳承，卻沒跟我講？」

「怎麼可能。」對上姜拓責備的眼神，姜尋一臉無奈地解釋：「子微死後百年，我們才頭一回聽到『傳承』這個詞。那時有一個人自稱傳承者，殺了數百名戰俘以血釁金。你當時不信，說不想浪費糧食養戰俘就直接講，殺同類本來就是人類獨有的惡習，推託什麼，我也同意，你都忘了？」

印象裡彷彿有過這麼一件事，姜拓沉吟不語，姜尋繼續解釋——直到又過了數百年，越來越多證據顯示，傳承不但確有其事，進去過的修復師也真有本事，他才開始認真思索，死去的子微，魂魄究竟去向何方？

「真正確認，是在二十多年前，我做了一個夢⋯⋯」講到這裡，姜尋打住。他摸摸滿是鬍渣的下巴，嘴角泛出一絲苦笑。

姜拓迅速反駁：「我們不做夢，我們連覺都不睡。」

姜尋嘆了口氣，說：「哥，你若不信，我也不必再講下去。」

兄弟倆互不相讓地對視，隆隆雷聲再度自遠方傳來，黃豆般大雨接著落下，將他們從裡到外淋個濕透。

姜拓率先移開目光，他在雨中仰起頭，任憑雨水擊打在臉上，過了片刻後甩了甩頭說：

「好，山長託夢，然後？」

姜尋閉上雙眼，那個夢瞬間回到眼前——「她」站在一望無際的水面上，身體都變得半透明了，神情堅決而淒涼。

「阿尋，騙了你，是我不對，可這一次，你一定得相信我……」

睜開雙眼，姜尋緩緩說：「她要我想盡一切辦法……將其抹殺。」

一道閃電自天外劈下，照亮半個海面。燕雲跟流雲自屋內飛奔而出，頂著傾盆大雨朝他們跑過來。

姜尋朝她們招招手，姜拓將訊息在心底理了一遍，皺起眉頭問：「也就是說，生前死後，山長給出了兩個完全相反的託付？」

姜尋點頭，又搖頭，姜拓眼皮一跳，再問：「你沒問她爲何改變心意？」

「夢裡，我只能被動接受資訊，無法與她對話。」姜尋垂下眼回答。

兄弟多年，姜拓一看就知道，避免目光接觸是姜尋有意隱藏的表現。一把火頓時燒上心頭，姜拓控制著自己的怒氣問：「然後呢？」

「沒有然後。」姜尋聳聳肩，又說：「就這樣。」

姜尋這份無奈又無賴的模樣，姜拓常見到，但卻沒想到，就連如此大的一樁事，姜尋都敢耍賴皮。

他氣極反笑，說：「不只吧。算算時間，你幾乎是一夢到山長，就封印了自己的記憶，爲什麼？」

「我有我的理由。」早在恢復記憶的那一刻，計畫已在姜尋腦海中成形，他解釋：「哥，茲事體大，我們需得盡快找到——」

「原來你也曉得茲事體大，但你就是不講清楚　。」姜拓木然打岔後忽地暴怒，徒手從空中取出龍牙刀，對準姜尋。

他說打就打，龍牙刀伴隨轟隆隆的雷聲，毫不留情地朝姜尋劈下。姜拓的刀法以奇詭見長，刀光在半途拐了個彎，飛到姜尋身後，破開空氣直指背心刺去。

姜尋身形一矮，就地打了個滾，無奈地說：「哥，我還沒說完。」

「說！」

姜拓回答的同時，身影微虛，一腳跨在姜尋身旁，龍牙刀再度斬下。

姜尋轉身，雙手合十硬接下迎面劈來的刀刃，繼續解釋：「我之前封印記憶，一半因爲自我厭惡，一半也因爲無可能識破眞相，又怕一時衝動做出錯誤選擇反而傷到大家，現在，不一樣。」

姜拓眼神微動，龍牙刀在離姜尋頭頂半公分的高處停下。

姜尋不敢放鬆，就著原來空手接白刃的姿勢繼續快速說：「我得先跟如初談談，若能說服她幫忙最好，若是不能，就需要另外找到途徑，探知山長近年來的動向……」

「耶，老大，你終於想起如初啦？之前她打電話來好多次，你聽都不聽就掛掉，惹得人家小姑娘好難過的。」燕雲奔到姜尋與姜拓面前，歡樂地開口。

流雲緊接在後，舉起手機，對姜拓說：「刑名剛剛打電話來，我說你沒空，請她有事就留言，她還眞留了。」

雙刀在空中消散，姜拓緊皺雙眉轉向流雲，拿起手機聽完留言後，迅速回撥給對方。

姜尋站起身，先曲起食指狠狠敲了燕雲的頭一下，再問：「如初怎麼樣？」

他的眼底十分清明，有一絲留戀，卻無半分不捨。燕雲觀察了姜尋片刻，才慢吞吞地說：「她下個月就要跟蕭練結婚了。」

姜尋瞇了瞇眼，像是在衡量這句話的眞僞，燕雲用力點頭，又說：「兩個都很有勇氣，是吧？」

確定燕雲沒騙他，姜尋垂下眼，慢慢地回了一聲：「是。」

過去幾個月，姜尋幾乎都處於無法溝通的狀態。因此燕雲雖然只得到一個字的回應，也不由得大爲欣喜，她嘰嘰喳喳地又告訴姜尋：「我們大家都收到喜帖了，還在商量湊分子一起送件大禮，噢，我說我們指的是我跟流雲啦。姜拓隨便出手都是大禮，不用跟我們合。你的喜帖我放你房間書桌抽屜裡了，要不要去你自己決定，我是覺得……」

在燕雲的話語聲中，姜拓掛了電話，朝流雲吩咐：「準備飛機，越快起飛越好。」

燕雲頓時住了嘴，與姜尋一起將視線投向姜拓。姜拓看向姜尋，說：「刑名找我們合作。她說，她有關於傳承跟山長的……獨家消息。」

「好巧。」姜尋嘴角微彎，眼底卻毫無笑意，他說：「我也有。」

13. 對決

給對手一記過肩摔後，蕭練站在拳擊臺上，望向前方。

太慢了，王鉞的反應，實在慢得像個……人類？

這個念頭才晃過蕭練腦海，被他摔落在地的王鉞一個鯉魚打挺躍身而起，伸出食指對蕭練勾了勾，做出挑釁的姿態，接著便衝上前一記重拳襲來。

蕭練不疾不徐一個跨步側身避開王鉞的拳頭，提氣抬腳，鞭腿橫掃，狠狠將王鉞踹到拳擊臺的邊界。他並未乘勝追擊，而王鉞硬生生受了這麼一腿，也絲毫不需要休息，馬上從地面爬起來，又朝蕭練衝了過去。

從這個反應來看，王鉞又不太像人。

蕭練收起心中疑惑，與王鉞再度扭打成一團，雖然表面上看起來是雙方互毆，但仔細觀察便能發現，根本沒有一來一往可言，純粹王鉞單方面被蕭練輾壓，毫無還手之力。

這種一面倒的比試，究竟有何意義？

在不知道第幾次將王鉞摔出去之後，蕭練腦海裡飄過這個問題。

幾天前，刑名聯絡上殷含光，定下這場比試。

就刑名的說法，放開手打一場，氣出完了恩怨兩消，大家才好坐下來談合作。

如此彆腳的理由當然沒有誰會相信，但含光跟蕭練商量後，還是答應了下來，爲的就是想看看對方究竟玩什麼花樣。孰料已經打了近半個多小時，刑名不曾現身，王鉞則衰弱到一種難以理解的地步，身上還布滿傷口，形狀十分詭譎，像被動物撕咬後留下的痕跡。

打鬥到現在，蕭練能肯定王鉞的衰弱絕非僞裝，卻想不通王鉞身上的傷究竟怎麼一回事？疑點太多，因此雖然他占足上風，心裡卻一點勝利感都沒有，反而益發警惕。蕭練退到場邊，冷冷看著王鉞問：「還打？」

臺上的王鉞大口調整呼吸片刻，揚頭對蕭練一笑，說了聲：「繼續。」便再度欺身上前，開始新一輪的攻擊。

比試的地點由刑名指定，這是一間位於地下室的格鬥運動館。場地十分寬大，一半空間擺放各種健身器材，中間天花板上垂吊了一排排訓練用的沙包，另一半空間則圍出了一個競賽用的拳擊場，牆邊用簾幔隔出了一個可供更衣或堆雜物的空間。

地方算得上寬敞，容納一兩百人也不嫌擁擠，但今天大門緊閉，館內的人屈指可數。從半個多小時前起，穿了件黑色背心的蕭練跟裸著上半身的王鉞，便在拳擊場上你來我往，進行一場又一場毫無規則的打鬥。

除了靠牆的簾幔區，圍繞著拳擊場的四面都擺有座椅，夏鼎鼎獨坐在其中一邊，殷含光與杜長風則坐在另一邊，壁壘分明。司少青則滿場遊走，不時撥弄一下靠近的物品，一副對這場地有點好奇的模樣。

她當然不好奇，只是在用異能觀察。當臺上蕭練與王鉞又扭打在一起的時候，少青走到殷含光身旁，壓低了聲音說：「除了看得到的，我沒感受到任何其他情緒。」

換而言之，刑名並未躲在附近，伺機而動。

少青頓了頓，又加一句：「王鉞的確是越打興致越高昂，也沒在演戲……他們會不會眞心想跟我們和談？」

含光另有想法。他豎起平板，讓鏡頭繼續對準臺上錄影，然後扭過頭低聲問杜長風：「杜哥，姜拓會不會私下跟刑名他們談妥了合作？」

拳擊館內還有個第三陣營，由姜拓、姜尋與燕雲、流雲四個組成，全都聚在拳擊館另外半邊，並未跟任何一方打交道。但畢竟邀請他們來的是刑名，雖然姜拓一進門便宣布只是來當觀眾，含光依然無法放心。

杜長風瞥了姜拓一眼，評估著說：「即便是姜拓用精神攻擊，要出手一下子控制住我們四個也難，除非鼎鼎預見了某些特殊狀況……」

然而她會幫著所謂血緣關係的妹妹，對付相處數千年的家人嗎？

想到這一點，杜長風轉而看向夏鼎鼎。這還是她繪出那幅預見畫之後，夫妻倆首度碰面，夏鼎鼎的情況不怎麼好，咬著嘴唇目光渙散，一副擔心卻無能爲力的模樣。

明明具備了預見未來的異能，卻因爲太依賴異能，而喪失了對人心人性的基本判斷？

杜長風想到一半，便啞然發現自己又以「人」的立場來看待一切。也許妻子根本無心看穿人類，異能不過是幫助她在世間立足的武器而已。

看不穿人性，卻又想找回親情，她、會失望吧？

回想過去數個月來多少次的溝通，始終無法改變夏鼎鼎的選擇，杜長風在心底輕嘆一聲，收回視線，問含光：「準備好了？」

含光點點頭，忍不住說：「老三的狀況很好，應該不至於需要動用——」

「有備無患。」爲了防止竊聽，杜長風迅速打斷含光，沉穩地這麼說。

姜拓其實原本站得離拳擊場相當近，然而蕭練與王鉞之間的實力相差太過懸殊，一點看頭都沒有。比試進行到一半時，他便走到旁邊的休息區，隨手翻起了一本雜誌。

姜尋也一樣。他答應刑名的邀約，抱著觀察情況的心情來到現場，看到現在只感覺浪費時間，索性跑到舉重床上推槓鈴。只有燕雲抱著一袋爆米花，拉著流雲同她一起坐在場外，邊看邊吃，神情輕鬆一如看電影，好不快活。

場上又一個回合結束，王鉞一如前幾次般粗喘著氣轉身往角落走去，腳步益發蹣跚。姜拓盯著王鉞的背影，心不在焉地又翻過幾頁雜誌，顯然並未探察出任何異狀。姜尋卻倏地放下槓鈴，目光炯炯地朝蕭練望去。

雖然沒有經過儀器測量，但他可以感知得出來，就在方才的某一瞬間，王鉞所展現出來的體徵，從呼吸速度、體溫甚至於心跳頻率，徹底落入普通人類的範疇。

當然是人類裡的高手，但這完全不合理。

同一時間，蕭練也抬眼朝姜尋看來。

四目相接，全場武力值最高的兩位，彷彿瞬間達成了某種默契，蕭練垂下眼，收斂氣息，一如野生動物於捕獵前埋伏起來伺機出擊，將感官敏銳度調整到最高點。

姜拓迅速注意到姜尋與蕭練的無聲交流，他收起雜誌，盤腿而坐，下巴擱在雙手上，用探究的眼神朝王鉞望去。

杜長風也把情況看在眼裡，他眼神閃了閃，忽地朝臺上說：「夠了。」

語音方落，蕭練腳下劍光一閃，宵練劍載著他迅速越過拳擊臺的柵欄，朝出口飛去。

「請留步。」王鉞抹了把汗，又說：「最後一場，我們放開限制，隨便打。」

他講起話來慢吞吞地，眉宇之間十分誠懇。蕭練雙腳落在地面上，轉頭審慎地梭巡四周。

之前的打鬥接近自由搏擊，雙方說好了不用異能也不用本體，空手過招。這種方式在他們剛化形時常用，主要目的除了訓練，也還爲了讓大家在打鬥時更接近人類。然而他們已化形千年，這種傳統早失去意義，更何況方才動手時，王鉞越來越弱的體質，與偶爾爆發的古怪氣息，都讓蕭練不禁提高戒心。

他目光掠過姜尋，默默思索著王鉞與姜拓聯手的可能性。

蕭練的神情並無遮掩，姜拓捲起雜誌在手上敲了一下，懶洋洋地說：「你們愛怎麼打就怎麼打，我保證只做壁上觀。」

「他說的是實話。」司少青發訊息給含光。

含光朝蕭練點點頭，蕭練翻身回到拳擊臺，杜長風則雙手抱胸站起來，退後兩步，虛靠在簾幔旁觀戰。

臺上爭鬥再度開始，室內另一邊，姜拓走到姜尋身旁，低聲問：「禮器對上兵器，王鉞沒有贏的可能性，他搞什麼？」

鉞，威斧也。

王鉞的本體便是一把長柄的青銅大斧，純就外型論，絕對是殺人的兵器。只不過在商周年間，斧頭這種武器已經因爲太過沉重，靈活度不足，從戰場上退了下來，成爲軍隊儀仗的一員，只有在重大慶典時才被人端出來高舉行走，作爲王權的象徵。

因爲鑄造時的目的並非實際對戰用途，因此在歷史上，王鉞的本體被劃入禮器的範疇。鑄造者的初心，是傳承分類的依據，也決定了化刑者的許多先天條件。儘管王鉞的外形高大威猛，但被歸屬到禮器，基本上決定了他本體的殺傷力不足。

姜尋皺了皺眉頭說：「他的氣息有點古怪。」

「哪裡怪？」姜拓不以爲然。

「偶爾、非常偶爾，會透出一股陌生的壓力，我以前跟他動手的時候從來沒感覺到過……」姜尋忽地打住，蹙起雙眉。

這份威壓似曾相識，像是……在夢裡？

場下議論紛紛，場上卻跟之前差不多，蕭練與王鉞依舊一招一式、你來我往地交手，看起來不見任何意外翻轉的空間。

蕭練游刃有餘，神色並未流露出絲毫輕敵，王鉞額角布滿汗珠，招架得極爲吃力，嘴角卻帶著笑意，顯然打得十分愉悅。

姜尋凝神觀察片刻，忽然說：「王鉞的體能又下降了，他現在只比普通人好一點。」

「怎麼可能，就算是禮器，論體能也該比普通人好上一大截，不是一點。」姜拓立刻反駁。

「事實如此。」姜尋凝神注視王鉞，試圖找出線索。

姜拓沉下臉，壓低聲音對姜尋說：「警醒點，刑名邀我們來，說要合作卻不現身，必然有所圖謀。」

「問題是眼下這場面，大夥都在，她能圖什麼？」姜尋回問。還在吃爆米花的燕雲忽然用手肘捅了流雲一下，問：「杜長風呢？」

姜尋蹙了下眉頭，他剛剛也意識到，杜長風人雖然還站在原地，但低著頭不知道在想什麼，整個人的存在感變得極低……

臺上的兩人倏地分了開來，蕭練背著雙手，握住憑空出現的本體劍，剎時間，數十柄長劍飛起，按著方位鋪陳開來，每一柄劍的劍尖都指向王鉞。

這是蕭練的劍陣，隨思緒而動，劍隨意到，連能夠不斷瞬移的封狼都無法突破。姜尋已經好多年沒看到蕭練動用如此大規模的劍陣，顯然即便對蕭練來說，王鉞也太過古怪，他沉下臉，伸手握住憑空出現的虎翼刀，

對峙的時間並不久，劍陣剛一出現，王鉞便撲上前，一拳拳毫無章法地朝蕭練打去。

這種攻擊不要說對蕭練無用，就是對上人類的武功高手，十之八九也打不中。雖然如此，王鉞臉上的笑意卻越來越盛。於此同時，蕭練的危機感也益發深重，那是他從千軍萬馬之中訓練出來的敏銳，即使被姜拓伏擊，被崔氏銬上禁制，也不曾如現在一般，打從心底生出一股恐懼。

他心念一轉，劍陣瞬間發動，三十六柄長劍直朝王鉞刺下。

蕭練自認動作不能再快，然而下一剎那，整個宇宙像被按下了靜止鍵，劍陣停在半空中。所有聲音統統消失，王鉞原本即將落地的豆大汗珠也停在空中，蕭練無法移動，只能轉著眼

珠觀看，視線所及之處，他看見姜尋舉起刀，搞笑似地維持抬單腳的姿勢，金雞獨立如雕塑般動也不動；含光則半抬頭，素來鎮定的他如今完全掩不住神色上的驚恐，而在不遠處，邊門開了一條縫，露出承影被定住的半邊面龐……

在這全然靜止的時空之內，王鉞是唯一的例外。他像是在膠水裡游泳似地，艱難地舉起右手，越過肩伸向身體後方，憑空慢慢取出他的本體，一柄青銅巨斧，然後抬起膝蓋，朝蕭練的方向跨出一步。

那一步彷彿重逾千鈞，但在所有人都無法動彈之際，便顯得彌足珍貴。王鉞用盡全力踏出這一步後，再吃力地拔起另一條腿，踏出下一步。就這樣，他一步接著一步、喘著氣走到蕭練身前，站定，抬起手臂。

青銅大斧被高高舉起，然後一寸寸落下，以蕭練所見過最緩慢最笨拙的方式，朝他的頸項劈來。

而他偏偏避不開。

身體的所有部位都不聽使喚，但他與本體之間的聯繫並未斷開，也依舊能感受到異能的存在。蕭練於是調動身體全部感知，呼喚劍陣，只要能有一支劍衝破阻礙，便能以攻擊替代防守，逼王鉞收回斧頭自救。

半空中，離王鉞最近的那柄劍劍尖忽地小幅度擺動震盪，然而來不及了……

擦。

在斧頭刃部碰觸到蕭練頸部的那一刻，一個莊嚴的聲音，自身後簾幔內發出。

他說：「破。」

14. 願妳初心不改

如初在廚房裡，摔碎了一個碗。

當然不是故意的，就是忽然間心跳加速，手一滑，已經用了好多年的大湯碗落在地面，摔成了好幾瓣。

原本在客廳裡看電視的媽媽走了過來，不太高興地問：「妳幹麼用手洗，放洗碗機就好了啊。」

「我想說只有一個碗，順手洗一下……」看媽媽臉色不對，如初識相地閉上嘴。

都說回家待嫁陪父母是身為女兒最幸福的一段時光，然而如初只感覺自己被嫌棄了。媽媽不肯說明理由，但她可以想像，百分之一百二十跟準新郎有關。

如初不怪媽媽。她的婚姻有太多無法對其他人解釋的地方，雖然在「雙方見家長」這關時，杜長風給人的印象超級可靠，含光則像變魔術般地秀了蕭練的出生證明，將他們兄弟三人的父母背景交代得一清二楚，但再多的包裝，都無法磨滅他們與常人迥異的氣質，父母要擔心甚至於要挑剔都很合理。麻煩的就是，他們什麼都不肯明說……

話說回來，媽媽如果眞要打破砂鍋問到底，她該怎麼回應？

一想到這裡，如初立刻心裡慌了起來，然而媽媽只揮了揮手，趕蒼蠅似地說：「出去出去，我來收。」便把她攆出廚房。

如初走到客廳盯著螢幕上的新聞主播發呆，又過了幾分鐘，媽媽拎著一袋垃圾走到她身邊說：「過幾天找個時間妳帶上訂婚戒指，我們一起去銀樓。」

她的訂婚戒指還是蕭練之前在四方市時求婚時送的，十分沉重華麗，做修復時根本沒法戴，因此如初索性找了條金鍊穿起來當項鍊掛在脖子上。

她拉起戒指，一頭霧水地問：「帶這個去銀樓幹麼？」總不能拿去賣吧？

媽媽的神情相當不自然，她先支支吾吾地解釋銀樓老闆算熟人，小阿姨的國中同學之類，不用擔心被騙，繞了一大圈才說：「就、我跟妳爸爸商量，也想挑個禮物送給蕭練。」

小阿姨前兩天剛來過家裡，對著喜餅一陣挑剔，是親戚裡最煩的一個。如初垮下臉，忍不住說：「你們想送蕭練什麼，買就好啦，跟訂婚戒指有什麼關係？」

她自認這話沒什麼錯，但媽媽卻瞪著她回說：「妳怎麼這麼笨啊？」

「我哪裡笨？」莫名其妙被罵，如初火氣也上來了。

「叫妳去就去，囉嗦。」

垃圾車的聲音響起，媽媽把垃圾塞到她手上，瞪她一眼，趿著一雙拖鞋趴搭趴搭轉頭去浴室。她一腳跨進門檻，一隻腳還落在外面，卻又回頭賭氣似地對女兒說：「趕快找時間跟我一起去，不然吼……」

「不然怎樣？」如初反問。

「不然就很丟臉啊！」

媽媽喊出這句話之後臉色忽然變紅，如初看著浴室門被關上，水聲嘩啦啦響起，忍不住舉起戒指仔仔細細看個清楚。

鑲在中間的主石是顆晶瑩剔透的翡翠，即使在家裡微黃的燈光下，顏色依舊飽滿濃綠，像一汪清澈的湖水，漾著溫潤的波光。旁邊一圈小鑽環繞，顆顆晶瑩剔透。如初不懂寶石，但一眼看去也覺得美極了，品質毫無問題，設計簡約典雅，除了太過豪華以至於不方便工作之外，其他都正符合她的偏好。

所以哪裡丟臉？

顯然媽媽絕不會回答這個問題，如初也不想問。她丟完垃圾後回到自己房間，一推開門，便看到一隻大黃貓翻著肚皮，窩在床中央。

「黃上……」她走到床前，跪在地板上，將臉埋進貓肚子裡，喃喃說：「結婚好麻煩，要不乾脆私奔算了？」

黃貓發出抗議的噗噗聲，四隻腳掌一齊發力將她的臉推開。如初摸了摸胸口，搞不懂今晚心爲什麼始終發慌。

她坐回書桌前發了條訊息給蕭練，隨手拿起印好的喜帖，露出底下的婚禮賓客名單。她跟爸媽幾番商量，最後只邀了五十來人，爸媽嫌少，如初卻覺得名單上絕大部的人分來或不來她都無所謂。

如初一個名字一個名字看下去，不時卡住，完全不曉得這個名字是誰。看到一半就放下名單，腦中隱約浮起一個念頭——有些人，她眞心想邀，卻送不出喜帖……

心念才一動，眼前瞬間起了變化，她穿著現實中的睡衣拖鞋，站在一座古剎門前，而夜風碩大，遠方山頭聳立，四周荒煙漫草叢生。

雖然明知道自己是進了傳承，如初還是忍不住揉揉眼睛，緊接著，山長的聲音便自後方響起，她問：「那是什麼？」

如初這才發現，自己的手上居然拎著一張喜帖。她轉過身，看到山長披散著頭髮，半臥在臺階上，舉起頭仰望天空。如初順著她的視線，看到一枚又大又圓的月亮，正緩緩自地平線升起。

「海上生明月，天涯共此時。」山長吟了兩句詩後朝如初招招手，指著旁邊的臺階說：「坐。」

如初走過去坐下，忽然想起來這裡就是鎮北寺，崔氏給蕭練上禁制的地方。

這顆月亮，也是照搬唐朝初年的月亮嗎？

她不禁抬頭往上瞧，只見月亮表面的凹凸不平處清晰可見，猶如一道又一道的傷疤，在現實世界裡無論怎麼看，都不可能用肉眼看到這樣的月亮。

這顆月亮實在讓人心慌。如初趕緊收回視線，朝山長舉起喜帖，說：「我要結婚了，想邀請妳……」

她打住，深深感到自己說錯了話。山長倒是不介意，她接過喜帖，朝新郎名字瞄了一眼，問：「喜柬怎麼選這個顏色？」

「蕭練選的。」如初頓了頓，好奇問：「妳不喜歡？」

說也奇怪，通常化形者方方面面都會受到當初鑄造者的影響，但蕭練卻例外，特別是在美感上的偏好，跟山長全然無關，反倒跟如初有著高度的一致性。

從某個角度而言，如果她鑄造出一柄劍，後來化形成人，應該就會長成蕭練這樣子吧？有個念頭在腦子裡一閃而逝，如初沒抓住，就見山長搖頭說：「無論如何，恭喜了。」

「……妳不反對啊？」如初問，山長可是知道蕭練眞實身分的。

「爲什麼要反對？」山長反問：「他雖然弱了點，只要妳歡喜，那也無妨。」

「蕭練哪裡弱了啊？」如初瞪大眼睛問。

「太獨。單兵無敵，可以打贏每一場戰鬥，卻沒辦法贏整個戰爭。」山長看著遠方，懷念什麼似地又說：「我眞正想要的，是一柄能夠號令八方的武器，披荊斬棘，開疆拓土。」

這話講得十分豪邁，但如初的神色剎時間變得有點怪——最後八個字她從山長父親的口裡聽過，但她明明記得，這是帝王對刀劍的期待，而山長的父親想要的，卻是有靈魂的劍……

「那妳爲什麼不鑄一把這樣的劍呢？」如初忍不住問。

「人世間，總免不了遺憾。」山長心平氣和地答完，一揚手中喜帖，冷不防反問：「妳嫁他，難道就毫無遺憾？」

如初愣住了。曾經的風風雨雨，未來無法跨越的鴻溝，這些，都讓她在邁入婚姻前夕，只要一想起來便心慌到無法自拔，但若要論遺撼……

她搖搖頭，發現新大陸似地說：「沒有，不過我本來以爲妳會反對。」

「這又爲何？」山長一臉不解。

問題是她自己提出來的，但要訴諸於口，如初反而尷尬了。她結結巴巴地說：「因爲蕭練他、他不是人啊。」

「非我族類，其心必異？」山長好笑地搖頭：「這個觀念放在千年之前都嫌狹隘了，如果妳想有後代，另外找個男人來生不就行了？」

這婚姻觀念也太開放了吧，山長怎麼能夠自自然然講出這種話的？

如初好奇地盯著山長看了片刻，忽然想起來殷商是建立在母系氏族文化之上的朝代，於是趕緊開口表達立場：「我不會這樣做。」

「言之過早了。」山長不在意地這麼說。

「原則問題，我不喜歡雙重標準。」如初解釋：「如果蕭練要跟別人生小孩，我會很難過，所以我自己也不會這麼做。」

「己所不欲，勿施於人？但妳都說了，他又不是人。」山長發出一聲輕笑，又說：「天賦從來最偏頗，人從生下來那一刻起，註定了不公平，妳管妳自己快活就好，管別人那麼多。」

如初用力搖頭：「老天爺偏心老天爺的，我做我自己的，我要問心無愧。」

她的模樣太認眞了，令山長不由得想起了某個人。她愣了一下，忽地拍案大笑，笑到眼淚都掉出來了，才伸手擦擦眼角說：「那就記得，堅持到底，說出去的話可別反悔了又收回。」

「一定。」如初答得十分堅定。

此時的她還認爲，某些事情屬於底線，無可退讓，只能堅守到底。

山長又拉著她問東問西了好一會兒，一副對外界頗感興趣的模樣。如初一五一十地回答了她的問題，直到月亮升到頭頂正中央，她才起身向山長告辭。

離去之前，如初忽然興起，轉身朝寺廟大門舉起腳，山長卻一把拉住了她，說：「別，進不去。」

如初一隻腳停在半空中，詫異地回頭望，山長又說：「變成廢墟了，除了這扇山門，其他所有部分都崩毀得乾乾淨淨。」

如初這才注意到，雖然月亮如此之亮，把她們周遭附近照得像白晝一般，但山腳下的土地卻完全被黑暗籠罩。

那是青龍鎮的部分，如初還記得當年一腳從現實中的遺址踩進考古傳承裡的石橋。她指著山下，不敢置信地問：「全沒了？」

「原本創造這片場域的崔氏，被妳打到煙消雲散，她沒了，這裡當然也沒了，能保留這扇門加上這顆月亮，都是個謎……」山長說到這裡頓了頓，朝如初多看了兩眼。

如初一臉無辜回望。山長噗哧一笑，如初說：「算了，不管它。搞不好下一次妳再進傳承，這片場域也會完全消失。」

「全都因為我？」如初衝口問。

「如果我說是，妳會很遺憾？」山長問。

如初先點頭，接著又搖頭，喃喃說：「我、我不知道那算不算遺憾，這裡是崔氏做出禁制的場景，雖然我一方面覺得這種東西也沒必要傳下去，可是、可是……」

「可是妳希望此情此景留下來，算是留個想念？」山長善解人意地問完，見如初用力點頭，緩緩又說：「等妳當上山長，就能再重新建一個新的，應該不難。」

這話其實是暗指如初死後。但如初沒意識到，她愣了一下，指著自己的鼻子反問：「我？」

「當然，將過去眞正發生的事件，搬進傳承幻化做穩定的場域，這就是山長的工作。至於該怎麼做，妳簽下的合約裡都有詳盡描述，只不過時候未到，暫時不對妳開放而已。」

如初本能地覺得不對勁，她問：「可是那是唐朝的青龍鎮，我根本沒去過，怎麼有辦法重建？」

山長像個惡作劇的孩子似地笑彎了眼睛，答：「祕密，好啦，妳該回去啦，準新娘。」

如初頓時有點臉紅，山長笑吟吟地站起身，說：「我沒能去妳那邊參加婚宴，也給不了妳任何禮物，只能說幾句好話……」

「不需要、不需要。」她可不是來要禮物的，如初連聲答。

「要的。」山長以吟誦的語調，拖長了聲音說：「桃之夭夭，其葉蓁蓁，之子于歸，宜其家人。祝妳初心不改，歲月芳華。」

山長的臨別贈詞太美，如初回到現實，忍不住發訊息給蕭練分享。結尾她寫：「我媽好像對你送我的結婚戒指有意見，你能知道爲什麼嗎？」

等了半個多小時，蕭練都沒回應，如初翻了翻才發現，她進傳承之前所發的訊息，蕭練也沒回。

在忙什麼，不會是瞞著她偷偷舉行告別單身派對吧？

抱著一點好笑的心思，如初按下蕭練的號碼，卻立刻聽到「您撥打的電話關機中」的回應。

自從砂石車事件後，她每次聯絡蕭練就立刻接通，從來沒有過例外。

如初愣了一下，又按一次號碼，再度得到關機的訊息。她不信邪，再撥一次。打到不知道第幾次後，手已經開始冒冷汗，如初握住又濕又涼的手心，忽地意識到，這不是第一次她這樣狂打蕭練的手機。

上一次，發生在他不告而別之後。

這一次，原因不明，但很快很快，他們就要舉辦婚禮了。

蕭練他不會、不可能，忽然反悔，再一次失蹤吧？

過去的陰影選在最不可能的時刻翻天覆地來襲。如初掐著自己的手心，強迫自己鎮定。

今天傍晚她才跟蕭練通過話，當時他說他在運動，雖然如初想像不出來蕭練在健身房踩飛輪或慢跑的樣子，但運動的時候關機也正常，她可以等晚一點……

理智這麼勸說，身體卻先一步做出反應。她的指尖滑開通訊錄，點在杜長風的號碼上，按了下去。

您撥打的電話關機中，請稍後再撥。

一個關機、兩個也關機？

她的視線移到通訊錄下一則殷含光的號碼上，再按，結果如同複製黏貼般地完全相同，又一個關機。

等承影的電話也關機時，如初對自己說，出事了。

另一種心慌自心底升起，大黃貓跳下床，跑過來喵喵地蹭著她討摸，如初用一隻手抱起牠，一隻手不斷滑通訊錄，一個名字接著一個名字評估。

鼎姐如今是站在刑名那邊了，無論打聽消息或求助都不適合，鏡子跟祝九，哪一個比較適合討論這種事呢？或者她應該去找司少青？

就在她手不停，腦子裡也瘋狂轉著念頭時，手機鈴聲響起。

姜尋來電。

15. 我記得我講過什麼

清晨的陽光透過不忘齋的格子窗，照進不忘齋室內雖然舊卻保養良好的木頭地板上。

修復桌上橫著一刀一劍，在陽光映射下，無論刀身或劍身都漾著一汪寒芒，顯示狀態十分良好。

這很合理，因爲如初昨晚深夜偷溜出門，從凌晨起磨刀磨劍直到天明。

一夜沒睡讓她整個人都發暈，如初木著一張臉，拿著磨刀石又細心磨了幾下，接著舉起虎翼刀，在陽光下觀察片刻，確定用肉眼再也找不到任何刮痕後，她打開櫃子，搬出一部小型顯微鏡……

「這太誇張。」坐在屋子角落的姜尋將椅子旋轉半圈，面對如初說：「等等，我半小時前就說過這句話了。」

「你閉嘴。」如初頭都沒抬，只拋下這三個字，便一絲不苟地開始用顯微鏡檢查刀身。

姜尋朝坐在另一邊的蕭練丟了個眼色，蕭練摸了摸鼻子，看如初檢查完畢，將虎翼刀放在一旁，又拿起宵練劍如法炮製半晌後，輕咳一聲，溫柔地問：「要不要喝口熱水，休息一下？」

姜尋噗地笑出聲，如初面無表情地舉起宵練劍，指向蕭練，開口：「我講過一百萬次，修復室裡不能喝水，也不准吃東西。」

被自己的本體劍指鼻子的經驗果然新奇，蕭練微笑，退後一步，說：「小心割到手。」

「你這什麼屁話。」姜尋不樂意了，他翹起二郎腿，懶洋洋地又說：「我教出來的徒弟，只有她割別人，斷沒有割自己的道理。」

如初抓著宵練劍轉向姜尋，正想發火，姜尋伸出兩根指頭夾住劍尖，問：「聊聊？」

如初還沒來得及回答，宵練劍忽地劍光大盛，硬生生將姜尋的兩根指頭給震開。

「聊什麼？」蕭練踏前一步，摟住如初的肩膀問。

「跟你無關。」姜尋抓起虎翼刀隔開宵練劍，另一手指著不忘齋的大門說：「勞駕，從這個門出去，直走有間便利商店，買三杯咖啡再抽個兩根菸就可以回來了，喔，我那杯不加奶也不加糖。」

對上這麼厚的臉皮，蕭練只以冷冷一笑回應，如初盯著姜尋看了片刻，轉身將宵練劍塞到蕭練手裡，問：「昨晚究竟怎麼回事？」

昨天姜尋先來電，什麼都不肯講清楚，只問她能不能出來一趟。她趁爸媽睡著後溜出門，趕到不忘齋門前，然後就看到搖搖欲墜的蕭練與狀況同樣不佳的姜尋。

如初什麼都來不及問，只埋頭幫他們做修復，然而修著修著，卻越來越發現不對勁。

虎翼刀上的傷很淺，宵練劍上的傷口略深，兩者顯然由同一種兵器敲擊而成，但從傷處的痕跡判斷，這個兵器刃口並不鋒利，甚至於可以說有點鈍。以蕭練跟姜尋的實力，誰有辦法同時擊傷他們兩個，還是用未開鋒的兵器？

如初又問了一遍，換來蕭練飄忽的眼神，她忍不住揍了他肩膀一拳，力道沒控制好，痛得自己齜牙裂嘴。

「這又何苦……」蕭練拉過她的手，輕輕撫摩。

從昨晚提心吊膽到現在，如初心裡憋著一口氣，她瞪他：「我遲早會知道的，可是我想聽你說。」

她口吻雖凶，目光卻滿滿全是關懷。因此，即使明知隱瞞是爲了不讓她擔憂，蕭練心底還是升起幾分罪惡感。

他垂下眼，回答：「我跟王鉞切磋了一場。」

「那是誰？」王鉞這個名字相當陌生，如初一下子沒反應過來。

姜尋迅速插嘴：「我中途參賽。」

「刑名的男朋友？」如初終於想起來。刑名給她的印象太深刻，她緊張地靠近蕭練問：「你爲什麼會去跟王鉞打？」

蕭練握住如初的手緊了緊，緩緩開口說：「妳家門口發生的那樁砂石車意外，刑名是主謀，王鉞……算幫凶。」

「所以，你跟他，是想問出爲什麼？」如初問。

姜尋聽不下去，拍拍如初的肩膀，說：「有人要妳的命，別管動機，找機會殺回去，能宰一個是一個，宰兩個當一雙。」

如初轉過頭，半張著嘴，一副想反駁卻又不知從何說起的樣子。姜尋注視著她，又說：「我們活太久，牽扯的恩恩怨怨根本算不完，妳不同，遇上任何事，保命第一，記住了？」

這是她印象裡的姜尋，又並非她印象裡的姜尋。

如初點頭又搖頭，心裡亂成一團，喃喃問：「我還是想知道爲什麼……」

「他們針對所有傳承者，妳只是其中之一。」蕭練冷然說。

「所有？」如初瞪大眼睛：「他們跟修復師有仇？」

蕭練與姜尋交換了一個眼神，不等如初發問，姜尋就略過她的問題，說：「我們昨天重創王鉞，刑名始終沒現身，最好的情況，是爲了恢復，王鉞會消停個一二十年，最壞情況……」他聳聳肩：「天曉得。」

如初的心沉了沉，忽覺不對，忙轉向蕭練問：「你們就是因爲這樣受傷的？王鉞這麼厲害？」

她問時依然拉著蕭練的手不放。這番毫不避諱的親暱，讓蕭練自踏進不忘齋後始終堵在胸口的那口氣，終於舒坦了下來。他苦笑一下，坦然說：「要不是杜哥謹慎，把他本體先運了進來，動用異能幫我們爭取到機會，昨晚我們恐怕要全軍覆沒。」

言出法隨是杜長風的異能，作用類似詛咒，被攻擊的對象將遭受輕重程度不等的傷害。然而因爲杜長風的情況特殊，無法如其他化形者一般可隨時隨地召喚本體，因此每次使用異能之前，都需要將本體的青銅巫師搬到旁邊。

杜長風的情況，當年如初住在老家時便已知悉，因此雖然蕭練講得輕描淡寫，她卻立刻緊張地問：「杜主任還好嗎？」

杜長風每用一次異能便要重溫一次當年被活活燒死的經歷，如初完全無法想像那有多痛苦。

「本體無事，人、目前還在昏迷不醒。」蕭練摸摸她，輕聲說：「杜哥情況特殊，我們也無能爲力。」

如初咬住嘴脣不說話，姜尋趕蒼蠅似地朝蕭練揮揮手，說：「會報完畢，你可以去買咖啡了。」

蕭練沒理他，如初轉向姜尋問：「你要跟我聊的東西，他不能聽？」

「不能。」姜尋和顏悅色地給出否定答案。

「那如果我跟你聊完了，講給他聽呢？」如初追問。

兩個男人都露出意外眼神，姜尋思索不到半秒，答：「那是妳的事了。」

「好，那我懂了。」

如初轉向蕭練，還沒開口，蕭練便搶先說：「妳媽媽老說，空腹喝咖啡不好。」

如初噎了一下，蕭練又問：「妳想吃什麼，我去買。」

未婚妻都做到這樣了，他也不能小氣，再說，他對姜尋的陳年往事毫無興趣。

蕭練離去後，姜尋走了出來，半躺在不忘齋門前日式門廊的地板上，頭枕著雙手眺望天空，嘴裡還叼了根不知道從哪兒拔起來的狗尾巴草，一下一下用牙齒磨著。

如初盯著他看，過了片刻，姜尋一邊嚼草一邊吊兒郎當地問：「聽個故事唄？」

如初繼續盯他看了幾秒，問：「你眞的還記得我？」

「姑娘，我是取回了記憶，不是失憶。」姜尋被這問題搞得哭笑不得。

他坐起身伸出手，本想摸摸如初頭髮。手在半途轉了個彎，摸了摸自己的下巴，說：「除非妳在修復的時候動了手腳，否則我忘了誰也不會忘掉妳。」

話語略嫌曖昧，態度卻坦蕩光明。

這應該才是眞正的姜尋，而她所認識的，只是很少部分的姜尋。

如初將感傷藏在心底，也盤腿坐下，對他說：「記憶本來就是一件複雜的事情。就算你什麼都沒忘，忽然增加了那麼多記憶，一些不怎麼重要的人事物，很自然也就被排到後面，印象不再深刻了。」

一片雲朵在天空載浮載沉，姜尋舉頭眺望片刻，悠然說：「我大概懂妳想表達什麼，不過徒弟啊，我活太久了，活到後來，發現時間永遠不可能改變本性，所以妳還是把我當之前那個姜尋來相處吧，一樣的。」

「這樣？」如初眨了眨眼睛，問：「那你準備告訴我當初爲什麼要封印記憶了？」

噗地一聲，姜尋吐掉嘴裡的狗尾巴草，一臉驚悚看向如初。

「別裝了，你知道我一定會問的啊。」如初毫不動容地回望：「不然我想不出來有其他事你需要找我討論。」

「好、好、好，果然是我教出來的好徒弟，夠犀利。」

姜尋乾笑著拍了兩下手，見如初完全不跟著起鬨，於是垂下眼，隨手在地上撿了塊小石頭，憑空抓出縮小版虎翼刀，一邊刻一邊又說：「很久很久以前，有個小姑娘。她出生在一個好家庭，自小衣食無憂，讀書識字，還懂了《六齊》的道理……」

「山長？」如初猛地轉頭看姜尋：「你認識山長？」

姜尋沒回應，只將石頭轉了個角度，一個簡單流利的臉部輪廓迅速成型，正是傳承裡山長的模樣。他緩緩又開口，故事換了個角度，在數千年前，一個冒冒失失的少年闖進劍廬，與一名內向寡言的少女相遇。

起初，少年並未將這名少女放在心裡，不料之後在原野之中，他們爲了爭奪一隻野鹿大打出手，少女展現了她的另一面，勇敢果決，帶著點嬌嗔任性，特別合他的心意……

「我當時就想把她拐走了做媳婦，只可惜，她很強，也有自己一番抱負。」說起少年時的荒唐事，姜尋一點都不隱瞞。

「抱負？」如初總感覺姜尋口裡的山長有點陌生，她試著想像山長生前的景況，問：「她想當干將莫邪那樣的大鑄劍師？」

「更多。」姜尋將刻到一半的石頭放在一邊，說：「她天生下來就既是個鑄劍者，又是個執劍者。父親是全族最厲害的鑄劍高手，母親具有政治手腕，在族人裡頭說一不二。她匯集父母雙方的長處，從小被認定是下一代的領袖……妳那什麼表情？」

剛剛做了一個苦瓜臉就被逮個正著，如初皺了皺鼻子說：「我只是在想，她跟我一點都不像。」

然而失去記憶的姜尋曾不時告訴如初，她很像他的一個故人。

彷彿能聽見她內心話似地，姜尋接著答：「我記得我講過什麼。」

「別說領袖，我這輩子連班長都沒當過。」如初小聲抗議。

姜尋不置可否地唔了一聲，繼續告訴如初他如何幫山長對抗帝王，之後全族南遷，山長在彌留之際既歡喜又恐懼地告訴姜尋，她得到一個機會，將在死後進入一個神奇之地，名爲傳承，可以令她百病全消，爲此她決意……

「自殺！」如初瞪大眼睛。

姜尋立刻抓到她的反應：「就妳與山長的相處經驗，她不是這樣的人？」

「不、她就是這種人。」如初想都不想立即回答後，偏偏頭又說：「可是，『百病全消』這個說法，聽起來很怪，好像是進傳承去治病的？」

「她的確這麼想，或者，起碼是這麼跟我講的。」姜尋輕描淡寫地說。

「你的意思是，傳承故意騙她？」如初問完，又搖頭否定：「會不會當時溝通上出了差錯，後來解決了？山長看起來不像被騙了有怨恨的樣子。」

「妳認爲，她在裡頭一待數千年，並無絲毫怨恨？」

姜尋的語氣有點發沉，但如初沒注意，她的心思完全被另一樁事吸引。

「我不確定……」如初頓了頓，重複又說：「我不確定有幾千年那麼久，你知道，傳承的時間流速跟外面不一樣。而山長，有好幾次，我隔了很多天才進傳承，她卻一副才剛看過我的樣子……」

如初打住，姜尋若有所思地瞥了石雕一眼，皺起眉頭——

倘若心無芥蒂，二十多年前的託夢又是怎麼回事？

他緩緩閉上雙眼，開口說：「如初，接下來的，妳聽仔細了，記在心裡，但千萬別讓山長知道。」

他的神情太過凝重，如初趕緊答應，姜尋又說：「二十多年前，也就是我封印記憶之前，做了一個夢……可能也不算夢，總之我眼皮重得睜不開，半清醒半迷糊之間，腦子裡就出現她站在水面上的景象，穿的還是我們第一次見面時的衣裳，背倚著一棵金光燦爛的大樹。」

說到這裡，姜尋自嘲地扯動嘴角，又說：「說也好笑，悠悠生死別經年，魂魄不曾來入夢，可她一入夢我先注意到的，居然是棵樹——」

「那棵樹是金色的，連葉子也是？」如初猛然站起身，打斷他問。

姜尋點頭後如初掉頭鑽進屋裡，拿出那片青銅葉，又跑回來放到姜尋面前，再問：「像不像？」

「哪裡來的？」姜尋盯著葉片問。

如初盤腿坐在地板上，三言兩語交代完青銅葉的來歷後反問：「你覺得呢？」

姜尋盯著她，說：「妳是傳承者，妳告訴我，傳承與現實世界有沒有可能互通？」

如初呆掉了。她低頭看看手裡的青銅葉，又抬頭望望姜尋，嘴巴張開併攏兩三次，才低聲問：「你認爲，這片葉子是從傳承裡跑出來的？」

「妳有更好的答案？」姜尋再問。

如初茫然眨著雙眼，姜尋嘆了口氣，說：「徒弟，妳聽好了……」

姜尋三言兩語將山長死後的請託說出，接著又說：「子微告訴我，只要能取得傳承深處本源之樹的力量，就有機會抹殺——」

「子微是誰？」如初打斷問。

「……山長。」姜尋眼睛瞇了起來：「妳不知道她的名字？」

山長的確沒提過，但這一陣子如初進出傳承裡的劍廬太多次，早把小時候山長父女的對話給聽熟了。

她對姜拓說：「我確定山長叫子初。」

「我沒聽過這個名字。」姜尋的語氣依然平靜，但神情卻已徹底冷了下來。

子微這個名字也耳熟，如初回憶片刻，忙說：「子初可能有個姐姐或者妹妹叫子微，兩人關係很好，小子初學到新東西都會想告訴小子微，她爸爸也跟子微很熟——」

「她是獨生女，跟妳一樣。」姜尋打斷說。

如初徹底愣住了。一股涼意自腳底升起，凍得她整個人都發冷。無數跟山長對談的片段閃過眼前，她喃喃問：「你從來沒聽過『子初』這個名字？」

姜尋搖頭，腦海裡卻不期然浮起「她」站在樹下的模樣。

「她」說：我從來沒想過騙你，只是有些話，第一次沒說出口，之後便再也不知該如何出口。

「她」說：我一直在這裡，也只能在這裡。

「她」問：阿尋，你當真分辨不出來嗎？

姜尋始終沒開口，如初抬起頭，看到陽光打在他臉上，將他眸子的顏色照得比平常淺淡，琥珀般金黃的褐色，隱隱泛著悲傷。

他怔怔地看著她，卻又彷彿不是在看她，而是透過她看著誰似地。直到如初有點受不了地撇開了頭，姜尋才閉上眼，緩緩說：「記憶恢復之後，我問過我自己很多次，我認識的子微，究竟是什麼樣子？我一度以爲，太多年了，印象都模糊了。但不對，從一開始，就重重疊疊，我始終看不清楚她。」

他站起來，整個人氣勢驟然改變，原本嘻笑怒罵吊兒郎當的模樣再也無影無蹤。目光沉沉、身姿挺拔，俯仰之間自帶一股蒼涼。

這才是虎翼刀的本相。

如初並未被姜尋的氣勢壓倒，事實是，她腦子裡忽然冒出一個猜想，根本顧不上他。

她翻來覆去地將山長告訴過她的，有關傳承如何收納傳承者記憶，而記憶又如何演化出自我意識的關鍵點想了又想，還是覺得對不上。她忍不住抬起頭，輕聲說：「我不知道子微是誰，但傳承要收的山長，只會是子初。」

傳承想要的繼承人，只可能是那位在劍廬裡兩耳不聞窗外事、日復一日兢兢業業的女孩，不會是其他人。

姜尋點點頭，說：「徒弟，伸手。」

如初茫然伸出右手，姜尋憑空抓出虎翼刀。

他將刀放進如初手裡，刀身極為沉重，如初趕緊用雙手捧著接下，又聽姜尋說：「無論子初或子微，生前都並不擅長演戲，因此妳從山長身上所感受到的善意理當不假……」

他臉色一沉，看著她又說：「但事情隨時可能生變，無論如何，自保第一。」

姜尋說得慎重，但如初覺得整件事都匪夷所思，她問：「為什麼我需要自保？」

姜尋蹲下來，看進她的眼底問：「妳在死後可能會成為下任山長，是吧？」

如初點點頭，姜尋繼續說：「那妳有沒有想過，山長為何要放棄掌控傳承的權力？」

他真心欣賞子微，但他也記得，那名跟他爭奪一頭野鹿的少女，眼中藏也藏不住的野心。

時間只會加深一個人對權力的慾望，這點人性，也只有像如初這樣的小姑娘才看不穿。

如初連連搖頭，語氣激烈地抗議：「山長叫什麼，或者她瞞了我什麼，那都是她的私事，跟我無關啊。她又不是崔氏，我跟蕭練結婚送喜帖給她，她還祝福我，我跟她之間沒有利害衝突，不需要、不需要……」

那是她敬重的長輩，也是她能說許多內心話的好朋友，不需要兵戎相向。

「有備無患。」姜尋這麼說著，將虎翼刀縮小了，再度放進如初手中。

縮小版的虎翼刀很輕，如初一咬牙，將刀握在手裡，對姜尋說：「我不覺得管理傳承是種權力，而且，人死了就死了，要權力幹麼？我活的時候都沒興趣了。」

「這樣很好，記住保持。」姜尋摸摸她的頭又說：「但我不介意用最大惡意去揣度他人。」

「包括山長？」如初問。

「特別是她。」姜尋看進她的眼底，緩緩答。

他收回手，丟下一句「記得練習刀法」，便大步走出不忘齋。

虎翼刀在手上搞笑似地轉了一圈，如初長長呼出一口氣，目光落在擱在門廊地板上一塊灰撲撲的小石頭，上面有著姜尋剛才隨手雕刻的山長側臉頭像。雖然只有寥寥幾刀，但眉目宛然，傲氣十足，神韻像極了她所認識的山長。

如初撿起石頭，握在手上，心如亂麻。

她不喜歡悲觀，但感覺真的很糟，而且似乎有更糟的事，即將發生。

16. 値得與否

姜尋走後沒多久，蕭練便帶著豐盛的早餐回來。

然而如初一點胃口都沒有，她像倒豆子似地把跟姜尋的對話重述一遍，末了直接問蕭練：「所以我連山長都要防了嗎？」

「我本來就不覺得傳承是什麼好地方，現在我建議妳連姜尋一起防。」蕭練如此回答。

「但這不是、不是我要的生活。」如初抗議。

蕭練摸摸她的頭，說：「妳自己選擇要當傳承者的，我不會因爲講出實話而道歉。」

如初咬住嘴脣片刻，將縮小版的虎翼刀掛上鑰匙環，說：「我也不會因爲我的選擇就退縮。」

打起精神來，她可以的。

洩憤似地連啃完兩個大飯糰，她拍掉手上碎屑，站起身正準備回家，忽然想起之前答應媽媽的事，於是趕緊取出訂婚戒指朝蕭練問：「這枚戒指沒問題吧？」

「能有什麼問題，妳不喜歡？」蕭練挑眉。

「很喜歡很喜歡，問題就是，會不會很特別、千年古董或者有歷史典故這樣？」

總之一切會引發父母疑心的，統統不該用，爲什麼還需要她解釋呢？如初一臉緊張地看著未婚夫。

蕭練失笑，說：「花錢找人訂做的，連工帶料都沒有任何歷史價值……在妳眼裡我就那麼沒常識？」

「很擔心，承影在老家還拿汝窯來插花，我看到都快昏倒，他還說什麼生命就要浪費在美好的東西上。」如初理直氣壯回應。

看到她眼底亮起安心訊號，嘴巴卻不肯放鬆的小模樣，蕭練有點好笑。他從口袋裡掏出個皮製的珠寶盒遞給她，說：「配套的首飾，妳戴戴看，不喜歡再要設計師回去改。」

「你挑的我都喜歡。」爸媽應該快起床了，如初將珠寶盒塞進背包，就要準備跨上腳踏車，蕭練將一整袋早餐放進她的車籃。

「帶回去給妳家人吧。」他如是說。

如初跳下車，給了蕭練一個大大的擁抱，這才重新跳回車上。

蕭練瞄了鑰匙圈上小巧玲瓏的虎翼刀一眼，嘴角笑容弧度不變，直到目送她離去之後，眼神才冷了下來。

一個多小時後，蕭練將車停在空曠無人的產業道路邊，探出頭，對著比出搭便車手勢的姜尋說：「自己惹出來的麻煩自己解決，別扯上如初。」

姜尋拉開車門，一屁股坐在副駕駛位上，摸了摸下巴說：「她們倆挺像的，對上喜歡的人，脾氣特別大。」

姜尋沒提如初像誰，但可想而知，必然是山長。蕭練眼神一沉，宵練劍瞬間出現在兩人之間，惡狠狠朝姜尋太陽穴斜刺下去。

姜尋側頭，輕鬆避開這一劍，不耐煩地說：「你有毛病？」

「別拿死掉的人跟要當新娘的人比較，不吉利。」蕭練面無表情回答。

姜尋瞬間沉默了下來。蕭練原本就並不是真心動手，順勢收劍，宵練劍頓時消散。他轉動車鑰匙，車重新啟動，捲起路上的塵沙。

兩人都有心事，開過一小段路後，姜尋率先開口問：「王鉞的異能，有頭緒了？」

昨晚的眞實情況遠比他們告訴如初的要來得凶險，杜長風的言出法隨只能打斷王鉞的異能施展，卻未能重創王鉞。大家恢復行動力還不到幾秒，王鉞便再一次施展異能，困住所有人。

然而他還是輸了，輸在一刀一劍毫無溝通卻又極具默契的聯手之下。

姜尋一脫困，便取出虎翼刀，狠狠擲向王鉞腳下。同一時間，蕭練卻採取了相反策略，他一揮手，劍陣於瞬間倍增，九九八十一柄長劍如銅牆鐵壁般團團圍住王鉞，要將他困在其中。

於是，在王鉞第二次發動異能之前，虎翼刀已砍到了他的腳踝。王鉞後退一步，撞上了嚴陣以待的宵練劍陣。

倘若王鉞的身體如正常化形者般強健，撞一下造成不了太大傷害。但王鉞的情況顯然不一般，長劍穿胸而過，他僵硬片刻，人形緩緩消失，只留下一柄巨斧落在原地，異能隨即消散，大家又能夠恢復活動。

整個過程極其凶險也極其迅速，接下來無論發生什麼，蕭練與姜尋都沒參與，兩人有默契地同時跳上車，連夜趕到南部，找如初抓緊時間修復。直到本體再度具備作戰能力之後，他們才分別收到來自含光與姜拓的訊息，說是刑名現身，帶走了王鉞的本體。

蕭練看著手機訊息，面無表情地說：「昨晚所有能錄影的電子設備全被癱瘓了，包括監視器，還有我們的手機。」

「她倒是與時俱進，跟得上時代。」姜尋點評。

蕭練收起手機，問：「就你以前印象，王鉞的異能是什麼？」

「瞬間提速。記憶封印前我跟王鉞交過一次手，我還記得他挺自豪的，笑說天下武功，唯快不破。」想起那時傻傻餵招給王鉞的自己，姜尋冷笑一聲，又說：「真能耐，拿我們都當傻子耍。」

「我們？」蕭練瞬間抓到關鍵：「姜拓昨晚也被王鉞控制住了？」

姜拓的異能是操控心智，發動起來心隨意動，除了距離之外沒有任何限制，只不過對上心智堅決的人偶爾會失效，蕭練無法想像居然有任何異能可以控制住姜拓。

然而姜尋點點頭，沉重地說：「我哥也動彈不得。」

蕭練追問：「什麼狀況？我沒感覺思考被影響。」

「很詭異。我哥說他一念間便對王鉞發動了攻擊，接下來腦子裡全是思緒的回音，搞得他幾近抓狂。」

姜尋口中的一念是計時單位，千分之十八秒，蕭練取出手機將這個訊息傳給殷含光，然後就聽姜尋問：「王鉞發動異能的時候，我連聲音都聽不見了，你呢？」

回憶在蕭練腦海再度播放。身爲與王鉞直接交手的對象，他的感受比姜尋更強烈。像是突然被放進了眞空地帶，萬籟俱寂，周遭所有生物如同雕像般瞬間凝固，視線所及之處的邊緣微微扭曲，帶著一種空間變形的錯亂感。

喉嚨一陣發緊，蕭練澀聲答：「不只聲音，我的五感都被封住。」

姜尋默然片刻後回答：「我也是。」

兩人互看一眼，姜尋又開口：「一定得在王鉞異能恢復前想出辦法對付他……杜長風什麼時候能醒過來？」

「不確定。」蕭練神色凝重。

杜長風每回用過異能後都必然遭受反噬，輕則需要臥床好幾天，重則也有過昏迷不醒數年的紀錄，這次的情況不是最嚴重，但也不輕。

姜尋沒問杜長風為何可以無視王鉞的壓制，畢竟杜長風以人身轉變成化形者，跟他們所受到的限制完全不一樣，問了也毫無參考價值。更何況杜長風這一次用了言出法隨之後，將有好多天無法使用異能，因此當務之急還是需要迅速找出王鉞的弱點。

他伸長了腿，往後仰躺闔上眼，閉目沉思。蕭練的手機不斷發出聲音，是含光傳來訊息，然而蕭練只偶爾瞄上一眼，並不回覆。

又開了一大段路，姜尋突然直起身，同一時間，蕭練開口說：「王鉞的異能應該是時間暫停。」

姜尋立刻回應：「更精確一點，他用異能的時候，時間流速跟我們不一樣。」

兩人對視一眼，奇異的默契感又在這武力值最高的一刀一劍中蔓延開來，與昨晚的危機巔峰時刻一模一樣。

蕭練先開口，語氣發沉：「果眞如此，那幾乎無敵了。」

「還是有限制，他的異能應該跟我哥一樣，起碼受到距離限制，離他越遠越容易擺脫。」姜尋說完，轉頭看蕭練，挑眉問：「幾乎？」

「如初跟我說過，傳承裡跟現實世界的時間流速也不一樣。」蕭練淡淡這麼答。

很顯然，蕭練想到了回擊的方法，但不願明說，姜尋直起身子，問：「合作？」

「姜拓願意？」蕭練反問。

「他沒有更好的人選。經過昨天那一場，我們已經絕對不可能跟王鉞刑名談合作。」姜拓說到這裡，忍不住搖頭說：「刑名跟王鉞爲什麼那麼急，設個到處都是漏洞的陷阱想把我們一網打盡，如此自信？」

「差點成功，他們有自信的資本。」蕭練冷淡地回應後，想起昨晚鼎姐空洞的神情，又說：「至於爲什麼急……大概刑名快壓不住身體裡那幾個了吧？」

刑名鼎本體的青銅礦材，是融化九鼎中其他八個鼎所得，因此在化形成人後，刑名赫然發現自己體內還有八道不同的意識，而隨著時間過去，這八道意識越來越常冒出頭，伺機而動搶奪身體，因此她致力於尋找方法解決這個問題。

「刑名是老毛病，沒道理忽然發急，這裡頭一定還有些重要環節，我們從頭到尾都忽略了。」姜尋低下頭，又說：「總之，我對如初沒有惡意，這點你可以信我。」

蕭練冷冷瞥了姜尋一眼，回說：「不管有沒有惡意，當初你讓她帶刀進傳承，就已然將她置於險境。」

山長看到虎翼刀的反應究竟是什麼，誰也不曉得，但總歸多一道變數，對如初有害無益。

姜尋攤手喊冤：「那時候我記憶都沒恢復，你又跑不見了，不帶刀你要她赤手空拳去對付崔氏？」

這話點中蕭練的痛處，他默然片刻，悻悻然地說：「合作可以，不過你必須保證，無論發生任何事，以如初安危做首要考量。」

姜尋搖頭：「我沒辦法答應你這個，我只能答應，無論發生任何事，她的安危在我生命之上。同時，我不會因為任何所謂的大義而犧牲她。」

這簡單的一句話卻讓蕭練暴怒，他拍了一下方向盤，說：「心甘情願的才叫犧牲，被哄騙過去的，那叫人牲！」

這份怒氣來得太過突然，姜尋心思轉了轉，瞥一眼蕭練的手機問：「殷含光提議了什麼？」

「……他要用我們的婚禮當餌，釣出刑名。」蕭練瞄到姜尋若有所思的神情，立即又說：「想都別想。」

姜尋失笑：「含光自己結婚離婚無數次，習慣了沒拿婚禮當回事。」

他摸摸下巴又說：「不過話說回來，這個提議還眞給了我一個靈感，你先別怒，聽我說……」

接下來的十幾分鐘，姜尋娓娓說出他的計畫，蕭練的神情也從全然抗拒，轉變成若有所思。

他們不是沒合作過，但聯手設陷阱坑人卻還是頭一遭，兩人原本只知道對方很能打，卻不曉得在布陣與計算敵方上也各有所長，頻率對上了，四隻眼睛越講越亮。

車上一直開著廣播，整點換節目，正好放到鄉村音樂，姜尋跟著吹起了口哨，吹過幾首，蕭綀手機忽地震動，如初發來了語音訊息，說她準備去銀樓了，要他別在她家附近走動，萬一遇到了爸媽，三方對質起來會很慘云云。

離婚期越近，她越敏感，一點風吹草動都像貓炸毛般跳起來喵喵喵個不停。蕭綀嘴角帶著笑，認眞回覆訊息。

姜尋饒有興味地聽著他一句一句說完，冷不防開口問：「値得嗎？」

「什麼意思？」蕭綀連看都沒看他。

「執子之手，不過短短數十年，卻有學不完的規矩，應付不完的麻煩，結這個婚，値得嗎？」姜尋悠然再問。

蕭綀從來沒想過只跟如初在一起幾十年，他的目標是結契，生死與共。不過這沒有必要告訴姜尋。

他隨口說：「當然値得，你沒經歷過，自然不懂。」

「我怎麼不懂，我差點娶了她。」姜尋悠然說。

「誰，山長？」

太陽高照的九月，小鎭的空氣中隱隱飄盪桂花香。蕭綀先打開靠駕駛座的車窗，讓陣陣涼風拂面，然後戲謔地問：「後來怎麼沒娶成，人家看不上你？」

「爲了一些事鬧得不愉快，分開了幾年，後來就錯過了。」姜尋摸摸鼻子，苦笑著又說：「當時年輕，覺得自己了不起，睥睨人間。你倒好，活成個老怪物再結婚，勝在心態堅強。」

「你這話，我就當成祝福接受了。」蕭練扭轉方向盤，車往交流道的方向奔馳，過了一陣子後，他又開口，彷彿閒聊般地問姜尋：「你當年有想過跟山長結契沒有？」

「怎麼可能。」姜尋不假思索回答：「我又不想害死她。」

蕭練握在方向盤上的指節瞬間繃緊。他直視前方，試圖不讓語調產生變化，緩緩又問：「結契怎麼會害死人，若要有風險，承擔方也應該是我們才對。」

「『此時、此刻，兩心同』。」姜尋一字不差地講出結契關鍵，又說：「我們雖然有心臟，卻不會跳動，除非她心跳歸零，不然要怎麼跟我心臟跳動頻率相同？這條件說穿了就是生死劫，死過一回合的人才有可能結契成功……」

姜尋後面說些什麼，蕭練已經聽不見了。他緊握方向盤，腳下一點一點用力，不自覺地將油門催到最大，腦子裡只剩下一個念頭——

原來，「兩心同」這個條件，竟是兩顆心臟跳動頻率相同。

原來，他心心念念追求的結契，竟是拿她的性命作賭注……

不！

車子如箭一般直線衝出護欄，滑落邊坡。

17. 自此刻起，每分每秒都彌足珍貴

如初坐在銀樓玻璃櫃前的高腳椅上，裝出專心的樣子聆聽老闆分析珠寶，不時點點頭，貌似表示同意，實則爲了藉動作讓眼皮撐住不要落下……

不能怪她，昨晚爲了修復蕭練跟姜尋，熬了一整夜。

這間銀樓離她家很近，媽媽顯然事先跟老闆聯繫過，半小時前，他們一家三口進門只寒暄了幾句，便直接被帶上二樓落座。

二樓的空間相當寬敞明亮，只有她們一家客人，櫥櫃裡擺的珠寶不多，看上去件件都是精品，跟一樓略嫌粗糙的金飾截然不同。店裡播放著輕柔的西洋老歌，剛開始如初還帶著點好奇心打量四周，等老闆娘端上茶盤，開始跟媽媽閒話家常之後，她便越坐越感覺坐不住，很想逃。

說是閒話，但句句都像在套話。新郎哪裡人？年齡學歷工作狀況？薪水跟家庭背景？男方打算爲這場婚禮花多少錢？蜜月準備去哪……

沒有一句她答得出來，眞會問。

她結婚跟銀樓有什麼關係，今天到底來幹麼？

就在如初換一隻手托腮，累到很想趴下來直接睡的時候，銀樓老闆捧著一個大托盤推開門走了進來。

他將盤子裡的儀器一樣一樣取出來，口中不停地介紹——這個是分光儀，可以透過手機螢幕觀看翡翠內部構造，這個是硬度筆，可以做寶石硬度檢測、鑽石眞假鑑定。

「媽！」如初不敢置信地輕叫了一聲。

媽媽推推她，示意她取下訂婚戒指，交給老闆。一旁的應錚似乎也感覺尷尬，他坐遠了些，取出手機一副準備看新聞的模樣。

蕭練不可能送她假貨，鑑定結果出來之後看媽媽怎麼說！

如初毫不猶豫解下掛在脖子上的戒指，想想又從背包裡取出剛剛才收到的珠寶盒，一起推到老闆面前。

老闆娘讚美了珠寶盒兩句，說看起來像眞皮手工縫的。雖然語氣很客氣，但「看起來像」這幾個字，還是徹底刺激到如初。她抱著一絲報復心態，啪一聲打開珠寶盒。

剎那間，一串碧盈盈的翡翠珠鍊，閃花了每個人的眼。

每顆珠子都有拇指大小，琢磨得圓潤欲滴，像一顆顆滾在荷葉上的露珠，被人用絲線給串了起來，散發出溫潤剔透的光彩。

整條項鍊款式簡單到極點，唯一的設計感來自碎鑽鑲的T字扣，延長鍊下方掛了一顆碩大的梨形鑽石，因爲如初打開盒子的力氣太大而輕輕搖晃。可以想像如果穿小露背的新娘禮服，配上這條項鍊，鑽石在裸露的背部晃蕩，該有多美。

老闆可能也這麼想。他愼重拿起那顆作爲設計中心的梨形鑽石，用儀器檢測了一下，點點頭說：「眞的。」

老闆娘拉開抽屜，拿出另外一顆小很多的鑽石擺在旁邊比較了片刻，神色嚴肅地說：「D級。」

應家三口沒一個人懂鑽石，如初聽成「低級」，正想說爲什麼忽然罵人，就聽老闆解釋：「無色鑽石的顏色等級評定從ABCD的D即開始排，D是顏色最白的，通常啦，也最貴。」

老闆舉起梨形鑽石評估片刻，又說：「車工超好，我猜淨度不會差，有多好要細看才曉得。當然如果能拿到國際鑑定書的話就更容易判斷……有附證書沒有？」

如初搖頭，完全不懂老闆還要判斷什麼——已經確認不是假貨還不夠嗎？

她等著更多解釋，然而老闆娘跟老闆都停下手，一起看向她的父母，像是無聲詢問下一步該怎麼辦。

媽媽跟爸爸對看一眼，神色在無奈中帶著擔憂，顯然他們在意的並非珠寶眞假，而是另有其他。如初正要開口問，手機忽地發出震動聲。她取出一看，姜尋來電。

「我出去接個電話。」

如初很樂意出去透口氣，她抬起頭揚聲後立刻跳下高腳椅，開門走下樓去。

高速公路附近的車禍現場，姜尋面向車頭幾乎全毀的休旅車，對著手機說：「小車禍。沒事，沒事，就蕭練手機摔壞了，要我打給妳……什麼，他好不好？正在接受警方盤查，大概需要賠償撞壞的護欄，花錢消災，應該不用坐牢……他付不起我借他，朋友有通財之義，不用緊張。」

手機裡如初繼續驚慌追問，而在損毀的車旁，女警一邊舉著檢測酒精濃度的氣球要蕭練吹氣，一邊扭頭問同行的警員：「這款車不是聽說很悍，怎麼撞一下就爛成這樣？」

「這款很安全很堅固的啦，不然妳看撞成這樣車主都沒事……奇怪，安全氣囊怎麼也沒爆開？」男警員湊近車子觀察片刻，轉頭看著剛結束吹氣球、正沿著小山坡慢慢走的蕭練，眼神中多了一絲狐疑。

的確，除了頭髮稍亂之外，蕭練連衣服都沒沾到灰，跟刻意把自己襯衫勾破了幾塊的姜尋相比，完全不像個剛從車禍死裡逃生的人。

他顧不得僞裝。

車禍發生當下，他心神一片空白，全憑本能躍出車窗後立即喚出本體劍，借力一蹬，便穩穩站在離事發地點數公尺遠的樹枝上。

直到目睹車頭碰撞地面，發出轟然巨響，蕭練才忽地感到一絲痛楚爬上心扉。

他渾渾噩噩地看著姜尋打電話報警，配合警方指揮做筆錄，表面上有問必答，內部思緒卻始終無法集中。

那絲痛楚像個無限成長的黑洞，在心底慢慢擴大、侵蝕，終將他吞噬。

恍惚中，腦海裡隱隱響起遙遠的聲音。

彷彿來自前世的記憶。水滴入池，風吹林梢，磨刀霍霍，波浪般此起彼落，交織出和諧的共鳴。而在某一刻，萬籟俱寂的瞬間，女子微啞的嗓音緩緩響起。

她平靜地說：「萬法皆空，唯因果不空。」

因果、因果。何時種下的因，又將在何時開花結果？

蕭練不信神佛，然而當腦內所有聲音如潮汐般乍然湧現、又瞬間撤出之後，他卻在有生之年，頭一回生出頓悟之感——

沒有時間浪費。自此刻起，與她相處的光陰，一分一秒都彌足珍貴。

下定決心的那一刻，警員正好做完筆錄，蕭練接過筆匆匆簽下名，扭頭便朝姜尋站處走去。

從傳入耳內破碎的字句判斷，與姜尋通話的另一方正是如初。於是蕭練加緊腳步，走到姜尋面前，用不高不低的語氣喚了一聲：「初初」。

「蕭練！」手機裡傳出來的聲音立刻提高，如初慌亂地問姜尋：「蕭練是不是在你旁邊，他怎麼樣？」

這種程度的車禍，他連塊皮都不會破，還能怎麼樣？

姜尋無言片刻，直接把手機遞給蕭練，蕭練接過，開口：「我還好，妳呢？」

話說出口後他才發現，聲音遠比心情要來得平靜。既然如此，不妨多說幾句，以免她擔心。

蕭練於是沒等如初回應，又問她：「試戴過項鍊沒？喜不喜歡？」

「你怎麼還有空關心這個啊？」如初喘了一口氣，狐疑地問：「眞的沒事？」

「怎麼可能沒事，搞不好會被判危險駕駛終生吊銷駕照，恭喜。」姜尋插嘴，語氣涼涼。

蕭練卻沒理會姜尋，只對如初認眞地說：「沒人傷亡也沒造成交通混亂……我想妳了。」

手機那邊的她靜默片刻，輕輕地說：「我也是。」

似曾相識的語氣，一幕舊時情景再次掠過腦海。蕭練心念微動，算了算時間，馬上問：「妳婚禮前一天有沒有空？」

「應該有——」

如初的語氣有些猶豫，蕭練強硬地打斷她，說：「那好，我想帶妳去個地方。」

「去哪裡啊？」如初問。

「跟我走就知道了。」蕭練自知情緒還不太穩定，怕被如初聽出來，難得霸道了一回。

他結束電話，將手機還給姜尋，同時問：「姜拓還沒回新加坡？」

「沒，他打算多留幾天……」蕭練絕無可能關心姜拓，姜尋瞇起眼，狐疑地反問：「幹麼？」

「你們搭私人飛機來的？」見姜尋點頭，蕭練又說：「那好，借我一用。」

他頓了頓，抬眼看向姜尋又說：「還有，婚禮前，得找到辦法解決王鉞。」

結束通話之後，如初站在原地抓著手機怔了好一會兒，才壓制住逃跑的心情，轉身往回走上樓。

對蕭練她還是很放心的，應該沒事。但對上父母，特別是媽媽，她實在不知該如何應付。

二樓的門並未緊閉，她在樓梯上便可以聽見話語聲不時傳出，幾乎都是老闆在說話，不時穿插某些特殊名詞如「老坑」，「玻璃種」，「帝王綠」之類，連接上下文，大約可以猜得出來他們正在談論那串珠鍊，老闆現場教學，解釋翡翠的等級與品種。

究竟爲什麼需要討論這麼多？

如初不愛戴首飾，也懶得去搞懂。沒有歷史價值的玉石再漂亮也就是顆石頭，她如果有興趣當年可以去念地質學，不需要等到今天才被爸媽拎來上課。

懷著叛逆的心態，如初拖著腳步敲門、進門，回原位落座，舉手投足間充滿不耐煩。坐下來沒多久她逮到一個空檔，傾身向前迫不及待開口問：「好了沒呀？」

大家都用奇異的眼神看向她，彷彿她是個外星人一樣。如初自我檢討也覺得語氣太過急促，在外人面前還是要裝一下，給爸媽面子。

她於是扯出一個笑，指指珠寶盒，又說：「我是想問，這個，可以收起來了嗎？」

「當然可以當然可以。」老闆恍然大悟，一邊幫著將珠寶收進盒內，一邊對應媽媽說：「不是我不肯幫你們估價，實在是，到這個等級，太少見，很難估。」

「這串項鍊起碼值一棟樓了，我們估不準啦。」老闆娘也在一旁幫腔，說：「拿去大的拍賣公司，人家專家估價，最安心。」

這話越聽越不對勁，如初停下手，扭頭問爸爸：「爲什麼要估價？我又不會賣掉。」

老闆娘噗哧一聲笑出來，說：「不是要妳賣，是妳媽媽覺得吼，收人家多少聘禮就要還人家多少嫁妝，這樣妳嫁過去才有面子，不會被欺負。」

「媽……」如初不敢置信地輕喊了一聲。

只看到媽媽無奈地笑了笑，遮掩似地說：「也沒有啦。蕭練送妳的當然就是妳的，妳愛怎麼處理就怎麼處理，我跟妳爸爸只是覺得，他送妳這麼多東西，我們多少、要表達一點心意。」

「我們家給蕭練的禮物不能送太輕，不然不好交代。」應錚插嘴，沉穩地解釋。

淚水迅速在眼眶堆積，如初嘴巴張張合合兩三次，好不容易才找回自己的聲音。她問：「所以，今天來是為了……回禮？」

「不然咧？」媽媽瞪她：「妳都沒想過要買什麼給他喔？」

真的沒有，從來沒有。

而父母，在她沒想到的每一刻，默默幫她想了好多。

如初一邊用手背抹眼淚，一邊說：「不用這麼麻煩啦，就、我常用的那兩塊磨刀石送給他就好，反正都是石頭……」

旁觀的老闆與老闆娘同時笑出聲，老闆娘邊笑邊勸應媽媽：「妳看妳女兒多聰明。時代不一樣了，這種事情你情我願，男方不在乎就好。」

「現在嘴巴說不在乎，心裡面萬一有疙瘩，幾年後翻起舊帳怎麼辦？小孩子不懂事，這樣不可以。」

應媽媽回完老闆娘，轉頭用教訓的口吻，又對如初說：「妳跟他，要相處一輩子的。雖然說我們家沒他家富裕，也不要搞到一開頭兩邊就那麼不平等，妳不要嫌煩，媽媽不是在幫妳撐場面，媽媽是教妳做人的道理。」

「我知道、我知道……」如初抽了抽鼻子，握住媽媽的手，還想嘗試解釋：「可是蕭練真的不會在乎，他不會，一輩子都不會。」

她被蕭練影響太深，不知不覺中認定她的一生很短，恍若白駒過隙，卻忘了時間本身的相對性。對爸媽來說，她這輩子還長得很，他們正盡力幫女兒爭取未來數十年的幸福，儘管她自己毫不留心……

如初哭得很慘，應媽媽卻是被女兒的頑冥不靈搞到哭笑不得。她忍不住抽出手戳戳如初的額頭，說：「不光他，還有他家。」

「妹妹聽媽媽的，戀愛才是兩個人的事，結婚是兩個家庭的事。」老闆也加入勸說行列。

外人的老生常談終於讓如初止住淚水。感動歸感動，她無法說出全部的事實，但須要盡力讓家人安心。

她握住媽媽的手，用發誓般的口吻堅決說：「他的親戚朋友絕對不會在乎，敢的話，我、我拿鎚子打扁他們。」

「他親戚朋友那麼多，妳一個一個去打，要打到哪一年？」應媽媽沒好氣地這麼問，卻也回握住如初不放。

「他的親戚朋友不多。」說到這個，如初忽然想起來：「承影幫我把貓帶回來了，現在正在動物醫院隔離，叫喬巴，明天就可以接回家！」

「妳要蕭練他二哥幫妳把貓從四方市帶到加拿大再帶回臺灣？」應媽媽瞪著女兒，語氣不善。

她又說錯了什麼？心一慌，如初語速跟著加快：「不麻煩，他請專業的寵物搬家公司負責，喬巴先飛到荷蘭，在阿姆斯特丹的寵物旅館過夜，早上再從歐洲飛到臺北，這樣保證貓咪在飛機上的時間不會太長，不會影響身心健康……」

「這樣保證又貴又麻煩，妳怎麼好意思開口？丟臉喔！妳不要跟人說妳是我生的，我不承認。」

應媽媽嚷出聲，話裡全是譴責，語氣卻是滿滿的關切。如初噗哧一聲笑出來，配合媽媽說：「就妳生的呀，現在想塞回肚子裡去也來不及了。」

老闆與老闆娘跟著打趣兩句，二樓的店面頓時充滿歡聲笑語。就在這個溫馨的氣氛中，應媽媽對應錚使了個眼色，後者清了清喉嚨，不自在地開口。

他說：「初初啊，關於妳跟蕭練結婚這件事，爸爸媽媽有個建議……」

18. 刑罰

同樣在不忘齋，同樣是黃昏，同樣室外飄起初秋的斜風細雨。不同的是，今日的祝九，眼底充滿光彩。

相形之下，如初情緒不高，而且有些心不在焉。她取出大夏龍雀刀，再一次確認了傷口後，對祝九肯定點頭，說：「我可以修。」

祝九並未在臉上顯現出任何激動神色，但如初卻可以感覺到，他周身浮動的氣息都變了。

她把刀放回匣中，抬頭又問：「我聽鏡子說過，你一向說話算話。」

祝九微欠身，答：「輕易不諾，一諾千金。」

「好，我信你了，這很重要。」如初面無表情地抬頭問：「你還在開民宿嗎？」

「當然。」祝九審慎地看著如初。

如初長長吐出一口氣，對他說：「來吧。」

她大步走向門外，祝九抱起囊匣跟在如初身後出了不忘齋，兩人並肩走在人行道上。

絲絲斜雨飄下，很快就打濕了如初的頭髮，她在巷弄裡東拐西繞，走了約莫十多分鐘後，在一間前面有個小庭院的老房子前停下腳。她撥開黏在額頭的瀏海，轉頭再問祝九：「你有錢夠買下另一家民宿嗎？」

祝九沉默著，這種天氣如初也不想在外面站太久，她接著又說：「不夠的話我可以先想辦法找殷組長或者蕭練借，然後再借給你。」

也就是說，她要他做的事光明正大，不怕誰知道？

祝九仰頭打量眼前的老屋。屋簷有些破損，顯然經過好些年都未經整修，院子裡的兩株桂花樹倒生得欣欣向榮。矮磚牆上貼有一整排列印出來的廣告招貼，風吹日晒雨淋，上面的資訊已模糊不清，只能勉強能看清楚最大的字是「售」。

他運用異能透視，在心底描繪出眼前房子的平面圖，確定就是間普通的老房子後，瞄了一眼售屋廣告，轉向如初問：「修復知止的條件，是要我買下這間房？」

如初木然搖頭，說：「經營這家民宿的奶奶去年退休了，她女兒接手，搞得亂七八糟，原本是間美食民宿，蔬食料理非常非常棒——」

「等等。」祝九打斷，語氣帶上了點不敢相信：「妳想要我——」

「對。」如初語速加快，說出過去兩天盤算出來的計畫：「我負責修好封狼，等他醒來，你跟他搬過來住在這裡，開民宿，同時負責我爸媽的安全。反正你開民宿算有經驗了，就當成開分店，怎麼樣？」

「而妳相信我會遵守承諾？」祝九問。

「我相信。」如初頓了頓，補充說明：「大家也都這麼說。」

「果然……」

但這個條件不算困難，祝九思索片刻，又問：「如此而已？」

如初眼神飄了飄，祝九心思如電轉，追著又問：「妳要我們負責多少年？」

「……九十七年？」

祝九臉色沉了下來：「妳自己都活不了這麼久，更遑論妳父母，爲何要定下這種條件？」

如初說：「因爲我算過，如果沒被修復，封狼大概需要將近一百年才醒得過來。」

自從跟傳承簽下第二份合約之後，即使在現實世界，她腦子裡也不時冒出許多跟修復或化形者相關的知識，把如初弄得疲憊不堪。

如初攤手，無奈地又解釋：「不要問我怎麼算的，我前幾天一打開匣子，就自動知道了。」

祝九並不關心如初如何得知修復的訊息，他冷冷看著她，說：「也就是說，妳要我跟知止在這個小鎮上待滿九十七年，等於換個形式逼知止坐牢，附帶我連坐，就爲滿足妳無聊的正義感。」

這話如初不愛聽，她立刻反駁：「這就是我的條件，你可以不接受，我又沒辦法強迫你。更不要提等我死了以後，你們愛去哪就去哪，誰會管啊。」

祝九雙唇微張，卻發現自己竟講不出話來。這條件雖然苛刻，卻正好卡在他可接受範圍的邊界。更麻煩的是，他捫心自問，九十七年的小鎮生活，有知止在身邊，似乎也沒那麼難挨，只是這麼白白接受，他心有未甘……

「再加一個條件。」祝九抬起眼。

「啊？」如初下意識挺直腰。

只見他一字一句地說：「我同知止協力，助妳守護家人，妳助我探索傳承，以不傷及無辜爲前提，九十七年爲期限。」

「噢……」如初眨了眨眼睛。

祝九已準備好了下一輪的討價還價，正要開口，就聽如初說：「可以。」

「……」這麼乾脆？

祝九瞥了如初一眼，見她神色雖然嚴肅，但毫無躊躇反悔之意。於是跨前一步，舉手敲響了門板。

一名頭髮亂糟糟的中年婦女頂著一張臭臉打開了門，祝九對婦女講了幾句話之後，便被迎進門內，消失在如初的視野中。

過了十來分鐘，祝九出現於門前，手上多了一串鑰匙，婦女在他身後笑開了臉，連聲說道祝先生請慢走……

眞有效率，如初默默地如此想。

回到不忘齋後祝九立刻告訴如初，他希望房子過戶的當天，她能將大夏龍雀刀修復妥當，等封狼清醒化形之後，他自會說服封狼。即使封狼沒能如期醒來，他也會搬進去住下，以一己之力守護她父母，民宿則會等裝修完畢才開張……

「開民宿就是個掩飾，我不會費心思，沒有美食，妳再嘮嘮叨叨我就讓旅客自備床單。」最後，祝九以不帶任何威脅的語氣，講出了這一句。

辦了這麼一件大事，如初心情很好。雖然有點疲倦，但還是扶著桌沿，笑瞇瞇地舉手在脣邊比了個拉拉鍊的動作。放下手後她忽地想到什麼，又趕緊說：「你是我在不忘齋收的第一位化形者客戶。」

嚴格來講，還是她不靠父母人脈、獨立作業收到的第一位客戶，不可不謂意義重大。

「所以？」祝九問，顯然未能領略這份意義。

「所以我們一切都要按流程來，我先跟你解釋我們不忘齋的修復理念。」

雖然祝九的表情像在說他一點都不在乎，如初還是興致勃勃地從書架上取出一本書，放在祝九面前，指著其中一段念出聲：「首先，在修復過程中，如果傳統技術不適用時，可採用任何經過科學數據和經驗證明爲有效的方法，來保護特定古物。」

祝九：「……」

每個字都聽得懂，但他不確定如初究竟想表達什麼。

如初繼續解釋：「這是一九六四年《威尼斯憲章》第十條，全球文物修復師奉爲圭臬的修復準則。」

說到這裡，她舉起右手愼重說：「根據這條準則，我在此宣誓，修復大夏龍雀刀時，會將傳承裡的知識做有效運用。」

「原來如此。」祝九頷首，試探問：「謝謝？」

「還沒完還沒完。」如初又取出另一本書，解釋：「從工作技術來看，我是古物修復師，但從工作的性質來看，我算你們的醫生。所以我把我的工作區分成兩部分，剛剛講的是修復師的部分，現在輪到醫生部分。」

她打開書說：「一九四八年的《日內瓦宣言》，改寫自希波克拉底誓詞。」

舉起右手，她繼續念：「我宣誓。對病患負責，不因任何宗教、國籍、種族、政治或地位不同而有所差別，即使面臨威脅，我的醫學知識也不與人道相違背。」

闔起書，對上祝九帶了點興味的眼神，如初又解釋：「在修復封狼的時候，我對自己的定位是修復師，也是醫生。只要我出手救治，就不會因傷者的過去、或未來，而有所改變。」

「在這個原則下，我接受你的委託，修復大夏龍雀刀，也就是霍封狼。」

四目相視，祝九再度點頭，說：「了解。」

如初不覺得祝九體會到她的用心，她忍不住補充：「我的意思是，我答應修就會努力做到好，你不用擔心我亂動手腳，這樣。」

「妳的誠意，我感覺得出來。」祝九微笑：「既然大家都開誠布公了，我也希望妳能夠理解，我從不會把自己、抑或知止的命運，寄託在別人的善心，或一張無足輕重的誓詞上。」

每個人有每個人的立場，雖然第一位客戶並不信任她，如初也沒多氣餒。她朝祝九伸出手說：「那、把他交給我吧。」

祝九兩手捧起囊匣，如初也以雙手接過，兩者的神情同樣專注，也同樣肅穆莊重。

就在這短短一瞬間，如初又感受到某些與傳承相關的觸動。

祝九還在，她於是沒理會傳承給予的訊息，先將刀取出平放，又將修復專用的無影燈挪到旁邊，一邊檢查一邊告訴祝九：「今天只看個大概，之後我會出一份詳細的修復企劃書給你。」

「有勞。」祝九彬彬有禮地回答。

「大家都說，你們在一起很久很久……」話出口之後如初才意識到這是客戶的私事，她趕緊又說：「我只是隨便問問，你不用回答。」

「我與知止相識千年，死生契闊。」

祝九倒並不在意，他站在如初身後，看著她嫻熟地檢查刀身，心思回到如初方才的誓言上，思索片刻後又開口問：「妳剛剛講那些古物修復的觀點，是近代才出來的吧？」

如初嗯了一聲，祝九接著問：「那山長同意妳對修復我們的態度嗎？」

「呃，我沒跟山長討論過修復。」如初大部分精神還是放在大夏龍雀刀上，回答時基本上不過腦，有什麼說什麼。

她的狀態祝九也看得出來，但她的回答內容卻在祝九意料之外，他不著痕跡地皺了下眉，再問：「那山長教過妳什麼？」

「她教過我幫宵練劍開鋒……」如初將手在空中暫停片刻，喃喃說：「大概吧。」

祝九沒忽略如初最後聲音變小的幾個字，他追問：「怎麼說？」

「我是在蕭練對上封狼的時候，才學會幫宵練劍開鋒的。那時候昏昏沉沉的，不太確定是進了傳承，還是……做夢？」

如初簡單講出當時狀況，祝九聽完，眼珠子轉了轉，說：「就我所知，以往的傳承者有許多都自稱得到山長的親身指點，而且獲益匪淺，但妳卻從來沒有過？」

秦觀潮從來沒跟她提過山長，如初搖搖頭，正想問祝九那是什麼狀況，忽然想起姜尋的話，心裡頓時生出幾許煩躁。

她放下刀，無精打采地說：「對啊，她、我們談過很多，就是幾乎不太談修復。」

「妳有想過為什麼？」祝九難得提高了聲音。

「……沒有。」

如初說完便低下頭，一副不想談的模樣。祝九察言觀色片刻，才又開口說：「自從在傳承門外遇見山長之後，就有個問題令我十分困惑，妳聽聽看，也許能幫我解惑。」

他不等如初反應，便自顧自往下說：「妳有沒有想過，把一個人關在一個地方數千年，根本是一種刑罰，而非職務？」

這、指的是山長？

如初咬著嘴脣不開口，眼神卻不由自主流露出遲疑。祝九見狀，又說：「也許性格如妳，可以接受。但就妳所認識的山長，也能過這樣的日子，甘於寂寞？」

「她甘不甘寂寞不重要，重要的是根本沒管道讓她從傳承裡出來……」眼角掃過架上的那片青銅葉，如初像被雷劈到般猛然打住。

也許，眞的有那麼一絲可能性？

19. 最大的恐懼

關於山長，如初覺得自己像隻鴕鳥，頭埋在沙子裡期待一切都好。

這樣不對，但無憑無據就去質疑一位始終待她很好的長輩，一位願意真心祝福她的朋友？

她做不到。

就這樣，如初幾度想進傳承問個清楚，卻又在最後關頭卻步。好在姜尋託付給她的事沒有期限，拖一拖無妨，但婚禮的籌備卻迫在眉睫，於是幾天後，如初北上，挽著蕭練的手一起踏進東區一間寵物友善的咖啡廳。

一進門，如初就看到殷承影坐在一張絲絨沙發上，交叉著長腿，愜意地吸著一杯混雜了巧克力可可與餅乾碎片的咖啡冰沙。而一隻高大帥氣的邊境牧羊犬，朝著她猛搖尾巴，眼神熱切。

與狗狗對看半晌，如初不敢置信地喊出聲：「麟兮？」

那隻永遠站在四方市老家的屋頂上，忠實守護家園的青銅麒麟？

狗狗走上前，站起身將爪子搭在如初雙肩上，熱情地舔了她的臉頰一口。如初伸出手，一把將麟兮抱個滿懷。麟兮汪了一聲，引來旁邊客人側目。承影將食指豎起比在嘴唇中間，做了安靜的手勢。等麟兮走回原位趴下來之後，他才對如初說：「他剛化形，還不太習慣，聽得懂我們講什麼，但說不出話來又想回應，就會變得很吵鬧。」

「好棒！」如初彎下腰，再次摟住麟兮。

「是挺好的，用雕像過海關，出了航空站再化形滿地走，直接省略檢疫關卡，比貓簡單多了。」承影又吸一口冰沙，問：「我今天下午去醫院看喬巴，你們要不要一起去？」

如初垂下肩膀，搖搖頭說：「今天下午不行，我們要去做婚前輔導……」

「噗！」承影噴出一口冰沙。

麟兮嫌棄地將身體挪得離承影遠一點，另一當事人蕭練若無其事地將咖啡杯移往外側，如初用手摀住臉——

她也不想的，可是沒辦法。

那天離開銀樓之後，應家三口開了一次家庭會議。爸爸媽媽異口同聲告訴如初，無論她跟誰結婚，他們統統支持，但希望她在步上紅毯之前，能跟未來的終身伴侶徹底做個溝通，尤其需要討論的是，彼此對婚姻這件事的期許，究竟有多少落差？

聊到一半時，應媽媽貌似隨意地問如初：「蕭練也是第一次結婚吧？」

「應該是……」陷阱題，而且她答錯了。如初當時就咬住嘴脣，懊惱得要命。

「還應該咧。」應錚吐槽了一句。

媽媽則拍拍如初的手，一副語重心長的模樣說：「以後的日子是你們兩個過，我們了不了解他沒那麼要緊，重要的是妳跟他，找個機會話說開，彼此的底線在哪裡，結婚之後日子怎麼過？」

底線？

聽見媽媽的話時，如初的表情在一瞬間空白。

底線是，她四十七歲的時候，他二十七歲，而當她六十七歲時，蕭練依然二十七。

底線是，她眞心相信他會待她始終如一，她努力說服自己，能夠在這樁婚姻裡，保有初心，但她非常害怕，離婚期越近，越想逃避。

她跟蕭練之間，存在的不是一條底線，而是一道深不見底的鴻溝。

然而她不可能對任何人說實話，永遠不可能，即使是面對最親愛的家人。因此在父母面前，如初揉揉臉，裝出天眞的樣子，說：「怎麼把話說開呀？我不會耶。」

這個話題成功轉移了爸媽對蕭練的注意力，許多意見都被提出來，又被否決，最後拍板定案的是準新人一定要找個專家談談……

「婚前輔導？」如初消化了一下這個名詞，喃喃說：「聽起來好像補習班。」

「妳表姊結婚前有談過，我跟妳阿姨要名片。」媽媽壓根不理會她的排斥，抽出手機就開始翻通訊錄。

「我自己找就好，不用麻煩阿姨了！」在事態越演越烈之前，如初趕緊阻止。

應媽媽狐疑地看著女兒，如初呼出一口氣，將所有祕密都收藏在心底，舉手發誓：「我會好好去，乖乖被輔導。」

可以想像，保證無效。

婚前輔導的諮詢室就在咖啡廳附近，房間色調柔和，沒什麼特色，一看即知裝潢的目的是爲了讓人放鬆心情、暢所欲言。

雖然沒有任何期待，如初還是牽著蕭練的手，坐進沙發裡，禮貌地問了聲好。

輔導員就坐她正對面，穿了身灰撲撲的上班族套裝，戴著副粗黑框眼鏡。如初坐下時她正在低頭翻手機，過了片刻才猛然抬起頭，臉上寫滿了「我幹麼坐在這裡」的疑惑，整個人跟粉嫩的房間氛圍完全不搭。

跟如初大眼瞪小眼一會兒後，輔導員推推眼鏡，然後朝如初推了推別在胸部的名牌，問：「自我介紹省略，反正名字只是個代號，OK？」

如初點點頭，蕭練連頭都不點。輔導員掃了他們一眼，繼續講話：「那、開始吧。第一個議題，你們兩個清不清楚彼此過去的情史？」

這是婚前輔導的議題？如初徹底愣住。

輔導員指著自始至終面無表情地蕭練問她：「妳先來，他有幾個前女友？」

如初僵硬地轉向蕭練，後者以坦蕩蕩的目光回望，對看數秒後，如初吞吞吐吐地說：「那個、其實我媽前幾天問了我一個問題……」

蕭練澄澈的眼神中多出一絲迷惑，輔導員插嘴：「繼續講，妳媽又不在這裡。」

如初深吸一口氣說：「就是、我媽問……你有沒有結過婚？」

「當然沒有。」這是蕭練在輔導員面前第一次開口，他表情不變，眼底卻寫滿「我不敢相信妳居然會這樣想」的控訴。

如初語帶暗示說：「我指，很久很久以前。」

「沒有。」蕭練索性轉過身向她，認眞說：「照現代對愛情的定義，妳是我的第一個女朋友。」

這怎麼可能，如初立刻反應：「那崔氏呢？」

「我認識崔氏的時候，她已經訂婚了……」蕭練頓了頓，慎重地說：「我對崔氏，似曾心動，發乎情，止乎禮，如此而已。」

「可是，她、讓你痛苦那麼久……」禁制不能明說，但如初相信蕭練聽得懂，她眨著眼睛，不確定地說：「我一直以為，她算你的初戀？」

「我痛，因為信任錯付，跟愛情無關。」蕭練頓了頓，說：「我沒想過妳居然會誤會，那些過程，妳都親眼看到過。」

如初對蕭練點點頭又搖搖頭，腦子一團亂。他指的應該是她在傳承裡看到崔氏的過往，但她能看到的畢竟只是片段，還是崔氏觀點的片段，究竟站在蕭練的立場，真實應該是什麼樣子，她從來不清楚……

不、她甚至於沒意識到她不清楚，直至今日。

她靠近蕭練，再問：「那、如果，你有機會重新做選擇……」

蕭練眼神一冷，斬釘截鐵地說：「隨她自生自滅，絕不相救。」

一種異樣的情緒在胸中升起，如初眼睛眨也不眨地看著蕭練。

剛進公司的時候鏡重環就說過，兵器類對感情的態度很乾脆，寵的時候寵上天，要斷也斷得乾淨俐落，絕不拖泥帶水。然而她跟蕭練幾次分分合合，絲毫沒感受到他性格裡屬於兵器的那一面，直到現在，好像、有點體會了……

挺帥的。

她還在發呆，就聽輔導員說：「好的，如初，該妳囉。」

「我？我什麼？」如初一頭霧水。

輔導員兩手交疊放在腹部，微笑不語，如初繼續茫然，但蕭練瞄了輔導員一眼，居然主動開口問：「我是妳的第一個男朋友？」

「當然啦！」

如初一臉坦蕩蕩，蕭練瞇起眼睛，問：「妳不是暗戀過社團學長？」

「喔，對耶。」大學時代的往事嘩啦啦倒流回心底，如初看著蕭練，問：「你怎麼會曉得？我自己都快不記得了。」

「猜的，妳提過這個人一兩次，從用詞到語氣都不尋常。」蕭練靠在沙發椅背，好整以暇地如此回答。

如初有點窘，那段暗戀發生在她剛進大學的新鮮人時期，歷時還不到半年，跟對方也沒有太多接觸，看學長就像是在博物館看一幅畫似地，欣賞遠多過喜歡。一學期過完學長宣布交了女朋友，如初對他的感覺迅速煙消雲散，即使現在回想起來，也不覺得自己對學長有任何留戀，蕭練是不是誤會了？

誤會需要澄清，如初於是趕緊說：「那真的是、非常、非常純粹的暗戀，我甚至沒有跟學長單獨相處過。」

「他是什麼樣的一個人？」蕭練問。

他的瞳孔一片幽黑，裡頭除了好奇，還醞釀了一股執著。

但這有什麼好執著的呢，不過就是她十八歲時的小小憧憬而已。

腦子裡面關於學長的印象不多，如初邊想邊說：「你見過啊。學長就是那種、外表溫和但骨子裡很堅持的人，意見不多，但超級有存在感。進社團一年多，我印象最深刻的是，如果有活動跟他分配到一組，會特別覺得心安——」

「帥不帥？」輔導員冷不防開口，一臉興味盎然。

想起學長圓圓的臉，如初無語片刻，忍不住反問輔導員：「學長帥不帥跟我的婚姻有什麼關係？」

輔導員眨眨眼睛：「給建議之前我需要了解一下顏値對妳的影響力。畢竟，他超帥。」

輔導員指的當然是蕭練。如初扭過頭，端詳片刻，用視線描繪出蕭練如雕塑般精緻的側臉線條，然後扭回頭對輔導員說：「毫無影響。」

幾乎在同一時間，蕭練的聲音在旁邊響起：「她不看臉。」

兩人異口同聲講完後，如初看向蕭練，用眼神無聲詢問：「你怎麼知道？」

後者坦然回望，也用眼神答：「太明顯了。」

輔導員看著他們眉來眼去，噗哧笑出聲，說：「挺有默契的。」

如初也覺得有趣，她欣欣然答：「噢，其實妳不問我都沒意識到……」

講到一半猛然打住，如初這才發現，在不知不覺中，她放鬆了。

輔導員像是知道她在想什麼似地，推了推眼鏡，開口說：「我知道你們不是自願，不過來都來了。我的看法是，婚前輔導應該像鏡子，照出來的是你內心深處最眞實的想法，兩個人一起照，運氣好的話你也可以看到對方。至於你們兩個……你們對彼此的了解其實不差，信任度更可以說相當不錯，所以，來——」

輔導員指著蕭練問如初：「對於要跟他結婚，妳最大的恐懼是什麼？」

「婚姻……不能長久？」猝不及防之下，如初實話脫口而出。

「結婚多少年對你來說算久？」輔導員不給她思考的空間，緊迫逼人地再問。

「當然是一輩子！」如初說完，想想不對又補充：「不行的話四十年？二十年？」

將恐慌對外人訴諸於口之後，如初忽然發現，事情好像也沒那麼可怕。她頓了頓，對輔導員解釋：「我害怕二十年後，我跟他的婚姻狀況，會、跟現在差很多。」

蕭練看她，輔導員也看她。

蕭練的眼神像一泓深不可測的湖水，蘊含著痛惜與溫柔，輔導員的眼神則熠熠發光，不過閃爍著彷彿是……嘲諷？

她沒看錯。因爲下一秒，如初就聽見輔導員說：「二十年太長，先想兩年再說。」

「兩年？」如初懷疑自己聽錯了。

「對，兩年。」輔導員端起茶杯喝口水潤潤喉，慢條斯理地對如初說：「妳的恐懼很普通。

沒有人預測得了二十年後枕邊人會不會破產、出軌，面目全非。老男人娶幼齒最愛擔心太太紅杏出牆，姊弟戀裡幾乎每個女人都宣稱遇到外面的美眉挑釁，但百分之八十都出自想像，對於年華老去的恐懼投影……呃，岔題了。」

「不會，然後呢？」如初傾身向前問。

要怎麼樣，才能讓自己不被時間改得面目全非？

「沒有標準答案。」輔導員一副專業從容的模樣，對如初說：「不過妳先回去好好想想，婚後兩年內，要怎麼安排生活與性生活，我們下次來討論。」

「……性生活？」如初眼神呆滯。

「當然，這是婚姻幸福的重點。」輔導員站起身，說：「好啦，時間到，散會散會。」

20. 傳承意志

「好像有收穫，又好像沒有……」

離開諮詢室所在的大樓後，如初站在車站入口，想起最後那句性生活後身子抖了抖，轉頭問蕭練：「你覺得這個婚前輔導怎麼樣？」

「不怎麼樣，做完了妳家長安心才重要。」

一句回答，堵死了整個話題。

如初一點都不訝異。經過剛剛這場諮詢，她搞懂了一件事——無論愛情、抑或婚姻，都沒有可能改變蕭練。

他對沒興趣的事物從不假以辭色，也對人間的規則視若無睹。

從這個角度來看，他比她誠實，而婚前輔導的確有點意義。

如初眨眨眼睛，再問蕭練：「你剛剛怎麼會想到要問起學長啊？」總不能是吃醋吧？

蕭練抿了抿嘴脣，垂下眼回答：「我想知道，如果妳沒有遇到我，會是什麼模樣。」

「沒有遇到你，我也不會跟學長在一起啊。」如初不懂。

「我知道，但沒有他，總會有其他人。」蕭練側頭看著她，慢慢地說：「妳喜歡的對象，不亮眼，但讓人安心。妳會在妳遇到的人身上，找尋同樣的特質。」

他的語氣很安詳，但臉上卻流露出失落情緒。一雙清澈的眼睛裡明明白白寫著：我不是妳要的，我很難過。

如初不知道該怎麼回應。蕭練還眞沒說錯。如果不是老街夢幻般的初相遇，她剛開始遇到他時不可能主動接近他，搞不好還會刻意避開。

但、人跟人之間的際遇，本來就沒有如果！

匆忙間如初也找不出個好講法，只能一個勁搖頭，說：「不是、不是這樣。我就是遇到你，然後愛上你，機緣、巧合，統統加在一起，然後命中註定。」

蕭練眼中流過一絲奇異的光，喃喃：「一飲一啄，莫非前定？」

如初愣了一下。她講的是那份第一次見面便傾蓋如故的感受，蕭練的回應卻是前世今生因果，顯然兩個人想的根本不在同一條線上。

然而她還沒開口解釋，蕭練便收斂了眼底的光，低下頭輕輕吻了她。

婚姻輔導結束的隔天早上，鏡重環拖著個行李箱，來到不忘齋的門前。她還沒來得及舉手按門鈴，門便從裡頭打開了，早在裡頭等候多時的如初看向鏡重環問：「妳怎麼現在才到？」

「拜託，我們約十點，現在九點五十。」重環指著牆上的老鐘，反問：「為什麼選在這裡試衣服？感覺好怪。」

「一點都不怪啊。」如初絲毫沒注意到自己的急切心情，她側過身，將乾淨清爽的空間展示在重環面前，解釋：「這裡最乾淨，我跟我爸才大掃除過，而且我一大早來，把桌椅都排開了……看！」

桌椅都被推到旁邊，留下中間一片空地，面對著一面與人同高的穿衣鏡——昨晚還不是這樣的，顯然有人一大清早跑過來，體力勞動。

然而無論怎麼安排，這裡就是一間修復室，跟鏡重環理想的試衣地點相差太遠。她瞄了旁邊堆積的修復工具一眼，聳聳肩說：「妳高興就好。」

她拖著行李箱慢吞吞走進門，將行李箱放下，一隻手按在鎖扣上，轉頭又問：「準備好了沒？」

如初緊張地點點頭，眼巴巴地看著重環打開行李箱，捧出一件大型防塵罩掛在鏡子前，然後儀式感十足地慢慢將拉鍊往下拉，一點一點露出裡頭的白色衣料……

擁有一件手工訂製、量身打造的婚紗，大概是每一個女孩的夢想，如初也不例外。然而從決定婚期起，她都理智地將這個夢想束之高閣。

時間有限、預算有限，又不認識任何懂服裝設計的朋友，倒不如用租的簡單方便，結個婚事情已經夠多了，沒必要因爲自己的小小虛榮心而增添煩惱。

她一直努力維持正面思考與良好心態，直到上個月無意中跟重環提起，而對方一臉不以爲然地問：「妳這輩子預計要結幾次婚？」

「一次已經太多了。」

「換句話說，一輩子也就只穿這麼一次禮服。」重環吸一口飲料，再問：「妳知道以前的新娘子會自己繡嫁衣，繡個一年半載很普遍？」

「我又不會。」現代也沒幾個人會。

「交給我呀。」重環理直氣壯地說：「我cosplay的衣服都找人訂做的。」

直到聽見這一句，如初才赫然發現，自己對一件衣服的渴望，居然可以如此之大。

殘存的一點點理智讓她沒立刻歡呼，而是將提議在腦海裡轉了一圈，謹慎詢問：「鏡子，妳認識的服裝設計師，確定除了cosplay的衣服，還可以做禮服？」

「拜託，我們coser裡出了多少強人，不懂不要亂講。」鏡重環教訓了一句後又說：「而且過去幾千年我都自己做衣服，就算手藝普通，選料子看針腳還不懂，就白活這麼多年了。」

如初這才想起來，工業革命前，人類穿的衣服全是靠雙手一針一線縫出來的。對她來說珍奇的全手工製作服，對鏡重環來說，只是千年以來的日常。

理智迅速投降。生平第一次，如初花大量時間在外表上，研究自己究竟適合穿什麼樣的款式，什麼樣的衣料，以及，想在踏上紅毯的那一天，呈現出什麼模樣？

現在，結果揭曉。

隨著拉鍊下滑，一件珍珠白的禮服頓時出現在她眼前。柔軟冰涼的眞絲觸感縈繞在指間，如初禁不住發出感嘆：「好美……」

「妳先試穿，我再來調整。」鏡重環難得展現出專業態度，幫著如初將禮服穿上。

當初做選擇時，如初幾經掙扎後捨棄了薄紗與珠片，用素面眞絲，強調簡單與優雅。這份堅持如今完美呈現在眼前，如初隨手將頭髮挽起，看向鏡中的自己。

頸部旗袍樣式的復古立領，一路合身的剪裁直到腰際，撒出略顯俏皮的長長魚尾裙，完全是她想要的……

「不行。」鏡重環忽然開口，一句話就打破了如初的興奮。

「哪裡不行？」正面看上去非常合身，如初驚慌地努力扭頭往後望。

鏡重環站在她身後，指著禮服後擺說：「料子太軟，裙襬拖在地毯上沒有型，要加一點重量。嗯，就用立體刺繡，看要繡什麼圖案……欸，這個好不好？」

重環抓起擺在桌面上的青銅葉片，葉片一閃一閃地反射著陽光，一個模模糊糊的念頭閃過如初腦海，她忽地問：「鏡子，妳也喜歡這片葉子？」

「超愛，妳第一次拿出來的時候就這麼感覺了，不過那時候蕭練在，都不敢胡說八道，憋死了我。」鏡重環這麼說著，興致勃勃地將青銅葉片放到如初手上，又問：「怎麼樣，就它了？」

當如初與重環討論婚紗時，離不忘齋不遠處，一個專業的老屋翻修團隊正在祝九剛買下的房子裡進行工作，不時敲敲打打，拍照測量，一副準備大興土木的架勢。

這是祝九的規劃，爲了履行與如初的合約，他與知止勢必需要長居此地。開民宿可以是幌子，但把長住之地弄得合心合意，十分重要。

正當他站在民宿外雜草叢生的小花園裡，雙手抱胸檢視設計師傳來的裝修示意圖時，手機鈴聲響起。

姜拓連招呼都不打，劈頭就問：「你見過山長，印象怎麼樣？」

姜拓那邊的背景聲音略微嘈雜，聽上去像是飛機起降。祝九眼底閃過思索，嘴上卻毫不猶豫地回答：「說話帶殺伐決斷，顯然生前曾居高位……還有，分裂。」

姜尋立刻回應：「分裂正常，但……殺伐決斷那部分你再說說。」

祝九皺起眉頭。他感覺正常的部分，姜尋要他多說幾句，他認爲怪異的部分，姜尋卻以「正常」形容，這是爲何？

「我也只見過她一次，聊不多。顯然她出來見我純屬好奇，沒什麼利益糾葛，我也只能就那一面下判斷，感覺而已。」

祝九輕描淡寫說完了，姜拓接著問：「那依你觀察，倘若山長被抹殺，傳承是否能夠不受影響、獨立運行？」

「抹殺？」祝九不自覺提高了聲音，又忙壓下，低聲問：「你爲什麼會想去抹殺山長？」

姜拓的聲音聽起來胸有成竹，他說：「不好說，你先回答我，行不行？」

祝九眼神底掠過一絲暗芒，口中卻回答：「這個問題沒有意義，任何人都無法在傳承內與山長相抗衡。」

「……傳承者呢？」

「我找不出傳承者需要對抗山長的理由，你有？」祝九反問。

姜拓沉默了好一陣子，然後忽然將話題轉了個方向：「你沒來看蕭練跟王鉞對戰。」

「打架從來不是我的強項，也不是我的興趣。」祝九不客氣地回了這一句。

「哦？」姜拓輕笑一聲，又說：「我怎麼感覺你早就料到了些什麼？」

祝九握住手機的手不自覺一陣用力，姜拓也不等他回應，自顧自又說：「倘若沒了山長，傳承仍舊能夠運行，那麼山長的存在，就並非必須。」

「在這個前提之下，要解決山長，單純就只是找出剋她的方法而已……先登機了，回頭聊。」

姜拓說完便立即掛斷電話。祝九握著手機出神片刻，走進室內開始與設計師討論。

他們一直討論到中午，祝九離開民宿，往不忘齋的方向前進。

祝九走到門前時如初才剛送重環出門，聽見敲門聲後她還以爲重環有東西忘了沒拿，小跑步跑去拉開門，看到祝九時不禁怔了怔。

「沒事，我那邊房子裝修告一段落，正好有空。」祝九朝她笑笑，又問：「方便進來參觀嗎？」

「沒問題啊。」

如初心情正好，她退了一步，祝九施施然走進來，瞥一眼畫滿草圖的筆電螢幕與擺在桌子正中央的環首刀，再問：「我是不是打擾妳工作了？」

如初搖頭：「我眞專心起來，誰都打擾不了我。」

祝九輕笑一聲，說：「也就是說，妳方才沒在專心工作。」

如初想起她收的天價修復費用，有點不好意思。她抓抓頭，說：「今天因爲有事，比較晚開始——」

「無妨，我又不是來盯進度的。」祝九神態自若地打斷她，拉開一張椅子坐下，又說：「我剛剛忽然想到，之前跟妳約好請妳探索傳承，但話說回來，妳對傳承的態度，我並不清楚……對妳而言，傳承算什麼？」

這個問題不難，而且祝九隨意的態度也讓她自然而然地放鬆。

如初坐回桌前，手撐在桌面托著下巴說：「學修復的學校吧，雖然課表要自己排，而且常常會有驚喜課程冒出來……非常不正規的……在職進修。」

「那山長呢？」

「校長囉，古時候書院的校長不是就叫山長？」

祝九點點頭，說：「因此，若我把傳承當成一間學校，妳就是山長收下的弟子？」

如初遲疑了。想起初次進傳承的景況，她搖搖頭，回答說：「不對。傳承收我比較像我滿足了一個標準，然後就被錄取了，跟山長沒有關係。」

祝九揚眉：「也就是說在這間學校，山長只負責教學，不負責招生？」

這個說法很新鮮。如初偏頭想了想，回答：「她最重要的工作應該只是負責做教材？就是場域，然後我們傳承者進去學習，不用她教耶。」

「怎麼做？」祝九追問。

如初搖頭表示不清楚，祝九略一思索，又問：「這麼說的話……當初讓妳去對付崔氏，是山長的意思，還是傳承的意志？」

如初聽不懂了：「什麼是傳承意志？」

「我隨便安的名詞，畢竟，選擇誰當傳承者，是一種機制……」見如初眼神依然懵懂，祝九頓了頓，果斷說：「妳就想成是在傳承裡，山長也需要遵循的法則就好。」

聽到這裡，如初想起了她在傳承裡建構出雨令修復室時，所聽到的指引語音。

她不自覺挺起腰，神情變專注，祝九見狀，繼續說：「我不知道誰創造了傳承，又是誰制定了傳承裡人事物運行的法則。但看起來，即便山長在傳承裡擁有最高話語權，卻依然要照章行事，不能夠爲所欲爲。以崔氏爲例，我的推論是，山長對崔氏不滿，但無法動動手指頭便抹滅崔氏，得照規矩，讓妳擊潰崔氏……是嗎？」

如初猛然抬起頭，對上祝九疑惑的眼神，馬上說：「我忽然想起來，我跟傳承簽的合約，另一方的簽名……」

「不是山長？」祝九迅速反應。

如初搖頭，額角冒起細密的汗珠。

奇怪，明明印象非常深刻，她應該要記得，但就是記不起來了，每次回想，眼前都只出現一片燦爛的金光，以及金光裡，若隱若現的圖騰……

久遠的記憶忽地被勾起，有人對她侃侃而談：「……有個理論這麼說。史前時代，人類曾經歷過極爲鼎盛的文明，這個文明最終被洪水所滅絕，倖存的後裔散落到地球各處，從零開始慢慢重新演化，萬年後成爲近代人類的先祖。而我們對先祖雖然一無所知，也沒有任何記憶，卻依然深受其影響。」

「因此在遠古，各民族用不同的語言流傳出不同的神話，讀起來卻像是對同一段歷史的反覆描述。聖經裡的諾亞方舟爲逃避洪水而建，《列子》裡共工撞不周山引發百川淹沒大陸，希臘神話裡宙斯用大水結束青銅時代，就連分布地甚廣的南島民族，泰雅族、撒奇萊雅族、鄒族，都有洪水滅世的傳說。」

是誰說的？她又在何時、何處聽到？

如初抱住頭，喘著氣回憶。而腦海裡的聲音仍在繼續：

「如果說洪水是一致的滅世傳說，那生命樹就是全人類的起源傳說。基督教的聖經，印度教的薄伽梵歌，猶太教的卡巴拉，到埃及的來世復活觀，山海經裡十日所浴的扶桑，淮南子溝通天人階梯的建木。不同時代不同區域不同人種，卻對生命的起源描繪了同一個景象……」

「生命樹？」如初猛地站起來，揮開祝九欲攙扶的手，搖晃晃地走到架子旁，拿起那片青銅葉。

她看到了，合約上的圖騰，隱隱約約，像是一株形似寶塔的大樹。

21. 你不會傷害我

第二次婚前輔導一開始，如初就見輔導員朝她伸出一隻手，掌心向上。

「？」

「家庭作業？」

如初繼續保持一臉茫然，輔導員顯然見慣了客戶這模樣，輕快地又說：「上次要妳回去想的，關於未來的計畫。」

「喔，這個……不忘齋！」如初頓了頓，補充說明：「我會繼續經營我家的修復室。」

「長期、中期、短期，都一樣，不會因爲突如其來的意外，有任何改變？」輔導員發問。

「比方說什麼樣的意外？」如初反問。

「意外……」輔導員重複一遍後忽地轉向蕭練，問：「你呢？」

蕭練看向如初，緩緩說：「陪妳。」

早就知道答案的如初彎了彎嘴角，輔導員瞪大眼睛問：「你不需要工作？」

「不用。」

「一個努力工作一個遊手好閒，這樣婚姻肯定會出問題，換個答案吧。」

「不用。」

一問一答，蕭練很認真，輔導員也很認真，如初……如初有點煩。

她在沙發上不自在地動了動身體，問：「這個問題我們可不可以跳過？」

「不行，經濟問題是婚姻的重點。」輔導員斷然拒絕。

如初嘟起嘴，蕭練卻忽然有了行動，他取出手機點開，遞給如初說：「我這兩天整理出一份地產的清單，妳看一下喜歡哪裡，以後如果需要重新選擇居住地，我們直接過去。」

他語氣裡帶著濃濃的補償與疼惜，但如初沒注意，她瞬間只意識到，蕭練指的是當她年華老去，而他容顏不改時，為了避開周遭人的質疑，他們需要到處遷徙。

清單列得很詳細，包括地況屋況、市值估價、購入年分等等，地址則分散世界各地，但如初一眼都不想看。她將手機交回給蕭練，敷衍說：「需要的時候再來看就好，不急。」

「或者我們結完婚先出去環遊世界，幾年都行。」蕭練頓了頓，語帶暗示地說：「不做修復，妳也就不會……遇到那麼多事。」

「不行。」如初瞪著他：「這是我的人生規劃，遇到你之前就有了，不可能、我也不想因為結婚就改變。」

蕭練張嘴欲言，但輔導員搶在他前面，忽地開口出聲，問：「岔題請教一下，你怎麼會想到天南地北到處買房的？」

「便宜。」蕭練簡短回應。

「什麼時間點房地產會特別便宜？」輔導員再發問。

「戰爭、瘟疫、金融海嘯還有地震過後。」蕭練用波瀾不驚的語氣講出上一句，轉頭對如初溫柔地說：「我喜歡待在自己的地盤上，因此只要遇上合適的時機，就出手買下。」

他解釋得夠清楚了，然而如初腦子裡不由自主地冒出來長平之戰、第一次世界大戰、第二次世界大戰……

是誰告訴過她，刀劍嗜血，抗拒不了本性時最好的紓解便是親赴戰場？

不能深思不然會越想越恐怖，如初喘口氣，匆匆轉向輔導員說：「我覺得，經濟這個主題差不多了。」

「對，看得出來，對你們兩個來說錢不是問題，但金錢觀大不相同，遲早出問題。」輔導員興高采烈地下了厄運判詞後，又說：「不過婚姻本來就是一種反覆出問題再反覆尋求解決之道的過程，大家能有覺悟我很高興，現在，來！」

輔導員一拍掌，笑咪咪地吐出一個英文字：「Sex。」

如初呆滯片刻，掙扎地說：「我不習慣跟外人討論——」

「我不在乎。你們做過了嗎？」輔導員輕快打斷她。

回想起昨夜的親熱，如初耳根紅了起來，她不敢看蕭練，只垂下頭小幅度搖晃了一下。輔導員興致盎然地繼續問：「理由？」

二十一世紀，婚前沒有性行爲還需要有正當理由？

如初非常想吐槽，話到嘴邊卻又停住——認眞回想起來，她並不排斥呀，只是每次到了緊要關頭，蕭練都會打住。

不、不僅如此，他碰觸她的方式——每次愛撫都像是對待輕薄易碎而又價值連城的汝窯一樣，小心翼翼甚至於戒愼恐懼。

被尊重珍惜固然令人欣喜，但太過頭了是不是也說明不對勁？

如初飛快地瞄了蕭練一眼，他流露出一絲無奈，沒看向如初，卻罕見以鄭重其事的態度，對輔導員說：「問題在我。」

「缺乏慾望，反對婚前性行爲，還是，生理障礙？」輔導員言語之間雖然依然緊迫盯人，但語氣明顯溫和了下來。

蕭練眼神游離了片刻，索性閉上眼睛，搖頭苦笑：「都不是。」

也不等人發問，他接著又說：「心理因素，我害怕。」

他就這麼閉著眼睛，頭卻準確地轉到了面向如初的方位，緩緩說：「我不確定，情動之際，會不會失控，傷到妳。」

雖然多少猜到了這個答案，親耳聽見，如初還是嚇到了。

仗著蕭練看不到她的表情，如初狠狠咬了咬嘴唇，才開口問：「爲什麼這樣想？」

「最近幾次，懸崖勒馬，因爲忽然間神智壓不住本能。」

最後兩個字，蕭練說得又輕又快，說完後他睜開眼，伸手握住如初，鄭重地又開口說：「還有一件事，我需要在婚前，先跟妳道歉。」

「什麼事？」如初整個人都繃了起來。

看到蕭練臉上又浮起了悲傷神色，如初的一顆心高高吊起。進門後她還沒喝半口水，現在嗓子乾得像有把火在燒，也沒心思去管，視線牢牢抓著蕭練不放，怕得想摀住耳朵又想快點聽到答案。

蕭練抿了抿嘴脣，低聲說：「我們、不可能有小孩。」

「所以呢？」如初茫然出聲。

這有什麼好道歉的，她早就做好心理準備了。

輔導員的視線輪流在蕭練與如初臉上打轉了一圈，見兩人都不說話，於是挑了挑眉，問：「關於生小孩的問題，你們也從來沒討論過？」

她語氣充滿調侃，今天討論的話題全都具有爆炸性，如初一顆心早被搞得七上八下，再被輔導員這麼一鬧，她也顧不了態度，轉過頭硬邦邦就答：「這根本不需要討論。」

「他覺得需要。」輔導員一臉無辜地指指蕭練。

「我欠妳一個道歉。」蕭練握緊如初的手，又說：「為妳要嫁給我，所放棄的一切……」

不知道從何來，一顆豆大的眼淚啪一聲，落到玻璃茶几上。

如初完全不懂眼淚怎麼說來就來，她手忙腳亂地翻包包，輔導員適時遞上面紙盒，說：「來，整包給妳，不加錢。」

很好，不需要面紙，她的眼淚自動止住了，但心裡騰一聲，熊熊冒出一團火氣。

她轉向輔導員，用擲地有聲的語氣問：「婚姻關係裡面除了金錢、小孩，性生活，還有什麼需要討論的？」

輔導員眼珠子轉了轉，如初補上一句：「如果婚姻只剩這些，這種婚姻不要也罷，我不是那種非結婚不可的人。」

「啊。」輔導員發出意義不明的感嘆聲，說：「當然還有更重要的議題，不過我不確定……你們準備好了？」

「什麼？」如初硬邦邦地回問，蕭練忽然握緊她的手。

「除卻生死無大事。」輔導員站起身，禮貌性地擺出送客姿態：「下一次，也是最後一次，我們談婚姻裡如何面對死亡，下次見。」

這次婚前輔導的震撼效果宛如颱風，還是瘋狂轟炸讓人站都站不穩的那種。

結束後，如初與蕭練並肩走在街上，好一會兒都沒人說話，直到走到一個十字路口，停在斑馬線前，明明是綠燈，如初卻忽地停下腳，無預警地轉身向蕭練，認眞說：「你永遠不會傷害我。」

「別太信任我。」蕭練將手放在她肩頭，看進她的眼底說：「關鍵時刻，先保護好妳自己。」

又跟以往的許多次一模一樣，他的語氣非常愼重，但眼睛湧上一股情緒，埋得太深以至於難以解讀，然而如初這一次不打算忍了。

她揮開他的手，低聲吼著說：「我知道你比我大很多，經歷多很多，但是，不能有一次，你願意相信，我們的婚姻會成功嗎？」

「能不能有一次，連我都失去信心的時候，可以看到你願意撐下去，不顧一切？」

「到現在了，還糾結那些過去發生的，或者不可能改變的事情，你不覺得蠢斃了。我不要聽你道歉，我想聽你告訴我，無論未來發生任何事，我們都一起走，直到、直到我再也走不動爲止！」

蕭練嘴脣微動，卻始終沒發出聲音來。綠燈早已轉紅，又變回綠燈，他們倆就站在馬路邊上，人來人往之中。

剛說完，如初就後悔了。

不後悔說出來的話，但後悔態度。畢竟剛剛在輔導課時，她既生氣又非常心疼蕭練，但莫名其妙就把怒氣統統發洩在他身上。

因爲不覺得自己說錯了什麼，因此她也不願意先開口。如初倔強地站在原地不動，過了一會兒，蕭練牽起她的手，兩人才終於開始往前走。

走了一小段路，蕭練低聲說：「我會做到。」

「……要記得，說話不算話的是小狗。」

雖然口氣還是不好，但回答完後如初繃不住，眼睛雖然含著淚，嘴角卻上揚了。

蕭練輕嘆一聲，停下腳，將她摟進懷中，抱緊了說：「答應我一件事。遇到任何狀況，活下去。」

如初在他懷裡掙扎著探出頭，說：「可是，總有一天，我會……」死的。

最後兩個字她沒能說出口，因爲蕭練索性用手摀住她的嘴，低頭看進她的眼底，又說：「那就當成那天永遠不會來，無論如何，想盡辦法活下去。」

「我看起來像是不珍惜生命的人嗎？」如初扯下他的手，忍不住抗議：「可是有時候，命運就是身不由己——」

「答應我，不然妳就是小狗。」

話雖然搞笑，但蕭練的目光太過強烈，如初撐不住，喃喃說：「我、我盡力。」

此時此刻，她並未多想，這個承諾的代價。

22. 死亡預見

從有記憶以來，如初就習慣了不忘齋的牆上永遠掛著一幅月曆。今天又是月底，她照慣例撕下舊月曆，然後就看到月曆中央，有個數字用紅筆畫了兩個雙重圈圈。

如初盯著那兩個紅圈片刻，跑到架子旁伸手取下青銅葉片，又打開畫有貓頭鷹硬幣的筆記本，最後她從手機裡翻出磚畫素描，將三樣東西排好了並列在桌上。

三者之間唯一的聯繫點，就是她——小時候的她，長大了的她，開啟了傳承的她，以及……跟傳承簽下第二份合約的她。

如初再抬頭看月曆上的紅圈。那是她的婚禮預定日期，就在十天後，喜帖已全數發了出去。

婚禮之後就是蜜月，再之後就全新的人生，她不應該、也沒必要，現在來糾結這個問題……

如果理智無法說服自己，就讓心來決定。

緩緩閉上雙眼，放空，什麼都不想。下一秒，鳥鳴聲在耳畔響起，如初驟然睜開眼睛，看見自己站在一片樹林之中，手上握著青銅葉。

天空湛藍如洗，三步之外，便是古代的劍爐。

果然，她還是很在意，想知道究竟是怎麼一回事。

已經進入傳承了，下一步該怎麼做，才能夠得知當年的眞相？如初躊躇片刻，決定先從眼前的事物觀察起，於是推開劍爐的門大步走進去。

第一眼她便注意到，跟之前相比，山長長高了，髮辮垂在胸前，體態已有少女的雛型，臉上稚氣消退不少。相較之下，山長的父親變化更大，他一隻眼睛不知怎地蒙上了一層白膜，顯然已經看不見，臉上也多了好多皺紋，原本的滿頭黑髮如今俱已變成灰白色，只有腰桿仍然挺得筆直，講起話來依舊爽朗，像是在昭告身體的損傷並未令他喪志。

火爐顯然重新整修過，那塊上面有手繪壁畫的陶磚如今已鑲在爐子上面，含光劍跟承影劍依然躺在劍池內，爐旁卻多出一塊比拳頭略大、深藍接近黑色的礦石，裡頭閃爍著點點銀光。

如初走上前摸了摸，只覺觸手冰冷異常，跟蕭練的體溫相近。

這顆礦石，難道就是鑄造出含光、承影與宵練三劍的隕星？

如初才靠近想仔細觀察，山長的聲音便自遠方響起，用比平常略微焦燥的聲音問：「妳又跑去哪裡？」

「劍爐。」如初隨口回答，注意力仍然放在眼前的殞星上。

這塊礦石的顏色跟她的喜帖顏色根本一模一樣，難怪蕭練會喜歡。

但之前山長見到喜帖的時候，並沒有聯想起這顆隕星。話說，自己親手打造，日復一日磨練出來的劍，即使時間再久遠，似乎也不應該忘得那麼乾淨？

不過山長感覺起來滿年輕的，倒也沒有那種時光沉澱於一身的穩重感……

如初赫然站直了身體，抬頭看向窗外。遙遠的天邊，山長再度發問：「什麼時候的劍廬？」

如初也不懂自己為何突然一陣心驚，有個想法像是種子即將發芽一般，在腦海裡呼之欲出。

她轉回頭凝視著少女山長，緩緩地、字斟句酌地答：「應該是要開始準備鑄造宵練劍的劍廬——」

話還沒講完，她眼前忽地一黑，鼻端的空氣迅速變潮濕，帶著一點木炭燃燒的氣息。感覺沒過多久，空間再度亮起，她依然站在劍廬內，然而少女山長與她的父親都不見了，成年的山長站在鍛劍用的磚爐前，拿著火鉗一下又一下漫不經心撥弄爐子裡的柴火，動作極其優雅。

山長今天穿了一套齊胸的襦裙，腰束得非常高，上衣又短又小，袖口卻極寬，幾乎都快垂到地上，襯著繫在胸前的長飄帶，典雅中暗藏性感，別有一番風味。

以往如初只覺得山長的美感真好，衣服髮型無論怎麼穿搭都讓人眼睛一亮。但今天，站在此地，她忽然想到，她見過山長穿各年代的服裝，舉凡旗袍、小襖、大襟衫、馬面裙，形形色色，無不令人驚豔……

可有過任何一次，山長身上的服裝適合做粗活、鍛造研磨？

沒有、從來沒有！但方才站在劍廬裡的少女山長，雖然髮型簡單俐落，衣飾樸素無華，但許多細節卻十分講究，比方說，就連袖口都用麻布條給繫緊了，方便工作。

如初不自覺看看自己的穿著，再看看眼前的山長。

自己也愛漂亮，也會耗盡心思做出專屬於自己的美麗婚紗，但那是特殊場合。當然離了工作崗位，很多人都會想換個造型，但她認識許多修復師，日常生活往往不自覺將沉浸多年的穿著習慣帶出來，沒辦法，當你一直浸淫在一件事裡很久以後，那件事就成了你的一部分，想抹滅都抹滅不了，更何況她以此爲豪。

山長身上，可曾有任何一處習慣，屬於一名孤寂的工匠？

這個問題閃過腦海的同時，如初就感到手一沉，有塊石頭憑空落入了掌心。

她想都沒想便迅速將石頭放進外套口袋，這才轉過身，做出一副若無其事的模樣朝山長問：

「怎麼回事啊？」

「還能有什麼，把妳從快崩潰的場景拉出來。」山長放下火鉗，若無其事地對她諄諄教誨說：「雖然有了妳幫忙，傳承最近穩定一點了，但還是要小心，進陌生場域之前先跟我討論，安全第一。」

可是剛才的劍廬明明非常穩定……

如初吞下即將出口的抗議，四顧一圈，問：「這裡是剛蓋好的劍廬？」

她看過許多位於不同時間點的劍廬，就屬這個最新。爐臺上完全沒有一點煙灰爐渣，柱子與木桌也毫無青苔痕跡，比較奇怪的是空氣非常潮濕，特別是劍池的周圍，霧氣瀰漫，幾乎阻絕了視線。

山長從袖口裡抽出一枚玉簪，一邊將長髮盤好固定一邊回答：「複製品，我們南遷之後才蓋的。」

南方？如初恍然大悟：「難怪比原本的劍廬濕好多。」

「『原本』？」山長整理頭髮的手在空中一頓，提高聲音問：「妳去過原本的劍廬？」

如初愣了一下，點頭說：「應該是——」

「哪個時間點的劍廬？妳什麼時候第一次看到的？」山長打斷她再問。

爸爸所說幼稚園發生的事情掠過如初腦海，但那樁事如初一點印象都沒有，很難描述。她遲疑片刻，決定先掠過她小時候就可能進過傳承一事，先從近期說起。

她吞了吞口水，小心地說：「得到傳承之前，我做過一個夢，在劍廬裡看到妳爸爸，還有小時候的妳——」

「所以第一次進劍廬是夢境的形式，在妳得到傳承之前？」山長再度打斷她，又問：「然後呢，妳還看到了什麼？」

這些問題哪裡重要？爲什麼山長追著問？

不行，這樣太被動了，她需要反問一些問題，把主動權拿在手裡。

然而迂迴套話實在並非如初的專長，她淺淺吸了口氣，邊思考邊開口說：「跟這間差不多啊，水池、火爐，妳們重建劍廬的時候，是不是也想著蓋一座一模一樣的？」

說到這一句時，如初不經意垂下眼，視線正好對上爐灶上的磚畫，上頭的顏色雖略顯斑駁，但線條卻十分完整，一雙躲在雲端看海的大眼睛栩栩如生。

腦海裡的念頭終於破土萌芽，如初徹底僵住。緊接著，山長的聲音響起，她帶了點嘲諷的語氣說：「妳在老劍廬裡也看過這塊磚吧？當年劍廬的地基一開挖，土裡就埋著這塊磚。大巫占卜後說是神降吉兆，阿爹鑄劍的時候還特意把磚畫鑄到劍柄上——」

「可是，宵練劍劍柄沒有花紋。」

直到說完，如初才意識到自己不但打斷了山長的話，也在不經意中抬起頭，對上山長的目光。

不知自何時起，那目光已變得冰冷至極，但山長的語氣居然還帶上了笑意，她慢慢地說：「本來有的，有一天忽然消失。那柄劍怪得很，阿爹老說鑄劍的時候得了神助，天曉得插手的是神是鬼，是何居心。」

這句話無論用詞或語氣，都蘊含著強烈負面情緒。如初後退一步，忍不住問：「妳不喜歡宵練劍，為什麼還要鑄造他？」

山長用極其複雜的眼神望著她，回答：「人生本來就有許多事無可奈何，別無選擇。」

「鑄成宵練劍是妳的別無選擇？」如初想起蕭練，忍不住大聲說：「不可能。」他如此完美，必然出自於深愛他的人之手。

「無所謂了。」山長朝她走近一步，又問：「妳只做過一次這種夢，就在得到傳承之前？」

如初遲疑地點了下頭，又慢慢地說：「還有一次，不過不是做夢，比較像忽然掉進傳承裡……」

她用三言兩語描繪了一個多月前在喜帖店經歷過的幻境，刻意省略許多重點，只講了小山長與其父親的互動，然而山長的一雙眼睛卻越聽越亮。

等如初講完，山長輕聲問：「所以，妳在傳承裡看到妳自己了嗎？」

「妳怎麼知道？」話衝口而出之後，如初立刻後悔，但來不及了。

山長的瞳孔瞬間放大，她跳起來一把抓住如初，急切追問：「什麼情況，妳怎麼死的？」

如初被抓得手一痛，但山長的話更令人驚恐。她用力甩開那隻手，猛搖著頭語無倫次地說：「我、我沒死……」

「騙人可以，騙自己就太沒出息。」山長冷哼一聲，又問：「妳看到自己死前的景況了，對不對？」

如初想起幻境裡那雙困獸猶鬥的眼睛，像是不惜一切燃燒生命的表情，嘴唇都開始輕微地發抖——

那個「她」就是自己的未來？

她的反應落在山長眼中，變成了證據。山長像看珍寶似地殷切看著如初，緩緩解釋：「傳承只會在兩種情況下，對外界給出預見，一是當人有潛力成爲傳承者之前，二是成爲山長之前。別怕，收到預見只表示，妳在死後非常有機會正式成爲山長。」

如初腦子已經亂成一團，她只抓著「預見」兩字，結結巴巴問：「我看到的，是預見？可是預見不是鼎姐的異能嗎，我怎麼可能也有？」

山長用憐憫的眼光看著她，說：「化形者的異能本來就由傳承賦予，規則也由傳承訂下，不然你以爲他們的異能怎麼來的？像荊州鼎永遠看不到關鍵時刻，這都是化形前就註定的。傳承能讓化形者預見，當然也就能讓傳承者看到一小部分未來，子初、崔氏生前都看到過自己的死亡預見，妳有了當山長的資格，自然也不例外。」

最後一句話莫名刺激到如初，她忍不住反問：「看到自己的死亡，居然還需要資格？」

說完，她憤怒地看向山長，孰料山長竟深有同感地點點頭說：「是啊，將妳無法逃避的命運展現在妳眼前，這就是傳承，很噁心是不是？」

如初一怔，山長靠前一步，用試探的口吻又問：「妳也對這情況深惡痛絕，找到機會就會反抗，對不對？」

如初猶豫地點了下頭，心裡想的卻是……不太對。

那個在幻境裡滿身疲憊，站在蕭練面前的「她」，真的是自己無法逃避的死亡宿命？

當然，她有一天會死的，可是爲什麼會死在傳承裡面？

她想不通，但得到她肯定回應的山長卻像是鬆了一大口氣，神色一變，又回到那個溫暖貼心的大姐姐模樣。

她笑盈盈地朝如初說：「預見既然已經出現，那未來就成定局了，也沒什麼好討論的，剛聽到這種事，心情難免震盪，我先送妳出去吧。」

如初茫然點點頭，山長接著問：「對了，妳口袋裡裝的是什麼？」

如初的腦子還在預見裡打轉，沒多想便掏出那塊石頭，下一刻，空氣忽然變得又濕又熱，讓人幾乎窒息。

山長死死盯著石頭上姜尋雕刻的頭像，張開嘴，彷彿要發問，然而臉部肌肉卻在瞬間扭曲變形，身體突然不受控制似地，手跟腳都出現輕微抽搐，慢慢滑倒在地。

屋子一角猛然傳來咕嘟咕嘟的聲音，如初扭頭望去，只見角落裡池子的水面洶湧翻騰，蒸氣冉冉上升，正迅速擴散到整間屋內。

鍛劍用的劍池，長年引入山中冷泉當活水，怎麼會熱到沸騰？

「出去。」山長抬起手，指著門，用跟之前截然不同的聲音說：「往前一直走，快……不要回頭！」

如初只覺得那聲音她彷彿聽過，卻想不起來究竟在哪裡？

山長的手還停留在空中，仔細看竟細微地顫抖著。雖然不曉得發生了什麼事，如初果斷轉身便往門走。

室內的溫度在不斷上升。短短一段路，如初走得異常艱辛，就在她走到門口時，身後忽地發出一聲巨響，緊接著，數枚碎石噴濺到她的右臂外側，她立即感到一陣鑽心劇痛。

毫不猶豫地推開門，如初一腳跨了出去。

門外涼風習習，跟門內像是兩個世界，但表面的寧靜絕不等於安全，她應當趕緊找方法離開。然而如初咬了咬牙，還是轉過身，往回看。

角落裡的小池已被沸騰的池水衝垮，滾燙的碎石四處飛濺，山長動也不動地站在磚爐旁邊，神色端凝矜貴，之前身體的所有不協調，統統消失不見。

這絕對不是剛剛跟她談話的山長，也不是劍廬裡的子初。

隔著一扇搖搖晃晃快垮掉的柴門，如初開口問：「妳是誰？」

「該知道的時候妳自然會知道，我撐不了太久的，快出去吧。」

門碰一聲在她眼前關上，如初深吸一口氣，迅速轉身，邁開大步跑離劍廬。

她很快便跑進山林間，天色微明，細長如針般的落葉厚厚鋪在她腳底，一株株漸層染色的紅杉點出了時節。

跑了一大段路之後如初便發現，往常閉上眼睛心念一動就能回到現實的方式，如今完全失靈。她強迫自己鎮定下來，側耳傾聽片刻，決定跟著水聲往山下走。但就在某一刻，身旁的景物像看電視訊號不好似地停格了半秒，如初猛地煞住腳，下意識往回看，接著倒抽一口冷氣。

身穿古裝的蕭練出現了，站在幻境裡一模一樣的位置。

如初強迫自己移開目光，現在不是探究的時候，她曾用過從高處墜落的方法，掙脫崔氏的束縛，如果傳承的法則各處相通，那應該在這裡也有用。

心念才一動，虎翼刀隨即出現在如初手中，她握緊刀，卻聽到不遠處劍鳴聲忽地響起，九隻黑色長劍自林中穿出，迅速在空中排出隊形，劍尖一致朝她飛了過來，森然羅列，光看就感覺到威脅。幸好似乎有另一股力量在阻撓劍陣，長劍飛得十分緩慢，不時停頓下來。

雖然距離有點遠，但光憑劍的形狀，如初一眼便可以判斷，那是宵練劍的劍陣。

跟劍陣對戰她沒有贏的可能性，虎翼刀已經放大到比她人還高了，如初吃力地將刀尖插在地上，正要依樣畫葫蘆開始撐桿跳……

咕咕。

貓頭鷹的聲音忽然從頭頂響起。如初轉過頭，打量身旁高聳入雲的紅杉樹。

她只有在小時候才爬過樹，爬的還是家附近枝枒蔓生的大榕樹，如果身處現實世界，她絕無可能爬上這種又高又直的大樹。但話說回來，這裡是傳承……

另一邊的角力已分出勝負，劍陣忽地加速，破風般朝她衝過來。

如初毫不猶豫地拔起刀鬆開手，虎翼刀浮在半空中旋轉了一圈，朝如初閃了閃刀鋒，像是問她想幹麼？

如初指著殺氣騰騰的劍陣，對虎翼刀說：「拜託，拖住就好，不用打贏。」

虎翼刀似乎對她沒出息的請求很不滿，刀頭往下頓了頓，像是人垂下肩膀，然後才驟然升空，迎向劍陣。

金鐵交鳴聲起，如初雙手抱住樹幹，一隻腳踏上了樹身，腳下一用力，身體倏地往上竄。雖然皮膚被粗糙的樹皮給磨破了，但這第一步，給了她無比信心。

繼續往上爬，幾下之後，她緊張地站在一根分枝上，雙手依舊牢牢抱著主幹，探頭往下望。

距離地面約四五層樓的高度，如果猜錯了，跌下去，不死也重傷。

就以往經驗，在傳承受到的傷並不會被帶回到現實，但她也從來沒在傳承裡受過重傷。如初盯著地面，慢慢放開手，正準備往下跳時，一股無名的力量像根指頭般點上了她的前額。

無處著力，她的身體只能順著這股力量往後倒。如初仰著頭，看著重重深紅淺紅的枝葉間，蔚藍色天空隱約浮現，卻又在瞬間消失不見，遠方彷彿出現了一棵大樹，上頭掛滿無數片金色葉片，聳立於海的盡頭、雲之彼端……

傳承內，一個如初從未有機會踏入的空間之中。

舉目所及皆是茫茫水面，大霧漫天，一扇半人高的柴門突兀地聳立在水中央，一條金色的溪流源源不絕自遠方流入門內，溪流中點點金砂翻滾攪動，在通過門時逐漸融化成一滴滴金色液體，垂直掉入水底。

一柄布滿傷痕的大斧頭順著溪流飄到門邊，被門擋住。微弱的金光一閃，巨斧化做人形，艱難地坐了起來，一邊發出粗重的喘息聲，一邊舉目四顧，神色在焦急中夾雜期盼。

門嘎吱一聲開啓，山長走了出來，用嫌棄的眼神瞥了男子也就是王鉞一眼，說：「確定了，就是她。」

王鉞全身上下幾乎沒一塊好肉，他向前躬身，問：「那、我們改變計畫，只針對她——」

「不需要。」山長打斷他，又說：「事實上，只要確定後繼有人，之前的計畫統統可以捨棄。她還能活多久，頂多百年？我等得起。」

然而刑名的傷，只怕十年都等不起。

王鉞內心焦急萬分，但臉上卻做出恭順神色，回答：「就怕拖太久，反而生變。」

「可你們忙半天，也沒做出個成績。」山長倚在門上，順手敲了敲門楣，又說：「我說了好多遍，魂魄越完整，這扇門就開得越大，所以死亡過程要嘛心甘情願，要嘛猝不及防，不能有半點掙扎猶豫，不然心思一散魂魄跟著潰散。可你們都幹了什麼？看看秦觀潮，好好一個人，全廢了！」

她說到最後，男子忽地掏心挖肺地咳嗽了起來，咳到後來連坐姿都維持不了，整個人趴在地面，殆欲斃然。

山長失去了交談的興緻，她揮揮手，意興闌珊地說：「算了，回去，別再來了。」

「不能算了。」王鉞拚出最後一口氣，仰起頭：「我們會做到，請妳、記得妳的承諾……」

「我當然記得。」山長低下頭，不帶任何感情地說：「你也記住，人生苦樂，皆有定數，定數之外，不憂不虞。你們不可以打破定數，只能去尋找那個變數，加以放大。沒有百分之一百的把握，千萬別碰她。」

吐出最後一個字，山長乾淨俐落地一轉身，踏入門內。

柴門在王鉞面前緩緩闔攏，他呼出一口氣，翻身平躺，金色溪水瞬間將他淹沒。

在布滿金砂的水裡載浮載沉，王鉞閉上眼，喃喃：「變數？」

23. 無愛亦無怖

就在如初以爲自己會永無止境地往下墜落之際，眼前景物驟變，熟悉的天花板頂燈忽地出現在眼前，下一秒，碰地一聲，她跌落在不忘齋的地板上。

人一落地，手上的青銅葉片便化做一道金光，鑽進原本承載的木盒裡面。雖然有點痛，但其實摔得不重，如初翻個身爬起來，喘著氣從桌上抓起手機，正要聯絡蕭練，卻在按下前改變了主意，手指移向另一個號碼。

有一個人的意見，她更想聽。

兩小時之後，如初捧著一杯熱可可，坐在不忘齋的門廊上，雙手因爲脫力還有些顫抖，但眼神已不再驚慌。

「就這樣，我全都告訴你了。」她仰起頭，望向站在她面前的姜尋。

「全部？」姜尋挑眉反問。

出於某種直覺，關於曾經面對的死亡預見，如初不打算告訴任何人。她也不覺得這算說謊，於是點點頭，迎向對方的視線，答：「全部。」

半小時前，姜尋趕到不忘齋，聽她將在傳承裡發生的事，鉅細靡遺地全盤說了出來。最後她問姜尋，那個中間忽然出現，要她離開劍廬的聲音，究竟可能是誰？

姜尋眼神放空了一陣子，喃喃說：「第三個人格？」

「我不覺得。」如初猛搖頭，又說：「雙重人格的猜想應該沒錯，可是有很多事沒辦法解釋。如果山長眞的覺得她被關在傳承裡面很生氣，那爲什麼直到最近才鬧起來？爲什麼針對我？夠資格當山長的傳承者不可能只有我一個，中間有好幾千年欸，不行，我一定要進去搞清楚——」

「別。」姜尋伸手按在她肩頭，打斷她的話，說：「這次我跟蕭練站同一邊，妳暫時別進傳承了。」

如初審愼地看著姜尋，問：「暫時是多久？」

「短的話三年五載，長一點，起碼十年，也許十五、二十。」

姜尋每講一句，如初臉上的不可思議神情就加重三分，等他一講完，如初馬上問：「你知不知道，我沒有幾個二十年可以活？」

姜尋苦笑了一下，如初放下手裡的杯子，站起身又問：「這樣等於是要求我，在我生命的黃金時期，放棄我最想做的事。」

「……是。」

姜尋一邊回答，腦海裡卻無端浮起了另一個影像。面容與如初並不相似，但神情卻相仿，氣嘟嘟的，雖然個頭不大但架式十足，站在劍爐的水池旁，也是這麼仰著頭，與他爭辯……

「不可能啊。」

清脆的幾個字，將姜尋拉回現實。他垂眼看向如初，說：「我知道。」

「蛤？」如初原本氣勢洶洶準備辯論，被姜尋這麼一回，頓時一頭霧水。

「我知道，對生命有限的妳來說，要放棄傳承，幾乎等於放棄……怎麼說，夢想？理念？」

姜尋看著她，淡淡問：「那妳知不知道，看著所愛之人一意孤行，走向死亡，而我無能為力，是種什麼感受？」

「我一直都有保護好自己啊。」如初想都沒想就反應。

「對我們而言，永遠不夠。」姜尋如此回答。

我們？

如初心一動，小心地問：「這就是你、當初……沒跟山長在一起的理由？」

「不是。」姜尋簡略回答。

他之所以沒提出那個執子之手的請求，是因為彼時，他太過困惑，弄不清自己真正傾心的是哪一個。

姜尋的睫毛輕輕顫動了一下，又說：「但我的確跟她因傳承起過爭執，也因此不歡而散……那時候我比蕭練還莽撞，發起瘋來從來不管後果。」

「你把蕭練要跟我結婚叫做發瘋？」如初大不滿。

「我這麼看所有我們跟人類的婚姻，因此，我的建議是，妳起碼把心思放在他身上一段時間，也遠離傳承一段時間。從這個角度估量，十年嫌少，二十年不算多。」姜尋以平靜的語氣回答。

如初愣住了。一種熟悉的感覺自心底蔓延開來，這是姜尋會講的話沒有錯，那個她所認識的姜尋……

她看著他，慢慢地說：「但是，你以前也跟我提到……」要在一起一輩子？

姜尋知道如初沒講出來的是什麼。他自嘲地彎了彎嘴角，說：「不愛，只是做個伴，一切好商量。」

他舉起頭，仰望無星無月的夜空，緩緩又說：「由愛故生憂，由愛故生怖。若離於愛者，無憂亦無怖。」

這段經文如初從來沒聽過，卻很奇異地，一聽就懂。

她沉默了好一會兒，才不太甘心地回答：「我知道了。」

她起碼會等新婚的磨合期過去之後，再進傳承。

那個晚上，如初跟姜尋聊了很久，有好幾次她恍恍惚惚地，覺得姜尋彷彿一點都沒變，但回過神，卻又清楚知道他不一樣了。

臨別前，姜尋取出一個外表傳統但尺寸頗大、裝得鼓鼓的紅包封，遞給如初說：「祝福的廢話就不多說，這個……打開看看。」

他還沒講完，如初已經打開紅包，取出一個灰白色的小陶罐，上頭裝飾著一圈圈簡單的繩紋。

雖然經過仔細清理，但仍舊可以看得出陶罐上殘存的泥土附著痕跡，顯然是從地裡頭挖出來的。如初掀開蓋子，只見裡頭鋪了一層淺淺的金砂，顏色與光澤十分眼熟。

她驚訝地抬起頭，對上姜尋若有所思的目光，他問：「妳認得這玩意？」

「蕭練也給了我一瓶……超像的。」

如初邊說邊從櫃子裡取出蕭練上次送她的那瓶，擺在陶罐旁，然後眼巴巴地等姜尋解釋。

然而姜尋瞄了一眼，只輕描淡寫地說：「既然如此，就收好了，以後也許有用。」

「你怎麼也會有這個？」如初問。

陶罐顯然年代久遠，裡頭的金砂看上去也像從來沒動過，然而葉教授從化形者的殘骸上萃取金砂不過是最近幾十年的事，姜尋這瓶的來源顯然不一樣。

姜尋沒回應，只拍了拍如初的肩膀就離去。如初對小陶罐發呆半晌，忽地臉色一變，她站起身，用最小心翼翼的方式雙手捧起陶罐，邁著步伐穩穩當當走回不忘齋。

緊急翻出置放古物的無酸緩衝襯墊，在桌上找了個地方將陶罐放穩，如初戴上工作手套，再將無影燈移至陶罐旁，檢視片刻，開始上網搜尋。

翻過數個網站之後，她瞪著某間博物館的照片與簡介，腦海裡飄起無數疑惑。

記憶沒有錯，這種形制的白陶器，是殷商時代平民日常生活必備的家用品，用以貯藏雜物甚至食物。傳承裡劍廬的架子上，就擺了一排十來個類似形制的小陶罐，裡頭裝有各色顏料與金銀玉珠，顯然是為了存放裝飾劍柄與劍身的原料。

五千年前的平民用品，放到現今的拍賣市場，即使不到價值連城，也絕對是件很貴重的結婚禮物。如初隱約升起一種買櫝還珠的感覺——雖然姜尋送的是金砂，但很明顯，裝金砂的罐子更值錢。

但如初在意的並非價值，她的視線落在陶罐繩紋的泥土上——這個陶罐顯然被埋在地底下很久了，可能是殉葬品，也可能出土自遺址。然而裡頭的金砂看上去並非新裝，也就是說，當年不管發生了什麼事，這陶罐被埋進土裡時，金砂已經在陶罐裡面了。

進一步推論，數千年前，在缺乏任何現代儀器的條件下，有人，跟葉教授一樣，想方設法收集了這些金砂。

怎麼做到的？
爲什麼？

24. 醒來

時間在人間是公平的，不會因爲任何因素而改變。姜尋離開的七天後，如初一大早起床，就看見日曆上畫了一個醒目的大紅圈。

單圈，代表婚禮彩排預定日，雙圈才是婚禮當天。

預演在下午四點才開始，她趁爸媽吃早餐聊天沒注意到她的空檔，偷偷溜出家門，來到不忘齋。

過去幾天，如初翻來覆去想了好幾遍，最後認定雖然山長很有問題，但不代表山長的話不能信。起碼就死亡預見這點，山長可能沒說謊——她在幻境裡所看到的，的確是將來必然會發生的事情。

但問題在於，她沒看到自己的死亡啊！

山長從頭到尾沒提自己當年看到了什麼樣的死亡預見，只說子初也看到過。倘若山長有雙重人格，現在的山長只是同一具身體裡的另一個人格，也就是子微的人格，那麼在當年，子微看到過死亡預見嗎？

子初八成看過，但子初會對子微說實話嗎？

第三個聲音又是誰？

問題沒完沒了地湧現，如初想到頭都痛了還是沒結論，眼看約好的時間差不多快到了。她於是站起身，將一張張釘在牆上的草圖收起來，接著打開囊匣，檢視著裡頭的封狼本體大夏龍雀刀。

雖然她對封狼毫無好感，卻對他的本體刀，抱持著一份敬意。

環首刀起源於先秦，在漢代成型，是適合騎兵在馬上劈砍的軍刀。冷兵器時代，環首刀配合盾牌使用，能快速衝擊駕駛戰車或用長矛的步兵陣營。歷史上有幾次以寡擊眾的戰役，靠的都是配備了環首刀的先鋒部隊，衝垮敵方布陣，因而扭轉局勢，反敗為勝。

封狼的本體刀，便是一柄典型的環首刀。單面開鋒，厚脊薄刃，直而窄的粗曠刀身能夠承受大開大闔的猛烈揮舞。

修復工作已於日前完成，她特意將刃部磨利，因此一打開盒蓋，凌厲的殺氣便撲面而來。如初面不改色地取出刀，做最後一次檢查。

顧名思義，環首刀的刀柄端自帶一枚金屬環，因此被稱之爲環首刀。也不知道當年封狼的鑄造者在想什麼，刀身打造得十分豪放，銜在刀柄上的那枚環卻雕塑成一隻頭尾相連的鳳鳥，羽紋纖毫畢現，優雅異常，放在粗曠的刀身上，就像鳳鳥棲息在魁武大漢的肩膀上，別有一種反差造成的萌感。

大概過去若干年疏於整理，銅環表面上有幾點針尖大小的鏽斑。如初之前只顧著修復刀身，沒注意到其他部位，如今刀身明亮了，益發讓鏽斑看上去礙眼。如初隨手抓了塊除鏽用的擦子，慢慢地開始打磨，磨到一半，門板傳來叩叩叩三聲敲門聲響……

就在如初狐疑地起身開門時，一條街外，蕭練快步踏入祝九新買下的民宿。

原本的老房子是眷村裡的將軍之屋，外觀簡約優雅的日式建築，雖然年久失修但根基不差。祝九聘請的團隊在短短不到一個月便重新翻修完畢，裝潢後保留了客廳的磨石子花磚地板，卻在部分房間鋪上帶有淡淡草香的塌塌米，木頭菱格窗搭配木頭臺階，充滿古樸氣息。

後院長廊旁圍繞有一圈竹籬笆，蕭練踏進廊內時，祝九正盤腿坐在一張藺草墊上，左手拿著一盞粗陶茶杯，右手捧著平板電腦埋頭閱讀。見蕭練進來，他也不說話，只將平板移了個角度，面對蕭練。

螢幕上正放著一段影片，畫面停格在蕭練與王鉞格鬥的那一幕，所有人靜止不動，而王鉞艱辛地舉起斧頭，朝他劈下來。

蕭練腳步一頓，問：「怎麼來的？」

明明當天他們所有人的電器都失靈。

祝九指著插在平板上的小硬碟，說：「十分鐘前開信箱看到，放在一個信封裡，沒署名也沒貼郵票，應該是某位善心人士直接投進來的。」

而就他推測，那位不具名的「善心人士」，八成便是據說已流露出悔意的夏鼎鼎。

不過這段曲折無須點明，祝九用指尖將影片往前拉一小段，放慢了速度，又說：「仔細看。」

這一幕在蕭練心底反覆播放過無數次，卻還是第一次從第三者的角度觀看。他看著自己胸前的小玻璃瓶因爲自己的動作而從衣服裡飛了出來，在王鉞施展異能時靜止在半空中，然而裡頭的金砂卻不受影響，緩緩墜落……

「可以確定的是，金砂不受王鉞的異能控制，或者再推前一步，不受我們任何一個的異能控制。」蕭練語氣淡然無波。

這是他們早就推測出來的事情，如今算完全證實，但這一點對擊敗王鉞並無任何幫助，因此蕭練也沒有太大興趣。

祝九以手扶額，將影片重新播放一次，說：「認眞看。」

這一次，蕭練注意到自虛空中探出頭的宵練劍劍尖。他低下頭，看著胸前的小玻璃瓶沉吟片刻，伸出手，又重新播放了一次影片。

反覆觀看數次後，蕭練按下停格鍵，指著螢幕最遠處的一角，轉頭望向祝九。

那是一只掛在門邊的風鈴，正好對著通風口，當王鉞施展異能時，所有人與物都靜止了，但那只風鈴依舊輕輕擺動，只不過動得相當慢，不細看看不出來。

祝九倒了一小杯茶給蕭練，說：「我推測，王鉞的異能是讓附近的時間定錨在某個點上，當異能不夠強大，錨點下得不夠深，會被對手拖著走。而透過這只風鈴大約能夠算出來，他的異能可以完全覆蓋的範圍，不超過二十公尺。」

蕭練眼中精光一閃而逝，他握住茶杯片刻，一飲而盡，說：「我記住了，二十公尺。」

「以防萬一，只能多，不能少。」祝九瞥一眼時間，站起身，走下臺階。

鄰居幾位老人家都愛穿拖鞋出門，入境隨俗，祝九也買了一雙。穿上新拖鞋，他啪嗒啪嗒走出庭院，推門而出。

風和日麗，走在巷弄之間，祝九發現自己居然輕輕地吹起了口哨，他趕緊閉上嘴，同時隨手整理了一下一點都不凌亂的衣領。

小鎮有小鎮的好處，生活步調慢，煙火氣息濃，也許他與知止期待數千年的盛世安穩、河清海晏，終能在此地實現。

他含著笑走到不忘齋門前，按下電鈴，毫不意外地聽到一聲帶著緊張的「請進」。

推開門，祝九險些繃不住表情——應家一家三口各自坐在工作桌後面，見他進門後三個人刷一聲全部站起，六隻眼睛同時朝他看來。

「諸位……早安。」

祝九將目光投向如初，無聲詢問：「這陣仗怎麼回事？」

如初張開嘴，但應錚搶先一步，目光炯炯地望著祝九說：「祝先生早，我們見過。」

「對，我那時候剛從澳洲回來。」祝九還記得他當時隨口捏造的病弱人設，他頓了頓，又說：「很快又出國……休養，後來才聽說如初外婆過世了，節哀。」

這話實在圓得太好，果然祝九完全可以信賴。如初打鐵趁熱，趕緊轉向爸媽解釋：「我沒發訃聞給他，所以他沒來參加喪禮……」

「聽初初說，你跟蕭練認識很久了？」應媽媽沒理女兒，逕自朝祝九問。

所以這陣仗跟蕭練有關？祝九瞄如初一眼，點頭答：「老朋友。」

他不等如初父母再發問，接著又說：「我認識蕭練的時候，他剛好跟家裡鬧翻，離家出走，一邊打工一邊念音樂，日子過得相當拮据，我還常常請他吃飯。」

「眞的？」如初脫口問。

當然是眞的，只不過發生在百多年前。

祝九做出微微訝異的模樣，對如初說：「蕭練那時候被斷了經濟支援，靠在工地搬磚頭過活，晚上就睡在工寮裡面，冬天暖氣不夠，冷到床板都結冰……怎麼，這些他沒跟妳提過？」

如初瘋狂搖頭，腦海裡卻不期然飄過蕭練對他早年國外生活的輕描淡寫敘述。她忽然意識到，祝九說的是事實，但蕭練根本不認爲這樣的生活是吃苦，所以才沒跟她提。

祝九這番話只讓如初心中微微澀然，卻在應家父母心裡掀起了軒然大波。兩人對視一眼，應媽媽試探著問：「蕭練、跟家裡處不好喔？」

「當年的事，後來問題解決大家也就不提了。」祝九努力繃住嘴角的笑意，用十二萬分的誠懇，對應媽媽繼續表演：「其實我不該多嘴。你們若對這樁婚事有任何疑慮，直接問他。二手資訊最耽誤人。」

這話有點重，應媽媽連聲否認：「沒有沒有，是我們覺得他們家，嗯，那個，怪怪的，今天婚禮彩排，男方家長臨時說不來，還說婚禮也不能來，才想到問問看……」

講到一半，應媽媽就發覺自己說了未來親家的壞話，她趕緊打住，滿臉尷尬。

祝九略一思索，便朝如初問：「杜哥住院了，蕭練沒告訴妳？」

說過太多的謊，如初已經亂成一團，她眨著眼睛，結結巴巴地說：「有，可是他說不嚴重，呃，不對，他說情況很複雜，可能需要比較多年才能醒過來——」

「我也聽說不嚴重，杜哥雖然出不了院，卻一定不願意你們的婚禮有所耽擱。」眼看如初越講越荒唐，祝九於是強硬打斷，接著又對應家父母說：「他們家作風一向跟別人家不一樣，沒問題的。」

即使有問題也跟他無關。祝九迅速轉向如初，問：「我委託的修復，完成了？」

「修復完畢了，請您過目！」

話題終於脫離蕭練一家，讓如初鬆了一口氣，連敬語都不自覺用上。她取出囊匣，正要打開，忽地想起來，萬一等下祝九看到一半的時候封狼化形成人，那可怎麼對爸媽交代？

雖然機率很低，但想到就教人害怕。她緊張兮兮地將囊匣遞出去之後，趕緊抽出手機，發出一個驚嘆號。半分鐘後，應媽媽手機鈴聲響起，婚禮顧問打來通知行程臨時有變化，請女方家長立刻回家試妝髮。

「可是，可是，男方沒有家長來……」應媽媽還是不放心。

應錚湊近手機說了一句：「好，我們現在回去。」便牽起應媽媽的手往外走。

跨出門外時他轉過頭，視線落在祝九掛在脖子上的玉飾轉了一圈，客氣地說：「勞您費心了。」

那道視線既鋒利又溫和，祝九頓時感到自己被看穿了，但對方似乎看破卻不打算說破？疑惑在心底一閃而逝，祝九裝出一副什麼都不知道的模樣，彬彬有禮地朝應錚做了個揖，回答：「哪裡，應該的。」

爸媽踏出不忘齋的下一刻，如初直接攤倒在椅子上。她虛弱地對祝九解釋：「我跟重環約好了，一有狀況她會想辦法引開我爸媽。」

「看出來了。」祝九心不在焉地答。

「還有，我爸應該看過你的本體劍。那個……你身上掛的那塊玉，不會就是從你本體劍柄上取下來的吧？」如初不抱希望地問。

「原來如此。」祝九低下頭，終於明白自己是哪裡露餡。

「完了。」如初慘叫一聲，用額頭抵住椅背。

祝九懶得管她，自顧自地將刀從匣中取出，從刀柄的環首到刀尖仔細檢查了一遍，又攤開之前如初給他的修復計畫，兩相對照驗證。

過了好一會兒，他滿臉複雜地從刀上抬起頭，對如初說：「妳真的不恨知止。」

他當初收到一絲不苟的修復企劃書，還在心裡冷笑過，想著屆時看如初怎麼糊弄，熟料修復本身比企劃書更加嚴謹周密……他錯估了她。

「即使恨我，也不會頂著修復師的名義亂搞他本體啊。」

如初呼出一口氣，舉起雙手拍拍發燙的臉頰，對祝九說：「驗收完畢了沒？拜託，趕快把他抱回家……等一下，你不會抱著刀去參加我的婚禮預演吧？」

祝九將刀收入匣中，說：「我不需要參加預演。」

「噢，對，賓客不用參加預演，啊，我今天特別緊張，可是其實不用對不對，只是預演，錯了都可以重來，對不對？」

如初嘴上雖然寬慰自己，身體卻誠實傳達出焦慮，沒幾分鐘的功夫，她又從椅子上落到地面，不停原地轉圈圈。

「爲什麼我總感覺……不對勁？」她問祝九。

這時候的應如初，看起來像極了一個普通的女孩，然而普通的女孩，哪裡有如此犀利準確的直覺？

傳承改變了她，抑或她本來就特殊，因此被傳承選中？

雖然在心裡轉著各種念頭，祝九卻神色自若地指著企劃書裡的一則條文說：「驗收沒問題，不過我有一處不解……這裡提到，此次修復希望具備『可逆性』，什麼意思？」

如初湊了過去，看到祝九蒼白修長的手指點在一則附註上。企劃書裡的附註密密麻麻總共十多頁，字體特別小，這樣居然都能看到，祝九果然非常用心。

「『可逆性』就是說，我在修復的時候用到的所有材質、以及所有技術，都是可以被移除的。」頭有點發暈，如初晃了晃腦袋，又說：「這樣一來，如果在未來，你們遇到更厲害的修復師，那個人可以把我做的修復全部移除，讓封狼的本體回復到任何他想要的狀態，像是時間倒流一樣。」

「時間倒流？」祝九目光微動，又問：「但這不等於抹殺了妳的存在？或起碼，抹殺了妳對修復所做的一切努力？」

「完全正確。」如初用力點頭。

「費盡心思修復的痕跡，就這麼被輕輕鬆鬆抹去，妳居然也樂意？」祝九再問。

「那就是我要的啊！」

講專業永遠能讓她心安。如初將不安丟到腦後，充滿熱忱地向祝九解釋：「這也正是一名修復師該做的──我所有的努力，是爲了讓你們完好如初，而不是爲了我自己留下紀錄……這樣，懂嗎？」

她不過想解釋自己的職業，孰料，祝九彷彿被雷劈中一樣，渾身一動也不動地僵直了片刻，才自言自語地說：「時間……」

也許，一切的關鍵，都在於時間？

手機鈴聲響起，祝九點開，看到來自含光的訊息：「倒數計時開始，各就各位。」

他神色不變，收起手機，不急不徐對如初道謝，離開不忘齋，回到民宿時，蕭練已不見蹤影。

雖然此次行動在制訂計畫時祝九參與得頗深，但考慮武力值與異能特性，執行面上他並未參加，只負責遠距離觀察。

對某些人而言，成敗在此一舉，但在祝九心中，此役輸贏並非重點，趁著這個機會澄清一些疑點，才更有意義。

照約定，他只需要待在民宿裡，祝九運起異能，一邊掃描四周環境，一邊抱著大夏龍雀刀慢步踱進廚房，將刀擱在吧檯，轉身裝了一壺水，放在瓦斯爐上點火、燒水。

茶葉還是附近鄰居的老先生送的，聽說是老先生親戚的茶園所種，使用若干祝九沒聽過的有機無農藥栽培法，得過若干他更加沒聽說過的獎項。

偷得浮生半日閒，聽老先生講了一整個下午，獲得一小罐茶葉，祝九頗自得其樂。

在他印象裡，茶葉就該被少女素手摘下，輕捻慢搓揉，然而時代變了，製法與味道也變了，不變的唯有人們依舊愛喝茶。

他坐在吧檯椅上，剛準備舉起茶杯，卻感覺檯面像地震般輕輕晃動了一下。

水面散開了一圈圈的漣漪，祝九低頭看著茶碗，手竟不由自主輕輕顫抖了起來。

在他身後，一個熟悉且迷茫的聲音響起，問：「阿九，是你嗎？」

25. 訊息

他下定了決心，也有付出代價的覺悟。

在與犬神共謀，騙如初來到劍廬的時候，封狼如是想。

對於自己的作爲，他既不感到驕傲，也不覺得可恥，只像一名士兵般忠實地執行既定計畫——

目標：喚醒祝九，不問手段，不惜一切代價。

當蕭練重新開鋒、喚出劍陣時，他便知道，任務失敗了。那也沒關係，只要他還醒得過來，就還有機會，再一次執行這個計畫。

抱著這份決心，在倒下的那一刻，封狼心境十分平靜。然而他無論如何也想不到，再一次睜開眼睛，卻看到朝思暮想的人背對他而坐，舉起了一個茶杯，儀態在優雅中帶著點漫不經心，一如當年。

不，即便在折劍之前，阿九也有許多年未曾擺出如此自在的姿態了。

可能是夢，然而他從不做夢。

封狼張了張嘴，又喊一聲：「阿九？」

那人回過頭，還是跟以前一樣清俊的輪廓，薄唇微翹，像是在笑，眼底卻泛出點點淚光。

他將一只裝有六分滿的粗陶茶杯放進自己手中，輕聲說：「知止，喝茶。」

這不是夢。

茶杯滾落到了地上，封狼用盡全身的力氣，緊緊抱住祝九，說：「你回來了。」

真情流露之後，隨即需要面對現實。

十分鐘後，封狼穿上祝九早爲他準備好的衣褲，筆直地跪坐在長廊後院的草蓆墊子上，盯著面前的協議書，目光銳利到像是要把紙戳出一個洞來。

祝九坐他對面，緩緩朝熱茶吹了口氣，說：「再看也一樣，九十七年。」

「你自己簽賣身契也就算了，還連我的份一起簽下去？」封狼抬起頭，表情混雜了不敢置信與控訴。

不修復等他自然清醒，搞不好都不需要用上這麼多年！

「簽都簽了。」祝九毫無悔意，笑盈盈地在他桌前放下一杯茶，說：「既來之，則安之，學習一下如何經營民宿也不錯。」

倘若如初在此，聽到這前後不一的說法，必然指著祝九的鼻子大罵無恥。然而如初不在，而封狼在與祝九生活的數千年裡，早已習慣對方各種任性的行事風格，也習慣了隨時隨地幫忙收拾善後。

封狼將協議書收進懷裡，打量了一下環境，又問：「你的身分處理妥當了？我們用什麼名義住在這裡當經營者，都搞定了？」

依他們的特殊情況，要在一個地方定居下來而不起人疑竇，最先要處理的便是身分。封狼這個問題不可謂不實際，但祝九聽在耳裡，想到的卻是他剛從長眠中醒過來時，看到封狼爲他辦的那許多本護照……

絕望中等待的歲月，他是怎麼挺過來的？

祝九心一酸，卻故意調笑似地對封狼點點頭，說：「都辦好了，至於我們之間的名義麼……兄弟、故人，死生契闊，與子同袍？」

封狼的本意當然不是要問這種「名義」，他張開嘴，一時之間不曉得該說什麼，薄薄的紅色卻從脖子一路蔓延到耳朵。直到祝九發出一聲輕笑，封狼才醒悟過來，祝九的惡劣性格又發作了。

「我先接個電話。」祝九笑著滑開手機，卻在聽了兩句之後，收斂了笑容。

「好，我馬上過去。」他掛下電話，站起身，垂眼看著依然坐得筆直的封狼，忽地問：「你恢復得如何？」

封狼活動了一下臂膀，對祝九點點頭。祝九見狀，果斷說：「跟我一起來。」

他們此行的目的地，就是婚禮的預演場地，位於鎮子中央，是一間老教堂。從民宿出發，中間點正好是如初家所在的社區。

前一陣子被砂石車撞壞的警衛室這兩天剛修好，正開著強力吹風機驅散油漆味。祝九與封狼並肩走過時，一名瘦到乾癟的男子正一拐一拐地從警衛室裡面走出來。

他從口袋裡摸出一包皺巴巴的菸，剛點火還沒吸上一口，室內便有個人探出頭，像驅趕野狗似地朝他揮手。乾瘦男子低聲詛咒了兩聲，終究還是不敢留在原地，於是多走了兩步路，離警衛室更遠些才開始吸菸。

「他被虺蛇控制了很久，快不行了。」封狼突然開口，聲音裡有掩不住的厭惡。

「這個人，我見過。」祝九停下腳步。

在如初親戚住的社區裡當警衛，不過彼時，他的情況還沒那麼糟。

「他知道自己活不久了嗎？」祝九問封狼。

「這些人最後下場都一樣，先神智不清再暴斃。不過就算理智所剩不多，本能來說人類總能感覺得出生命力流逝。」封狼隨口答。

他們倆誰都沒有一絲同情之意，封狼本來就對人類毫無感情，至於祝九，他想起了蕭練曾說過，這人在青龍鎮打劫綁架勒贖，壞事幹盡，因此也不覺得這樣的下場有何不對，他之所以願意駐足，只不過因爲看到這人的眼底，偶爾會閃出一道光。

那種窮途末路，孤狼般的狠戾。

男子像是享受大餐似地，一口接著一口抽，直到整根菸被抽到只剩一點點了，才戀戀不捨地將菸頭丟在地上踩熄，接著抬起眼，朝祝九與封狼看過來。

他的視力最近大不如前，看什麼東西都模模糊糊，黃昇不太確定他的運氣究竟從什麼時候起開始走下坡，但他清清楚楚地記得，青龍鎮上打劫不成遭到反殺時，那個男人居高臨下看他的瞳孔。

微微反著光，有一種金屬的冰冷。

曾經有過好一段時間，那雙眼睛都在黃昇的噩夢中出沒，但今天乍然再看見類似的兩雙眼睛，黃昇忽然覺得，其實也沒那麼可怕。

管他的，就算活不成，死了能拉個墊背的，值。

抱持這個想法，黃昇拖著步子朝祝九與封狼走來。

他直直走到祝九面前，張開嘴。聲音已經全啞了，肺部彷彿會漏氣似地，還沒說話就發出荷荷荷的喘氣聲。伴隨著肺部雜音與一股菸味，封狼先聽到黃昇說了一連串的「咳咳咳她她她」，中間夾雜了些許混亂不清的字眼，接下來，他清清楚楚地聽到四個字。

「需要呼吸。」

祝九眼底驟然發出奇異的光。

26. 請君入甕

祝九與封狼走到老教堂附近時，殷含光迎了上來。因爲婚禮排演的緣故，他換上一身米灰色西裝，打著復古的手繪眞絲領帶，乍看之下雅致已極，完全不像即將執行一場精密規劃的獵殺行動。

乍見封狼，含光眼底滑過一抹驚訝，但他隨即頷首致意，問：「你恢復到幾成，有沒有把握出手？」

「你就確定了我不幫另一邊？」封狼反問。

「他把刑名王鉞都給得罪了，現在靠過去只怕人家也不信。」含光指著祝九，禮貌微笑，問：「還是說，我需要重新評估你倆之間的友誼？」

此情此景令祝九驟然生出一份即視感——封狼跟殷含光打架從來不會輸，鬥嘴也從來不會贏，但不知爲何，總樂此不疲地拿自己的弱點跟他人的強項對撞，非常符合他不撞南山不回頭的性子。

彼時祝九總感到三分頭疼七分無奈，今日重溫，卻在無奈與頭疼之餘，添了一分樂趣。

他自顧自地運起異能掃描四周，同時問殷含光：「現在情況如何？」

含光指著教堂說：「有人劫持了清潔工躲進地下室，老三剛剛正隔著門跟綁匪對了幾句話，他說那個人連話都講不清楚，只懂得喊如初的名字，八成被刑名操控了很久。」

「用這種方式逼應如初現身？眞是笑話。我才沉睡了多久，刑名的腦子就退化成這樣了？」封狼匪夷所思地問。

含光用憐憫的目光看了封狼一眼，祝九輕咳一聲，解釋：「今天是婚禮預演，刑名王鉞都以爲綁匪挾持的是如初她爸，我們故意誘導的。」

「說起來還要感謝你上次玩綁架給的靈感。」含光涼涼加了一句。

封狼閉上了嘴，祝九問：「確定刑名已經來了？」

含光取出手機，攤開一張刑名站在教堂前的照片，拍照時間約莫一個多小時前。

祝九瞄了一眼，皺起眉頭問：「你們有辦法策反被刑名掌控的人群？」

「不能，但她總有些事需要跟正常人打交道，買通這些人遞消息，再找人二十四小時接力盯教堂，總能收集到足夠多消息。」彷彿想到什麼似地，含光輕笑一聲，又說：「刑名走神祕宗教控制人心的路線，姜拓走財團金主路線，信仰對上金錢，刑名的優勢還眞不算大。」

「那你呢，你走什麼路線？」封狼挑釁地看著含光發問。

「執事，主管整項計畫。」含光將教堂附近地圖發給祝九，抬起頭打量了封狼兩眼，又說：「綁匪號稱身上綁了炸藥，雖然我很懷疑真假，保險起見不如你用異能進去處理掉算了？」

「這種事，蕭練直接解決最快。」封狼耿直地給出建議。

劍陣出動，瞬間便能連人帶引信都四分五裂，一點引爆的機會都沒有。

「那間地下室沒有窗，從外頭根本看不到裡頭的狀況。再加上王鉞也不知道躲在哪，還是你來，正好讓老三騰出手專心對付王鉞。」含光對著封狼說，接著又朝祝九問：「找到沒有？」

接到地圖的瞬間，祝九加速異能，專門掃視可供藏匿的區域。然而周圍的人實在太多，光憑模糊的體態實在很難判定是不是王鉞，隨著時間過去，他臉色逐漸變得蒼白，卻依然未曾找到。

就在祝九鎖定了幾個可疑的目標，正要進一步觀察時，忽然間，一輛採訪車緩緩靠近，警車與消防車的聲音接著響起，含光扶額，低低罵出一聲，抽出手機打給承影。

警方與新聞媒體只會讓場面更混亂，原本他們安排了承影跟如初一家待在一起，以防意外，看來不得不調動了。

就在含光忙著跟承影商量如何控場時，祝九的掃描終於有了結果。他出聲說：「刑名控制了將近上百人，我把可疑人士縮到將近十個，快了……」

異能運轉過度，祝九一個不留神，頓時天旋地轉。

身體一晃，一隻手立即穩穩攬住他的腰。封狼湊近了說：「臨時被操控的人沒辦法執行命令，頂多只起點干擾作用，你慢慢來，別累著。」

這個節骨眼了，只能快不能慢。含光在心底翻了個白眼，祝九卻會心一笑。他停下來喘了口氣，再要運起異能尋找時，忽地心念一動。

「臨時？」他咀嚼封狼剛剛說過的話。

封狼還沒反應過來，含光已迅速想通：「別找人，找蛇。」

刑名的虺蛇數量有限，臨時操控蛇需要進出人體，肉眼難捕捉，異能卻容易。祝九將視線壓到更低，果不其然，在教堂附近的一條街上，十多條金色細線狀物件正活潑潑地從同一間房子裡竄了出去，朝四面八方散去。

找到了！

祝九抬起眼，正好看見數名警察小跑步進入教堂，而蕭練一手將西裝外套搭在肩膀上，快步自教堂門口走出。

蕭練看到封狼時明顯怔了一下，這才走上前，對封狼一頷首，說：「久違了。」

在祝九的印象裡，封狼的肩膀肌肉渾實有力，即便太平無事也隨時緊繃，準備出手。但此刻，祝九卻可以感受到封狼渾身上下都頹喪了起來，像一條自覺做錯事的大狗。

儘管如此，封狼還是強撐著昂起頭，朝蕭練說：「我的過錯，統統算在我身上。」

「往事已矣。我只要確定，無論在任何情況之下，你都不會再對如初出手，否則下一次，我出手絕不留情。」蕭練看進封狼的眼底，如是說。

封狼垂下眼，卻沒答應。祝九握緊他的手，對蕭練說：「我保證，他不會。」

蕭練的眼神在祝九與封狼之間打了個轉，最後只朝祝九問：「如何？」

祝九抽出手機，隨手畫了張附近街道簡圖，在一個角落畫了個圈，說：「裡頭有好幾個人，其中一個應該就是刑名。」

他在離小圈圈不遠處，畫下幾重波浪線，說：「她操控的人牆。」

最後，他在教堂地下室位置，畫下第三個圈，說：「人質。」

他最後抬起頭，說：「找不到王鉞。」

「意料之中。他八成混在人群裡，伺機而動。」話雖這麼說，蕭練卻不自覺皺起眉頭。

事情還是演變成了最麻煩的方向。

含光也想到這一點，他嘖了一聲，問蕭練：「還是按照計畫，我們先對付刑名，你上或者姜尋上？」

理所當然，若想一擊必中，需要姜尋或蕭練這種等級的武力。

「姜尋上。我們商量好了，我對王鉞——」

「等一下。」蕭練話還沒說完，祝九忽地打斷，接著轉向含光說：「如果我猜的沒錯，對付刑名，你才最適合。」

「願聞其詳。」含光眼中閃出有興趣的光。

「剛剛聽人說，刑名需要呼吸。」祝九毫不猶豫地答。

一直沉默著不說話的封狼，忽地想到什麼似地，臉上出現訝異神色。

祝九簡單解釋了消息來源，而蕭練立刻反應：「那人沒指名道姓，你確定不是王鉞，而是刑名？」

「他恨刑名，所以我猜是刑名。」祝九答。

同一時間，封狼也開口說：「是刑名。」

六道視線都落在他身上，封狼頓了頓，又說：「之前聽王鉞提起過，刑名有個毛病，以至於她不適合——」

「好了。」祝九打斷他說：「時間不多，先分配任務要緊。」

有了進一步的消息，大家一致同意，能夠控制空氣的殷含光確實最適合去對付刑名。然而他是原本預定的行動指揮官，如今自己下場，指揮自然需要換手。

祝九毫不遲疑地接過了這項任務，含光將無線電耳機分配下去，等大家戴上，調整好頻道確保通訊無阻後，他抬頭，嚴肅地問蕭練：「整項行動最困難的部分，就是狙擊王鉞，你如今的計畫是什麼，有哪些地方需要我們配合，先講。」

蕭練以指尖在手機的簡圖左下角畫了個方塊，解釋說：「這是地下室，鏡子等下會扮成如初進去，假裝被歹徒襲擊，瀕臨死亡。接下來我制住歹徒，放幾個人出去大聲嚷嚷，讓外面的人誤以爲準新娘出事。我趁空檔移往這裡……」

手指往右移動，蕭練的指尖畫出一道樓梯示意線，繼續說：「這道樓梯連接地下室跟一樓走廊，是此次行動的華容道，預定在這裡，拿下王鉞。」

怎麼拿下，蕭練沒講，祝九也不問。王鉞的暫停時間異能幾乎無敵，他想不出辦法對付，只能相信蕭練。

「好，我負責掌握刑名的行蹤，通知含光在外圍攔下她……」祝九的手指在手機螢幕上敲了敲，斷然對蕭練說：「放人出去傳話太拖拉，這樣，你直接守華容道，不用管地下室，放鏡子下去表演，由我遠程監控。」

「你。」祝九轉向封狼：「等鏡子表演到一個段落，我通知你進去，制服綁匪之後利用現成的炸藥製造一場爆炸。」

「行。」封狼點頭。

祝九翹起嘴角，又交代：「爆炸規模不用大，意思意思就好。倒是讓鏡子換個聲線大喊新娘危急，反正王鉞跟刑名在外頭，看不到的時候，會更倚仗聽力。」

那個算無遺策的祝九回來了。蕭練微笑，朝他一頷首，說：「我先去準備。」然後便轉身離開。

含光拿出手機拍下簡圖，瞧了兩眼抬頭問祝九：「金蛇散布得挺廣，我是不是該迂迴前進，免得打草驚蛇？」

「正好相反，今天是婚禮預演，你出現在教堂附近非常合理，刑名即便得知是你也不會起疑心。你本色演出，繼續聯絡承影。」祝九沉聲說。

「但是我的異能需要靠近才好發揮……」含光抬頭看了看方向，忽地說：「這樣，我去那間便利商店買杯咖啡，坐進休息區？」

「好……記得千萬別故意不看刑名所在的位置，照原本習慣警戒四周。」祝九提醒說。

含光點點頭，舉起腳步正要離去，忽地又轉頭對祝九說：「你可能不知道，比起正面迎敵，我更喜歡出其不意——」

「這次對付刑名的方式本身就適合從後方偷襲，需要夠快，讓她來不及反應。」祝九打斷含光，敲敲耳機又說：「我會讓你掌握她的動向。」

含光微笑說：「合作愉快，事後哪裡會合？」

祝九指指不遠處的咖啡座說：「結束之前，我都待在那裡。」

含光離開後，封狼並未立刻離去。他鬆開環住祝九的手，但讓他靠著自己，低聲說：「你先歇歇。」

即使在討論擬定對應策略時，祝九依舊放開異能，嚴密監控，到現在實在撐不太住了。他倚著封狼，凝視前方跪下祈禱的修女，以及周圍旁觀的民眾片刻，才站直了說：「走吧。」

封狼扶著祝九走進附近一家咖啡廳，在戶外的座椅上坐了下來，又幫他點了杯咖啡。

他將熱咖啡塞進祝九手中，說：「給我座標，我快去快回，設法爭取不跟警方打照面。」

封狼說著便戴上剛剛在旁邊商店買的口罩與鴨舌帽，又脫下襯衫，身上只留黑背心黑長褲，一舉一動都映出肌肉動向，分外流暢。

他啜飲一口咖啡，感覺稍微緩了過來後，又對封狼說：「遇到狀況人質安全第一，不用管綁匪，爆炸之後你也不要立刻回來……」

「戴上這個，不留指紋。」祝九從口袋裡掏出一副黑色手套，扔給封狼。

他倏地打住，眼角彎了起來，朝封狼勾了勾手指頭。

封狼見多了祝九這個模樣。有很長一段時間，他倆浪跡江湖，時不時便來趟劫富濟貧，但凡看上哪個有錢的倒楣鬼，計畫成功快要得手之際，祝九心情一好，便愛這麼挑眼看他。

但今天這個場合，封狼實在想不通他們能占到什麼便宜。但想不通管想不通，他還是依著祝九的手勢，身體前傾，將耳朵靠近對方。

祝九大概已經透支異能了，聲音微啞，卻蘊藏著壓抑不下去的興奮感，彷彿追蹤多年的謎團，終於在此地找到了線索。

他說：「躲起來，等蕭練放倒王鉞，幫我看看王鉞本體上有沒有任何異樣。」

「什麼樣的異樣？」封狼不解反問。

「奇怪的傷痕，或者奇怪的修復痕跡。」祝九將無線耳機掛上封狼的耳朵，又問：「你剛剛本來是要告訴蕭練跟殷含光，刑名有恙，因此不適合某件特殊工作？」

封狼早習慣了心思被祝九猜中，聽了這話也不訝異。他點頭，邊回憶邊說：「大概三年多前吧，刑名跟王鉞大吵過一架，內容我不太清楚，只知道他們要去一個地方，兩個都搶著去，前後鬧了將近一個多月，後來刑名讓步了，王鉞去，刑名留守。」

「你今天聽說刑名需要呼吸，才猜想當年起爭執的理由，是因為刑名身體不適合？」

見封狼點頭，祝九思考了片刻，又說：「那地方，普通人肯定到不了，即便我們，也要付上極大代價才能進去，你知道……」

他們的默契極佳，祝九一打住，封狼立刻搖頭說：「他們很小心，從不透漏。」

祝九並不失望，他仰著頭，說：「我有個猜想，但是、太瘋狂了……還是先把今天搞定再說。」

耳機裡傳來蕭練的聲音，通知鏡子已進入地下室，即將展開表演。封狼扳了扳手指，正要離去，祝九一把抓住他的手，又說：「別再受傷。」

「當然。你在，我自會保重。」封狼回握，以不容置疑的語氣如此回答。

他的掌心厚實冰冷，握著就像握一塊沉甸甸的鐵塊一樣。封狼的手很大，線條略粗，不算好看。很久以前祝九笑話過，說他化形的時候沒掌握住分寸，把肌肉從手臂一路延伸到手掌上，如今再握住這樣的一隻手，只覺得重生以來所有的茫然失落不知所措，統統塵埃落了地……

就像一顆氣球，原本輕飄飄隨時可以消散，如今被人緊握在手中，有了歸依。

封狼顯然不明白他的感受，他眼神飄了飄，又說：「除了應如初，那時我真的……孤注一擲了，除此之外我沒幫刑名幹過壞事，我答應過你，絕不濫殺無辜。」

這是在告訴他，不管多少年，承諾就是承諾。

祝九想對封狼笑笑，眼睛卻不由自主地發酸。

「我知道。」他鬆開手，說：「去吧。」

封狼的身影消失在街角，下一秒，在祝九異能的視野中，地下室突然多了一個人形，突兀的爆炸聲自前方地底傳出，附近人群雖然搞不清楚狀況，卻依舊以教堂爲中心點，輻射狀地四散開來。然而，卻有幾個人像是接收到了訊號似地，忽然間迅速朝教堂方向前進，其中一個的出發位置就在之前刑名的藏身之處，身旁還圍繞跳躍著數條金蛇，就這麼肆無忌憚踏上了街。

也難怪。數千年來，刑名從來沒跟祝九交過手，因此也就沒料想到，自認隱蔽的行動，在祝九的異能掃視下根本完全暴露。

祝九將一手按在耳機上，不慌不忙地對含光說：「刑名準備從便利商店旁邊經過，你跟她隔了一堵牆，相距二十公尺、十五、十、九、八、七……等等，她怎麼停了下來？」

「別管她，繼續報位置。」

「你右手三點鐘方向，她又開始移動，距離六公尺、五、四、三——」

「到。」

在距離八公尺時，含光已迅速抽乾刑名頭部附近空氣。刑名感覺不對，卻在一時之間想不出來這是誰的招數。仗著沒空氣一時半刻無礙，刑名竟停下腳步，左右四顧想找出偷襲者。

隔著一堵牆，含光一聽見刑名停下腳步，便閉上眼睛，慢慢於刑名後方壓縮空氣，等刑名再度開始行動，而距離進入三公尺時，數團壓縮過的空氣彈碰地一聲發射，接二連三擊中了刑名的後腦。

驚叫聲隔牆響起，人聲高喊著有人昏倒了，含光端著咖啡走出便利商店，站在人群裡看救護車飛快抵達現場。一隻狗跳了下來，非常人性化地繞著刑名轉圈圈，高效率將原本包圍刑名的人統統隔離開，然後兩名穿醫護制服的人拿著擔架跳下來，火速將刑名扛上擔架……

雖然兩人都戴著口罩，含光還是立刻辨認出，一個是承影，一個是……邊鐘？

無言片刻，含光一邊持續不斷用異能抽乾刑名身體周圍的空氣，一邊擠開人群，跟著擔架跳上救護車。

救護車鳴笛開走，承影取下口罩，順手拍拍麟兮的頭，接著一伸手，便將刑名身下的擔架抽走。

刑名滾落至地，含光抽了抽嘴，問：「你幹麼？」

承影指著車子內部說：「全是借來的，我不想壓壞。」

他話還沒講完，刑名身上忽地泛起一陣光芒，緊接著，人形消失，一尊全身覆蓋了各種立體虺蛇紋樣的碩大青銅圓鼎，重重落在車廂地面。

整輛車都因此震了震，駕駛座上的邊鐘朝後面探頭，還沒發問，便看到巨鼎的半邊面上，盤踞著一條長了八顆頭的大蛇。每顆頭的長相與神情均不相同，伸展的方向也不一樣，其中一大半是睜開雙眼，有的一臉凶惡，有的神情悲哀，還有一顆頭朝外張望，眼巴巴地像是期盼能獨立出來。

這便是刑名的本體了。邊鐘倒抽一口冷氣，忙轉回頭繼續專心開車。

含光承影都是第一次看到刑名的本體，兩人相顧無言片刻，承影指著八頭蛇問：「鼎姐的兄弟姊妹？」

含光嘆了口氣，喃喃說：「原來如此。」

早在鑄造之初，便已註定了命運。

爆炸聲響起時，蕭練並未有任何動作。他雙手抱胸，虛靠在樓梯轉角處的牆壁上，閉眼聆聽。

耳機裡，祝九冷靜的聲音不斷響起。他先給出刑名的行蹤，接著又說：「蕭練，有人進教堂了。」

「總共七個，速度很快，有四個進走廊，靠近了……」

一排人影擋住了樓梯口射入的日光，蕭練抬起頭，看到三個人神情呆滯地停下腳步，而王鉞站在最邊，正舉起腳，緩步走下。

「陷阱。」王鉞走了兩步便停下，他低頭看一眼大門緊閉的地下室，若有所思地說：「我們被埋伏了。」

耳機裡又傳出嘈雜的聲音，蕭練取下耳機，捏碎了放進口袋裡，低垂下雙眼。然而以王鉞的聽力，想必已經聽見方才含光最後的發言，他流露出幾分無奈，問：「你們抓到了她？」

這個「她」，指的自然是刑名。

蕭練依舊不言不語，卻站直了腰。王鉞舔了舔嘴脣，自言自語地說：「看來我只能抓了你，再來玩交換俘虜——」

話還沒說完，驟然間，蕭練發現，自己再度完全無法移動。那股曾經在拳擊場上所體驗到的、像活生生被困在琥珀裡蚊子的感受，重新襲來。

很顯然，王鉞爲了搶得先機，招呼都不打便發動了異能，時間暫停。

上方傳來沉重的呼吸聲跟腳步聲，從光影判斷，也跟上回一樣，王鉞取出了本體巨斧，吃力地走了下來。

一步、再一步，下了六階樓梯之後，王鉞的一雙腳，出現在蕭練低垂的視野中。

雖然連瞳孔都無法轉動，他還是用盡全力，呼喚本體。

下一秒，一隻長劍的劍尖突兀地自樓梯臺階面冒出一小截，準確地刺穿了王鉞的左腳。

王鉞痛哼一聲，拔起腳繼續往前，然而一腳下去，卻再次踩上了另一截劍尖。

接連著兩次中招，王鉞再也撐不住表面的從容，他悚然看向維持原姿勢不動、低垂雙目的蕭練，一臉驚疑地評估。

他的異能需要定錨才能發揮到極致，難不成，蕭練強到能夠撼動錨點？

內心受到的衝擊也會影響異能發揮，下一刻，無數劍尖自樓梯表面、扶手表面冒起，瞬間將整座樓梯鋪成了一座劍山。

王鉞深深吸了口氣，穩下心神，咬緊牙根舉起巨斧，削平了下個樓梯臺面的數截劍尖。

蕭練眼底的痛楚神色一閃即逝，他用眼角餘光留意著王鉞小心翼翼地踏在被巨斧削平的樓梯面上，停頓數息，接著又揮起斧頭，砍向下一階。

就在王鉞如法炮製、連下三階時，變故突生，被削平的階面上再度出現劍尖，直接穿透他雙腳腳背。王鉞再也站不穩，一個前撲，整個身體頓時被無數劍尖戳穿。

時間暫停的異能頓時煙消雲散，蕭練毫不遲疑地自虛空抽出宵練劍，然而還沒等他一劍刺出，王鉞的人形已然不見，只留下一柄碩大的青銅斧，孤零零躺在數截劍尖之上。

「原來你的劍陣還可以這樣用，有創意。」

隨著封狼的說話聲，樓梯正上方出現封狼的身影，顯然從地下室瞬移而來。他將昏倒在地的幾個人拖到走廊擺好，再回來時蕭練已收了劍陣，正拿起青銅斧細看，神色莫辨。

想起祝九的交代，封狼也湊上去看了看，接著他不禁瞪大眼睛——青銅斧上滿是密密麻麻的噬傷痕跡，像是曾被千百條蛇咬噬。

「這是……刑名搞的？」封狼忍不住問。

「眞正的蛇咬不動我們，你知道還有誰化形之後能造成這種傷口？」蕭練反問。

封狼搖頭，注視著新舊交錯的傷口困惑地說：「就算反目，也沒道理這麼……」殘忍？

蕭練眼神也透露出不解，他反轉斧頭到另一面，觀察片刻說：「不像反目，這些傷口相當規律，深度也保持固定。轉換成受傷時的情景……王鉞心甘情願被咬，刑名下手時也很有理智。」

封狼對王鉞與刑名的糾葛毫無興趣，他索性向蕭練借了手機，拍下幾張青銅斧的近照傳給祝九，接著便朝蕭練一拱手，說：「還沒恭喜你，該說什麼，祝長長久久，共赴白頭？」

蕭練原本欲揚起的嘴角，於聽到祝詞後又落了下來，他想了想，答：「你可以祝我們一世長安。」

關於結契的問題在封狼舌尖轉了轉，終究沒問出口。他點點頭，說：「好，那就祝你共新娘一世長安，此生清風明月，天涯相伴。」

這句的兆頭好。蕭練終於展開了笑顏，一拱手說：「多謝。」

今天這場伏擊成功，雖不能永除後患，但最起碼，他能給她一個安心的婚禮了。

27. 沒有永遠

在新聞媒體的報導中，婚禮預演當天所發生的事故，就只是有搶匪突發奇想，跑進教堂劫持神父跟唱詩班的小朋友當人質要求贖金，以及同一時間附近商家瓦斯氣外洩，造成集體頭暈目眩短暫失憶。

前者由警察與不具名的見義勇爲市民共同擺平，後者則是爲了遮掩刑名金蛇控制造成的情況故意放出的風聲。而對於婚禮預演當天居然碰上這種事，如初說服了父母摸摸鼻子，自認倒楣，以及，最重要的——在來不及預演的情況下，婚禮如期舉辦。

坐在距離婚前輔導室很近的咖啡廳，蕭練對如初解釋後續：「……刑名還在外面，我們討論再三，最後決定把王鉞的本體交給姜拓處理……初初？」

如初雖然全程安靜聆聽，然而眼神明顯渙散，聽到威脅被剷除，也並未顯現出半點開心或起碼安心的神情。

蕭練握住她的手，想了想又問：「妳不滿意？」

她張開嘴、又闔上，跟著也垂下了肩膀。蕭練見狀又說：「這是我們一貫的處理方式。不到萬不得已，不會讓對方陷入無可挽救的長眠，如果妳覺得該把王鉞或刑名挫骨揚灰——」

「沒有，我完全沒這樣覺得！」最後四個字讓如初徹底回神。雖然根本沒聽清楚蕭練前面講了什麼，她還是猛搖頭，又說：「我也沒有不滿意，就是，等下……我想起來了。」

她彎下腰，手忙腳亂地從背包裡翻出一個正方形的絲絨盒子，橫過兩杯咖啡遞給蕭練，說：「我爸媽送你的。」

蕭練將掌心按在盒蓋上，感受盒裡傳來的規律震動，擰起眉頭問：「妳擔心這個？」

如初繼續點頭，神情不似敷衍，蕭練打開蓋子，只見一只款式簡潔的男士手錶，躺在盒子中央。

「你給我那些珠寶嚇到他們了，他們堅持一定要回禮，不能讓我被看不起……」如初呼出一口氣，垮下肩膀對蕭練說：「這只錶十萬耶，我爸戴的錶還是我小學時買的，最多幾千塊。」

她阻止無效，總不能告訴爸媽蕭練的時間感強到能感知剎那須臾，根本不需要手錶。

四目相視，蕭練毫不猶豫地取出錶戴上，慎重對她說：「我會一直戴著，提醒自己，光陰乃無價之寶。」

他的聲音隱含大量感傷，如初完全搞不懂，只能迷茫地回說：「款式我挑的……」

「我很喜歡。」他低下頭，輕輕蹭了蹭她，問：「妳剛剛擔心的就這個？」

在說謊跟講實話之間游移片刻，如初決定折衷。她搖搖頭，答：「也還有其他啦。」

蕭練嘴唇動了動，像還要再問，如初於是先發制人，她指著錶反問：「你眞的喜歡？」

眞實狀況是媽媽選了兩只錶，要她在裡面挑一只，二選一，那兩只還長得差不多，她根本沒多少選擇。

「眞的。」蕭練認眞答。

「沒有哄我？」

「也有。」

他怎麼能夠用如此正經的態度講出如此誇張的話啊？

思考片刻，如初果斷答覆：「繼續哄吧。」

實話有什麼好聽的，若能被哄一輩子，她十分幸運。

在咖啡廳裡坐了半小時之後，如初與蕭練來到輔導室，進行最後一次婚前輔導。

這一次，原本預定的主題是：生死。

如初一坐下來，便開門見山對輔導員說：「我不想聊這個。」

「那想聊什麼呢？」輔導員笑咪咪地看著她，用大野狼拐騙小紅帽的語氣說：「我都可以配合唷。」

「我想聊……」腦子一片空白，如初動手敲了一下自己腦袋，心不在焉回答：「婚禮？」

「好啊，婚禮準備得怎麼樣了？」輔導員轉頭問蕭練。

「一切順利。」蕭練依舊撲克牌臉。

「妳同意？」輔導員再度轉向如初。

如初臉上浮現苦笑：「昨晚聽我媽說，我小學老師要來……」

「這樣算不順利？」輔導員好奇問，連帶蕭練臉上也出現少許疑惑。

「呃，我已經有將近十年沒跟我小學老師講過話，根本不知道我媽居然跟她還有聯絡。然後呢，婚禮上可能有一半的客人都屬於這種狀況……」

如初打住，因爲蕭練眼中的疑惑之色更盛，而輔導員則雙眼冒光，好像狐狸看到了雞一樣。

婚禮這個話題也不該繼續。如初於是快刀斬亂麻自己幫自己做結論：「我不是恐慌，只是有那麼一瞬間，覺得花精力去籌辦婚禮好像很不值得。婚姻的基石應該是一些更牢固的東西，一些、比方說最壞情況來臨的時候，可以不被壓垮的東西……」

「婚姻裡最壞的狀況。」輔導員語帶愉悅地將這幾個字講了一遍，反問如初：「那是什麼？」

講什麼都錯，如初索性轉頭看蕭練，只發現他也怔怔地看著她。

輔導員等了片刻，委婉地提醒：「通常來說，伴侶忽然死亡，帶來的衝擊最大。」

蕭練臉色微變，但如初沒注意到。她在輔導員開口之際便又轉了回去，聳聳肩誠實答：「我不覺得他會比我先死。」

「天有不測風雲，人有旦夕禍福。」輔導員丟了個老套的句子，隨即又說：「但反正他已經把夠多財產都轉給妳了，經濟壓力不是問題……那，讓我這樣問，如果他死了，妳會活不下去嗎？」

化形者沒有「死亡」這個說法，只有長眠——永遠失去意識，成為一把冰冷的武器，又或者肢解得更厲害，變成一捧金屬砂，隨風散去。

如初胸口忽地發悶，連呼吸都困難，她大口喘著氣，然後便聽見蕭練忽然開口，代替她回答了問題：「她會好好活下去。」

如初倏地轉身，猛搖頭。張開嘴，連續講了兩個「我」字，卻不知道該麼說下去。

蕭練如果出事了，她會變成什麼樣子？

想到就要發瘋，根本連想都不敢想下去。

她把恐懼全寫在臉上，輔導員安慰似地拍拍如初的手，說：「不用回答。」

蕭練則摟住她的肩膀，輕聲說：「妳可以連我的份一起活下去。」

如初緩過氣來，覺得自己實在反應過度了。她努力調整呼吸以平息情緒，輔導員則直接問蕭練：「那你呢，蕭先生？」

蕭練不爲所動，輔導員又朝如初的方向指了指，再加一句：「她死了，你怎麼辦？」

「到時候再決定。」蕭練淡淡說。

「還可以這樣答？」如初大驚。

「當然，每個人自己說了算，這題哪有標準答案。」輔導員對如初說完後轉向蕭練，問：「你是眞的無法預測，還是不想講？」

「我知道我會發瘋，預測瘋子的反應？恕無能爲力。」蕭練乾脆地回答。

輔導員說了聲「酷」，捧起茶杯，悠然開口：「好啦，這是我們最後一次輔導課，我特別把一個非常重要，嗯，也可能完全不重要的問題，留到最後，好酒沉甕底。」

她看著被吸引了注意力的準新娘，與毫無反應的準新郎，微笑，吐出一個問句：「你們兩個有信仰嗎？」

我相信因果。

相信努力會有收穫。

相信老天既然讓我們相遇，就必定有祂的理由。

幾年前自己講過的句子，忽然在腦海裡響起。如初看向蕭練，只發現他也正看向她。

他也想到了嗎？

「怎麼啦你們兩個？」輔導員的聲音響起，她用戲謔的語氣問：「又不方便回答了？」

「沒有不方便。」如初先開口，她說：「我沒有宗教信仰，不過我相信這世界上有鬼，也有神。」

「我都不信。」蕭綀擲地有聲地說出這四個字。

「可是，我們的婚禮會在教堂舉行……」如初小聲說。

那也是她父母受洗與結婚的地方，如初雖然不信宗教，卻在那個小小的古老教堂所附設的幼兒園裡上過學。她喜歡溫和的老神父，喜歡那種被祝福的感覺。

蕭綀沒表示過反對，但他真的喜歡嗎？

迎向她的日光，蕭綀坦然說：「我不信因果，不信輪迴，更加不信天堂地獄。然而在這個世界上，任何事對妳有意義，對我就有意義。」

「真的？」她小聲問。不是哄人？

「真的。」他慎重回。

直到捧著輔導員致贈的小禮物走出大廈時，如初依然充滿了不真實感——這麼輕輕鬆鬆就結束了？

她拉拉蕭綀的衣袖，小聲問：「你真的回答不出輔導員的問題？」

她刻意避開生死兩字，但蕭綀當然聽得懂，他坦然搖搖頭，問：「帶上護照了沒？」

如初從口袋裡摸出護照，朝他晃了晃，蕭綀一把牽起她的手，刻意看了下錶，然後才說：

「沒時間了，跑！」

他這麼一說，兩人頓時在人行道上小跑步，衝向停車場。

28. 全世界只有妳有資格

車子一路開到機場，進去之後七拐八彎，最後停在一架私人飛機旁。

如初跳下車，忽然想起來：「我什麼行李都沒帶！」

「不用，二十四小時來回。」蕭練拉著她登機。

還有幾天就要結婚了，這個地方有多了不起，必須在婚前動用私人飛機快去快回，非去不可？

如初帶著滿腦子問號進入機艙，然後就看見流雲在副駕駛座上對她抱拳爲禮，燕雲則在正駕駛座上對她揮舞著喜帖，大聲說：「恭喜！」

「謝謝……」雖然看到燕雲流雲令如初頗爲開心，但出於謹慎，她還是對著燕雲發問：「呃、妳開，不是流雲開？」

雖然她不知道流雲會不會開飛機，但她絕對是比較靠譜的那一位。

「我剛考上飛行員執照，相信我吧。」燕雲信心十足地回應。

三柄黑色長劍組成的劍陣刷一聲出現在小小的駕駛艙裡，寒意十足地包圍住燕雲。

這個劍陣跟如初在傳承裡看到的不盡相同，她不自覺盯著劍陣，蕭練的聲音從她背後傳來，簡單明瞭地說：「妳們兩個，交換。」

燕雲試圖裝傻：「誰跟誰換，如初不會開飛機吧……」

長劍往前逼近了一寸，刺上燕雲的頸邊，流雲一臉慘不忍睹地鬆開安全帶，站起身，拍拍燕雲的肩膀說：「我早告訴妳行不通的。」

如初繼續盯著劍陣，同時開口問蕭練：「你化形之前宵練劍就能變出劍陣嗎？」

「不可能啦，劍陣是他的異能，我們化形成人之後才有異能的啊。」燕雲插嘴回。

也就是說，異能屬於化形成人之後的蕭練，而非宵練劍。

如初默默思索著坐下來。在流雲的操控下，飛機順利起飛，衝上雲層，土地在腳下越來越小，蕭練開了一瓶香檳，對如初舉杯：「敬，倒數三天。」

婚禮的確就將在三天後舉行。如初彎了彎嘴角，也舉起杯，對蕭練說：「敬，三年。」

過了這個秋天，他們就認識滿四年了。

「才四年？感覺不只。」蕭練把玩著杯子，清清淡淡地這麼說。

他也許只是無意，但聽在如初耳裡，特別有同感。她看著腳下逐漸被雲層淹沒的海洋，緩緩說：「最近總感覺好像認識你很久很久，甚至超過一輩子……」

「有沒有一種可能，我們上輩子就認識？」蕭練伸手捧起她的臉，問得很認眞。

然而如初不領情。她推開蕭練順便瞪他一眼，說：「這話誰講都可以，就你不行。我們認識的每一年，你都用不同的方式，提醒我你不信鬼、不信神、不相信上帝不相信地獄，你怎麼可以相信有上輩子這種事情？」

蕭練無奈地端起酒杯，然後說：「初初，我不相信，不等於我不期待。」

化形者確實有前世這個說法。那些他只徒具器物形體，卻沒有意識的歲月，冥冥中也成爲他生命裡不可或缺的一環。

那顆泛著點點星光的隕星晃過如初眼前，她脫口而出：「也許更早？」

「嗯？」他難得展現出孩子氣，歪頭看她。

她不應該再被傳承拉著跑了。如初再度舉杯，說：「敬，期待。」

「敬，希望與等待。」

他們一直靠在一起，不時湊到對方耳邊說著傻氣的悄悄話，直到抵達目的地的前一刻，如初才側身探頭看向窗外。

一顆火紅的夕陽還懸掛在海平面正上方，腳下的都市有幾棟地標性建築物特別眼熟。

「四方市？」如初眼睛一亮，接著問：「等下去國野驛吃晚餐？」

蕭練沒想到她第一時間居然想到吃，但也不是不行。他取出手機發了兩條訊息。幾分鐘後，蕭練看著回應後對如初說：「楚青正在準備登機要來參加我們的婚禮，沒了大廚，妳還想去國野驛？」

如初洩氣地搖搖頭，說：「那算了。」

她試探著又問：「我們等下先去哪裡？」

四方市留下的回憶太多了，她最懷念雨令的玻璃天頂修復室，也對後來兩人樓上樓下的同居生涯很想念，但蕭練會不會想先回一趟老家？

「猜猜看？」他好整以暇地這麼回。

這種事情猜出口就無聊了，如初硬撐著不做任何猜測。她跟著蕭練下飛機、出關，再上另一輛車。

太陽漸漸往地平線下掉落，蕭練加足了馬力在車陣裡穿梭，趕時間似地開到了時速上限。窗外的街道櫥窗從非常熟悉，慢慢轉變成「來過但認不太出來這是哪裡」，而當蕭練終於減速停下的那一刻，如初盯著前方的青石板路驚呼出聲：「老街！」

初相遇之地。然而那次之後，他們再也沒回來過這裡。

停好車後，他們牽著手踏上老街。當年就不顯繁華的地方，如今益發凋零，如初走到一處貌似已荒廢的水井旁，東張西望了半晌才敢確認，她當年靠在這裡休憩過片刻。

她指著曾經有老匠人彈棉花的小店問蕭練：「我跟你說過沒有？我那次是先坐錯車，然後不小心走進來的。」

「就算妳沒走進來，我們也還是會相遇。」蕭練這麼答。

「不一樣。」如初歡快地轉了個圈，指著周圍幾處說：「啊，好多地方，在這裡、這裡，還有這裡……」

這些地方，都是她在遇到蕭練之前，曾經走過的路。一小段一小段加在一起，造就出一場時光交錯的奇異感受。

然而太難描述，如初搜尋記憶，試著走在曾經走過的路上，卻總覺得彷彿少了些什麼。反正也不是多重要的事，她索性丟開回憶，在老街上隨意地走著，又問蕭練：「你那時候怎麼會跑來這裡吹豎笛？」

「以前幫守城的官兵打過海盜，跟祝九還有封狼一起，就在這裡。」蕭練指著前方不遠處，初相遇時他所站的城牆腳下，又說：「那天我剛聽說祝九的本體被考古隊找著了，一時感慨，到這裡來吹首曲子，權當給戰友聽。」

牆邊還遺留有砲臺的痕跡，如初立刻知道，蕭練口中的「以前」絕對已超過百年，而那些舊時的戰友，若是人類，也早已化做枯骨。

然而在這一刻，生老病死，如初覺得自己可以看得很開。

她踮著腳，如跳舞般一步跨進當年看到蕭練的屋簷下，轉了一圈，笑盈盈地對他說：「那、等我以後不在這個世界上了，你也要記得到這裡來吹笛子給我聽。」

蕭練聽得心一緊，卻未表現出來。他變魔術似地從風衣口袋裡取出一個裝豎笛的軟包，朝她晃了晃，問：「不如現在就來一曲？」

「好！」如初鼓掌、歡呼。

遠方的夕陽完全落入海平面，黑夜正式來臨，笛聲伴隨著弦月升向天空，音樂異常耳熟。一曲畢，如初眨著眼睛，不敢相信自己的耳朵……

「這首是……《暮光之城》的配樂？」她問。

「曲名叫〈千年之戀〉。」蕭練頓了頓，解釋說：「我昨晚才下載了譜來練，不太熟，吹得不好。」

「不會，你吹得怎麼可能不好。」如初答。

這句話配上她有口難言的表情，呈現出一種特別的喜感——特別尷尬。

「妳不喜歡？」蕭練放下豎笛問。

他聽她放過好幾回，挑選婚禮音樂時也選了進去，難道會錯意了？

「我喜歡。但這是一個吸血鬼跟人類女生談戀愛的故事，而且解決問題的方法超級簡單，男生咬女生一口就行了，也不知道男主角在拖什麼，害女主角差點死掉……」

打住，現在不是吐槽劇情的時候，臉在發燙，如初雙手捧著臉，用一種漫畫女主角的姿態問：「我以爲，你只聽古典音樂？」

「現在的古典就是當年的流行，我不是說〈千年之戀〉會流傳千年，我是說、我想講的只有……」詞不達意，蕭練揚了揚手上的豎笛，說：「現在。」

風、靜了下來。

他想告訴她，經過了這麼多的相處，他終於懂得珍惜當下，放棄幫她爭取那個飄渺的永生機會？

他終於接受了她跟他不一樣？

不知名的情緒在如初胸腔蔓延開來，一半欣喜一半酸澀，還有一點點的……惱怒。

如初用一種看笨蛋的眼神看著蕭練，直到把他看得超級不自在之後，才幽幽地說：「可是，《暮光之城》是我很小時候的電影了。」

蕭練僵住，如初乘勝追擊：「對我們人類來說，十幾二十年都算非常長，我的小學時代絕對不等於『現在』。」

「……我以後會注意。」

「『以後』？」

「現在。」

如初笑出聲，眼眶卻也發紅發熱。最近實在太容易、太容易傷感，爲了掩飾，她啪啪啪地鼓起掌來，說：「安可，安可！」

蕭練吹起另一首曲子，少了前一首的甜蜜糾葛，卻增添幾分蕩氣迴腸。吹完後他放下豎笛，對如初解釋這還是一首現代電影配樂，在巴西境內熱帶雨林拍攝的宗教戰爭片，他打從看到便十分喜歡。好吧，電影是她出生前就拍出來了，大約不能算現代……

「你看宗教片，然後還是堅持你沒有信仰。」如初笑出聲。

他伸出手，幫她把落下的髮絲勾回耳後，再說一次：「不相信，不等於不期待。」

期待什麼呢？

有一天，奇蹟會降臨世間？

如初沒有提問。她一首接著一首聽下去，蕭練今天挑的全是帶著古典感的現代音樂，曲風整體偏甜，帶著濃厚的羈絆，像是祝福，或對未知而高高在上的神祇，謙卑許願。

吹奏到某一首結束，他放下豎笛，忽地問：「賞金呢？」

「來了來了。」如初趕緊走上前。

初相遇時她把他當成了街頭藝人，還放硬幣到笛盒裡，這個烏龍大概會被取笑一輩子。今天的笛盒也跟上次那樣打開來擱在地上，如初正準備掏口袋拿零錢，卻被盒子裡一件閃爍著微光的東西吸引。

那是一枚再簡單不過的戒指，淡金色一環素圈，沒有任何寶石或紋飾。如初將戒指從笛盒裡拿了起來，只覺得入手異常冰涼，像極了他的體溫。

「我看妳只要做修復，就沒辦法戴訂婚戒指。」他原本送的那顆戒指太大太華麗，她需要的是日常。

蕭練輕輕鬆鬆地這麼講著，同時屈下一膝，從如初手中拿過戒指，然後執起她的手，低聲問：「不後悔嫁給我？」

「我還沒有嫁！」如初開玩笑似地抗議了一聲，才收起嘻鬧，輕聲說：「我永遠不後悔。」

他眼中閃爍著難以理解的光，慢慢地說：「我們沒有永遠，但是有未來。」

「九十七年。」如初毫不猶豫回答。

連就連，你我相約定百年，誰若九十七歲死，奈何橋上等三年。

年限其實不重要，重要的是我們都知道彼此的負擔，也都願意接受，並且面對，這個不可能完美的婚姻。

他將戒指套在她的無名指上。戒指原本太大，但戴上去之後卻在頃刻間自動縮成了適合的尺寸，跟她的指頭絲嚴密合，彷彿訂做的一樣。

如初摸了摸戒指，臉色一變，問：「這個、不會、是你的本體……」

看她驚訝到講話都結巴的模樣，蕭練忍不住笑了起來，他說：「用來打造我本體劍的隕星已經一粒渣都不剩了，不過妳猜得也不算錯，這枚戒指是用另一顆殞星打造出來，軒轅大哥送妳的禮物。」

「太貴重了，我不能收！」

如初手忙腳亂地脫下。說來也奇怪，她戴上時完全貼緊皮膚，照理應該很不容易取下，但如初稍一用力，戒指便滑了出來，恢復成原本大小躺在她的手心上。

蕭練看著那枚戒指，眼底滑過一絲光。他用雙手包住如初的手，說：「戴上吧。我們誰都不知道這枚戒指有什麼用，但我相信，如果有用，那全世界也只有妳，有資格用上它。」

他重新幫她戴上戒指，執起她的手，如侍衛親吻公主般印下一個吻。

如初的心軟得一蹋糊塗，她問：「你相信？」

「我希望。」

Eurasian Publishing Group
圓神出版事業機構
用心與你對話．網野無限寬廣
圓神出版社
Eurasian Press

www.booklife.com.tw　　reader@mail.eurasian.com.tw

圓神文叢 319

劍魂如初4：因果不空

作　　者／懷觀
發 行 人／簡志忠
出 版 者／圓神出版社有限公司
地　　址／臺北市南京東路四段50號6樓之1
電　　話／（02）2579-6600・2579-8800・2570-3939
傳　　真／（02）2579-0338・2577-3220・2570-3636
副 社 長／陳秋月
主　　編／賴真真
責任編輯／吳靜怡
校　　對／吳靜怡・尉遲佩文
美術編輯／林雅錚
行銷企畫／陳禹伶・朱智琳
印務統籌／劉鳳剛・高榮祥
監　　印／高榮祥
排　　版／陳采淇
經 銷 商／叩應股份有限公司
郵撥帳號／ 18707239
法律顧問／圓神出版事業機構法律顧問　蕭雄淋律師
印　　刷／國碩有限公司
2024年11月 初版

定價360 元　ISBN 978-986-133-942-9

「你看宗教片，然後還是堅持你沒有信仰。」如初笑出聲。

他伸出手，幫她把落下的髮絲勾回耳後，再說一次：「不相信，不等於不期待。」

期待什麼呢？有一天，奇蹟會降臨世間？

他眼中閃爍著難以理解的光，慢慢地說：「我們沒有永遠，但是有未來。」

——《劍魂如初4：因果不空》

國家圖書館出版品預行編目資料

劍魂如初4：因果不空／懷觀 著.
-- 初版. -- 臺北市：圓神出版社有限公司，2024.11
304 面；14.8×20.8 公分. --（圓神文叢；319）

ISBN 978-986-133-942-9（平裝）

863.57　　113014262

封狼

立繪繪師：白夜BYA

姜尋

立繪繪師：白夜BYA